잃어버린 도시의 수호자

KEEPER OF THE LOST CITIES
잃어버린 도시의 수호자
4
네버씬, 보이지 않는 그림자
하
섀넌 메신저 지음 | 장미란 옮김
김영사

독자 여러분.
실베니가 키프를 사랑하는 것보다
더 많이 여러분을 사랑합니다.
맬로멜트와 커스터드 버스트를
모두에게 드립니다!

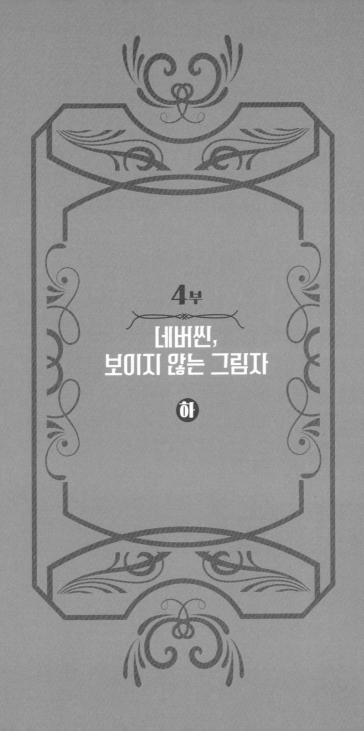

4부

네버씬,
보이지 않는 그림자

하

~ 36 ~

소피는 눈물이 왈칵 솟아 엄마를 끌어안았다.

"여기 오시다니 믿기지 않아요!"

에덜린이 속삭였다.

"나도 그래."

에덜린은 델라와 비아나에게 미소를 지으며 방 안을 둘러보았다.

"여기 은신처는 상상했던 것과 다른데? 거의 집 같은 느낌이야."

소피는 단호히 말했다.

"집만 못해요."

에덜린은 소피의 등을 쓰다듬었고, 한순간 둘은 헤이븐필드로 돌아온 느낌이 들었다. 모두가 안전하고 아무도 다치거나 추방되지 않은 곳.

"사랑해요, 엄마."

소피는 기회를 놓치지 않고 속삭였다.

"나도 사랑해."

소피는 상체를 뒤로 젖혀 에덜린의 얼굴에 드리워진 그늘을 읽었다. 눈 밑의 검은 테두리는 잠을 제대로 못 잔다는 것을, 눈썹 사이에 잡힌 주름은 스트레스에 시달리고 있음을 보여 주었다. 그것만 빼면 꽤 말쑥해 보였다.

문가에서 훌쩍이는 소리가 나서 돌아보니 덱스였다.

덱스는 눈물을 닦으며 중얼거렸다.

"미안해요. 그냥…… 알잖아요."

덱스의 엄마와 에덜린은 자매로, 많이 닮았다. 커다란 청록색 눈과 은은한 호박색 머리카락이 똑같았다.

에덜린이 덱스도 같이 안아 주려고 옆으로 비켜나며 말했다.

"이리 오렴, 덱스. 널 만났다고 하면 네 가족은 몹시 질투할 거야."

소피가 물었다.

"엄마가 여기 온 걸 모르세요?"

"응, 그래도 모른단다. 알든과 함께 떠났어. 내가 새스콰치 목초지에 나가 일하고 있는데, 포클 씨가 불쑥 나타났지 뭐니."

포클 씨가 말했다.

"갑자기 나타나서 미안합니다. 의회가 헤이븐필드를 철저히 감시하고 있어서요."

덱스가 물었다.

"우리 가족도 감시해요?"

에덜린이 말했다.

"물론이지. 하지만 네 아버지는 그걸 즐기더구나. 염탐꾼을 잡는다고 후루룩꺼억 전체에다 함정을 설치해 놨지 뭐니! 특사들 *여럿이* 분홍색 점액을 뒤집어쓴 채 떠났단다."

덱스가 얼굴을 펴고 웃었다.

"그 꼴을 봤어야 하는데."

"네 아버지도 네가 있었으면 하지. 널 무척 자랑스러워하셔. 온 가족 모두. 아 참! 내가 깜박했네!"

에덜린은 주머니에 손을 넣더니 오렌지색 털 뭉치를 꺼냈다.

"이기!"

소피와 덱스가 동시에 소리쳤다.

작은 임프가 끽끽거리며 박쥐 날개 같은 걸 퍼덕여 소피가 내민 손으로 날아왔다. 소피는 이기의 털북숭이 뺨에 입을 맞추다가 입 냄새에 구역질을 했다.

덱스는 콜록콜록 기침을 했다.

"와, 냄새가 더 심해졌어."

에덜린이 동의했다.

"심해졌지. 몸을 통 씻기지 못하게 해. 그렇다고 우리에 그냥 내버려 두면 자기 똥을 던지고. 그래서 맛있는 간식을 줘 가며 주머니에 넣고 다녔단다."

소피가 이기의 배를 콕 찔러 보니, 더 통통해진 느낌이었다. 레게 머리처럼 꼰 오렌지색 털에 가려 얼마나 살이 쪘는지 눈으로 가늠하기는 힘들었다. 원래 이기의 털은 회색인데 덱스가 비약을 써서 지금은 오렌지색이었다.

덱스가 이기에게 말했다.

"다음번엔 털이 짧아질 거야. 그럼 냄새가 덜 나겠지."

비아나가 말했다.

"파란색으로 물들이자. 반짝이도 넣고!"

이기는 대답으로 요란하게 방귀를 뀌었다.

소피가 보송보송한 이기의 턱을 문지르자 끽끽거리는 가르랑 소리가 방 안에 가득 찼다.

"이기가 얼마나 보고 싶었는지 잊고 있었어요. 아빠도······."

에덜린이 말했다.

"나도 안다."

델라가 물었다.

"그래디는 알든하고 둘이 뭐 해요?"

소피가 물었다.

"엄마 아빠가 두루마리 읽고 있는 걸 스파이볼로 봤어요. 그것과 관련 있나요?"

에덜린이 미소를 지었다.

"보고 있었구나."

포클 씨가 물었다.

"두루마리엔 무슨 내용이 있죠?"

"솔직히 잘 모르겠어요. 의회에서 두루마리들을 파괴하라고 명령해서 알든이 이유를 알아보려고 집에 몰래 가져왔어요. 지금까지는 드라코스톰이라는 것을 나무에 테스트하는 내용이 전부였어요."

소피, 덱스, 비아나는 서로 눈짓을 주고받았다.

포클 씨가 그들에게 물었다.

"너희가 말하지 않은 게 있다는 느낌이 드는 건 왜지?"

덱스는 기록보관소에서 발견한 내용을 설명했다. 오거들은 드라코스톰이란 것을 의회에 영향력을 행사하는 수단으로 갖고 있는 것 같다고 했다.

포클 씨가 관자놀이를 문질렀다.

"그게 바로 내가 듣고 싶었던 정보야."

덱스가 말했다.

"말하려고 했어요. 하지만 계속 정신없어서."

포클 씨가 동의했다.

"그래, 그랬지. 의회가 그 두루마리들을 파괴하려 한다면 분명 흔적을 숨기기 위해서야."

소피가 물었다.

"그럼 오거들이 전염병의 배후에 있다는 건가요? 의회도 그럴 수 있다는 걸 알고 있고요?"

포클 씨는 한숨을 쉬었다.

"그럴 가능성이 점점 높아지는구나."

덱스가 물었다.

"그렇다면 왜 의회는 고블린들을 라바고그에 보내 오거들을 막지 않았을까요?"

포클 씨가 덱스에게 일깨워 주었다.

"오거들과 전쟁을 벌이면 **수천 명이** 죽어 나갈 테니까. 그런데 전염병 때문에 죽은 노움은 아직 한 명도 없거든."

소피가 다그쳤다.

"죽을 수도 있어요. 언제든 나쁜 소식이 들릴 수 있어요. 어떻게 의회는 이런 일이 일어날 거라고 노움들에게 경고하지 않은 거죠?"

포클 씨가 어깨너머를 살피며 목소리를 낮추었다.

"이런 비난은 아주 조심해야 한다. 그런 사실이 드러나면 우리 세계의 기반 자체가 흔들릴 거야. 또 현재 감염된 노움들은 모두 잃어버린 도시의 보호를 받지 않고 살기로 한 이들뿐이며, 이 드라코스톰이 무엇인지도 모른다는 사실도 잊지 마라."

그러더니 포클 씨는 에덜린에게 물었다.

"헤이븐필드로 당신을 데려다줄 때 두루마리를 잠깐 빌릴 수 있을까요?"

소피는 에덜린의 손을 잡았다.

"벌써 가시는 건 아니죠?"

포클 씨가 말했다.

"지금은 아니지만, 곧 데려다줘야 할 것 같아. 그러니 캐시를 숨기는 일에 집중해야 한다."

그 말에 에덜린이 움찔했다.

"소피! 네가 캐시를 지키는 일을 맡다니 믿어지지 않는구나."

포클 씨가 장담했다.

"캐시를 진공 속에 숨겨 두면 훨씬 더 안전할 거예요."

소피가 물었다.

"제가 순간 이동할 때 지나는 그 진공이요? 거기에 어떻게 숨겨요?"

에덜린이 말했다.

"우주의 모든 것은 연결돼 있단다. 가느다란 에너지 실로 묶여 있지. 진공은 모든 실이 모여드는 곳이란다. 이동 능력자들은 그 실을 조금씩 잡아당겨 물건을 탁 당겨 왔다가 돌려보냈다가 하지."

에덜린이 손가락을 탁 튕기자 커스터드 버스트 한 접시가 손에 나타났다. 모두가 환호하며 바삭바삭한 그 간식을 먹어 치웠다. 그러자 에덜린은 다시 손가락을 튕겼고 접시는 사라졌다.

"마음만 먹으면 그 거미줄에 물건을 걸어 놓을 수도 있지."

소피가 물었다.

"그럼 전 엄마의 도움 없이는 캐시를 가져올 수 없어요?"

"네가 제대로만 하면 괜찮아. 네 마음과 캐시를 새로운 줄로 묶어 놓을 수 있어. 그러면 네가 잡아당길 수 있을 거야. 또 혹시 모르니까 비상 명령도 추가해 놓을게."

소피는 그 말이 조금 불안하게 들렸지만 믿었다. 게다가 오랄리 의원이 어떻게 켄릭 의원의 캐시를 불러왔는지도 납득이 갔다.

에덜린이 물었다.

"지금 캐시를 갖고 있니?"

소피는 주머니에서 작은 구슬을 꺼냈다. 빛이 구슬에 닿는 순간, 이기가 소피의 어깨에서 쏜살같이 내려와 캐시를 낚아챘다.

"돌려줘!"

이기가 폭포 꼭대기로 휙 달아나자 소피가 외쳤다.

이기는 눈을 가늘게 뜨더니 이빨로 캐시를 죽 긁었다. *끼이이이익* 소리에 다들 움찔했다.

에덜린이 손가락을 튕기자 캐시가 다시 소피의 손바닥에 나타났다. 이기가 다시 달려들어 훔쳐가자 에덜린이 다시 손가락을 튕겨 헤이븐필드의 이기 우리를 가져다가 이기가 도망치는 길에 놓았다. 깜짝 놀란 임프가 우리 속으로 들어가 쿵 부딪히자, 에덜린이 우리 문을 탁 닫았다.

포클 씨가 가슴을 부여잡고 말했다.

"어휴. 돌이킬 수 없는 피해를 입기 전에 저 지긋지긋한 생명체를 돌려보내야 할 것 같구나."

비아나가 말했다.

"아, 저 녀석을 보낼 순 없어요. 너무 슬퍼 보여요. 여기 있으면 안

16

돼요?"

덱스가 물었다.

"네가 키우려고? 냄새 날 텐데?"

비아나가 일깨워 주었다.

"난 오빠 둘이랑 자랐어. 키프도 있었고. 역겹고 냄새나는 것에 전문가라고. 말썽꾸러기도 익숙하고. 이기는 꼭 껴안아 주고 싶고 밤에 혼자 있으면 심심해서."

소피가 놀라서 물었다.

"네 방에서 키운다고?"

비아나의 뺨이 붉어졌다.

"네 반려동물인 거 알아. 같이 있으면 잠이 잘 올 것 같아."

소피가 경고했다.

"곰이 으르렁대는 것처럼 코를 골 거야. 하지만 네가 용감하게 도전한다면, 이기도 널 좋아할 것 같아."

"나도 좋아."

비아나가 우리의 창살 틈으로 손가락을 넣자 이기가 바싹 다가붙었다.

포클 씨가 투덜거렸다.

"좋다. 하지만 저 녀석이 또 말썽을 부리면 너한테 책임을 묻겠다, 바커 양."

"말썽부리지 않을 거예요. 그렇지, 이기?"

비아나가 임프를 얼마나 모르는지 확연히 드러났다.

"자, 내 방으로 가자, 이기. 가서 네 냄새나는 털을 어떻게 할지 알아보자."

덱스가 비아나를 따라가며 제안했다.

"새로운 비약을 만들어 줄게. 정말 파란색으로 해 줘?"

"아무래도 내가 따라가서 일이 커지지 않게 해야 할 것 같아요."

델라는 이렇게 말하며 갔다. 이제 소피, 에덜린, 포클 씨만 남았다.

에덜린은 소피에게 의자에 앉으라고 손짓했다.

"이제 일을 시작해야겠다. 그러니 우주에 단 하나밖에 없는 존재인 것처럼 캐시를 자세히 살펴봐야지."

소피는 캐시를 유심히 살펴보았다. 이제 보니까 유리에 머리카락 같은 균열이 곳곳에 나 있고, 보석들이 실 같은 고리에 하나씩 감겨 있었다. 어떤 고리들은 은색이었다. 하나는 금색이었다. 다른 것들은 검은색이었다. 그 의미를 짐작하려고 애쓰고 있는데, 높은 곳에 올라갈 때 그렇듯이 귓속에서 부드럽게 퐁! 하는 것이 느껴졌다.

캐시에서 푸른색 실이 레이저처럼 반짝이더니 소피의 이마를 쏘았다.

소피는 마구 허우적거리고 싶은 충동을 누르며 물었다.

"원래 이러는 거 맞죠?"

에덜린이 설명했다.

"너와 캐시를 묶어 놓은 실이야. 항상 빛나지는 않을 거야. 이제 캐시를 진공으로 옮기면 돼."

에덜린이 손가락을 튕기자 캐시가 사라졌다. 빛나는 파란 실도 깜박거리며 사라졌다. 그런데 가만히 집중해 보니 산들바람을 타고 높이 나는 연의 줄에 묶인 것처럼 소피의 마음이 부드럽게 당겨지는 것이 느껴졌다.

에덜린이 말했다.

"됐어. 이제 어디든지 원하는 곳으로 캐시를 끌어올 수 있어. 쉽게 알아볼 수 있는 것 근처에 캐시를 놔두는 게 가장 좋지."

소피가 눈을 감고 집중하자 모든 것이 쉭쉭거리며 소용돌이를 쳤다. 소피는 따뜻한 장소를 느끼고 그리로 가 보니 부글거리는 에너지의 웅덩이 같은 곳이 나타났다. 거기에 캐시를 두고 떠나려는 순간, 누구나 편한 길을 택할 확률이 높다는 것을 깨달았다. 그래서 진공의 가장 차가운 구석으로 마음을 돌렸다.

소피는 이를 덜덜 떨며 얼음장 같은 파도에 둘러싸인 곳에 캐시를 두고 돌아왔다.

"이제 어떻게 하죠?"

에덜린이 손가락을 튕기자 누군가 소피를 다시 육체 속에 밀어 넣고 머리에 물 한 동이를 끼얹는 느낌이었다.

에덜린이 물었다.

"괜찮니?"

소피는 이마를 문질렀다.

"정말 이상했어요."

"이동 능력은 신기한 능력이지. 이제 네 캐시는 안전해. 캐시를 다시 가져오려면 네 마음속에서 압박되는 느낌을 찾아내 의식으로 감싸고 집중하기만 하면 된단다."

소피는 에덜린의 말대로 했다……. *딱!*

"좋아, 되돌려놓기 전에 암호를 하나 생각하렴. 잊어버리지 않겠지만 실수로 말하지도 않을 만한 것으로."

머릿속에서 모든 단어가 사라져 버렸다.

포클 씨가 말했다.

"천천히 생각하렴. 끈을 놓쳐 버린다 해도 암호가 안전장치가 되어 줄 거야. 하지만 딱 한 번만 효과가 있고, 다른 연결들은 모두 끊어 버린단다."

소피의 머릿속에 *아시오 캐시, 포스를 사용하라, 비비디 바비디 부, 마이 프레셔스* 같은 온갖 주문이 마구 떠올랐다. 그러다 어렸을 때 부모님이 가르쳐 준 암호가 떠올랐다. 아무에게도 알리지 않고 데리러 오길 바랄 때 쓸 수 있는 암호였다. 아버지는 〈셜록 홈스〉의 열렬한 팬이어서 '베이커가 221B번지'를 골랐다. 소피는 아무도 그런 말을 일상 대화에 끼워 넣지 못할 거라고 투덜거렸지만 아빠는 이렇게만 말했다.

"하지만 절대 잊어버리진 않을걸."

소피가 말했다.

"생각난 거 같아요."

"좋아, 그 말을 네 마음속의 유일한 것처럼 간직하고, 내가 지시하면 캐시에게 말하렴."

에덜린은 양 눈썹이 맞닿을 정도로 집중했고, 캐시는 소피의 손에서 따뜻하게 빛나고 있었다.

에덜린이 말했다.

"지금이야."

소피가 '베이커가 221B번지'를 말하자마자 캐시는 사라졌다.

에덜린은 맥이 풀린 듯 의자에 등을 기댔다.

"그렇게 하는 거야. 그 암호를 말하고 손가락을 튕기면 캐시가 널 찾아올 거야."

소피가 물었다.

"그럼 남들도 불러낼 수 있어요? 암호만 알면?"

포클 씨가 말했다.

"반드시 네 목소리여야 해."

에덜린이 덧붙였다.

"딱 한 번만 효과가 있다는 걸 잊지 마라. 그러니 최후의 수단으로 남겨 둬야 해."

"이제 다 끝난 것 같군."

포클 씨가 도약용 크리스털을 꺼내며 말했다.

소피는 계속 있어 달라고 조르고 싶은 마음에 엄마를 얼싸안았다.

에덜린이 속삭였다.

"이번만큼은 제대로 작별 인사를 해야지. 지난번에는 그러지 못해 미안하다."

소피가 눈물을 훔치며 말했다.

"미안해하지 않아도 돼요. 사실 그게 더 편했어요. 잠깐 헤어진다는 느낌이었거든요."

에덜린이 소피의 손을 꽉 잡았다.

"이건 *분명* 잠깐이야. 의회는 우리를 영영 떼어 놓지 못해. **약속할게.** 너도 약속할 게 있어. 위험한 일은 하지 말라거나 우리 걱정은 하지 말라거나 그 밖에 불가능한 것들은 말하진 않겠다. 절대로 포기하지 않겠다는 약속만 해 주렴. 아무리 힘들어도, 포기하지 마라."

소피가 속삭였다.

"엄마가 포기하지 않으면 저도 포기하지 않을게요."

에덜린이 약속했다.

"절대로 포기하지 않아."

"아빠한테 사랑한다고 전해 주세요."

"그래."

에덜린이 소피의 양쪽 뺨에 입을 맞추었다. 그런 다음 포클 씨의 손을 잡았고, 두 어른은 소피만 홀로 두고 떠났다.

~ 37 ~

피직이 경고한 대로 피츠는 회복이 느렸다. 피츠는 일어설 때마다 어지러웠고, 숨을 깊이 들이마시면 가슴에 찌르는 듯한 통증을 느꼈다. 피직이 치료하면서 약들이 피츠를 더욱 악화시키는 것 같았다.

소피는 키프가 말한 '엘윈 납치' 계획을 진지하게 고민하기 시작했다. 하지만 피츠가 그 역겨운 차를 다 마실 때까지는 기다려야 했다. 마지막 한 모금까지 마신 뒤에도 피츠가 낫지 않으면 소피는 잃어버린 도시에서 납치극을 벌이고 있을 것이다.

칼라가 아직 돌아오지 않아 기분이 더 울적했다. 콜렉티브는 프렌티스를 만나는 데 소피를 데려가지 않았다. 소피가 몇 번이나 가겠다고 했지만, 정신 에너지를 아껴 두어야 한다고만 했다. 하지만 델라가 가겠다고 했을 때는 데려갔다. 소피는 그 일을 모욕으로 받아들이지 않으려 애썼다.

한편 덱스는 온종일 트위글러와 씨름하며 지냈고, 비아나는 이기에게 푹 빠졌다. 덱스는 그 작은 임프의 털을 비단처럼 윤기 흐르는 파란색으로 물들였고, 비아나는 틈만 나면 이기에게 채소 먹이는 훈련을 했다.

소피 곁에는 동족 훈련 방법이 잔뜩 적혀 있는 노트와 병상에 누워 있는 텔레파시 파트너밖에 없었다. 그나마 쓸모 있는 일은 키프의 기억 찾기를 도와주는 것뿐이었다. 마음 한구석에서는 네버씬이 키프에게 갖고 있는 계획의 단서를 찾고 싶었다. 하지만 한편으로는 키프가 그 일을 어떻게 감당할지 두려웠다.

소피는 키프의 방을 돌아다니다가 벽에 새로운 쪽지가 붙어 있는 것을 알아차렸다.

"쓸모 있다고 생각하는 기억은 절대로 말해 주지 않는군요."

키프는 바닥에 떨어진 구겨진 종이 한 장을 집어 들었다.

"한심한 기억이어서 그래. 엄마가 네버씬과 어떻게 접촉하고 지냈는지 알아내려고 애썼는데, 이런 팔찌를 갖고 있었던 게 생각나. 아빠가 안 좋아한 걸 보면 아빠가 준 것은 아냐. 그게 의사소통 장치일 수도 있겠다 싶은데, 어떻게 작동하는지는 모르겠어."

키프는 구겨진 종이를 펴서 자신이 그린 스케치를 보여 주었다. 반짝이는 구슬로 만든 팔찌였다.

"와, 그림도 잘 그리네?"

"다 쓸데없어."

키프는 종이를 낚아채 구겨 버렸다.

키프의 말은 틀렸다. 그 그림은 꼭 사진 같았다. 하지만 맞는 말이기도 했다. 팔찌가 어떻게 단서가 될 수 있는지는 통 알 수 없었다.

소피가 말했다.

"그래서 내가 여기 있는 거예요. 종이에 그려진 기억을 보면 뭐가 중요한지 쉽게 알 수 있으니까."

소피는 기억 기록장을 집어 들고 빈 페이지를 펼쳤다.

바커 구토 대사건을 겪는 피츠 못지않게 키프의 얼굴이 파랗게 질리자 소피가 약속했다.

"쉬운 것부터 할게요. 네버씬이 공격해 왔을 때를 기록하는 게 좋겠어요. 전에는 눈치채지 못한 것을 발견할지도 모르고, 그러면 이것이 어떻게 작동할지 느낌이 올 거예요. 나도 그 자리에 있었기 때문에 선배한테 너무 이상하지도 않을 거고요."

키프의 굳었던 어깨가 좀 풀렸다.

"그래, 효과가 있을 것 같아. 그럼 어떻게 하는 거지?"

"음, 먼저 기억들을 떠올려서 마음속 맨 앞으로 나오게 해요. 그런 다음 내가 선배의 마음속에 들어가는 걸 허락해야죠. 알아요, 좀 오싹하죠?"

"네가 말하니까 덜 오싹해."

소피는 키프의 관자놀이에 손을 뻗었다.

키프가 움찔했다.

"미안. 그건 예상치 못했어. 피츠한테는 안 그러잖아."

"피츠 마음에는 아주 익숙해져서 접촉하지 않아도 되거든요. 그냥 긴장을 풀어요. 별 것 아니에요."

키프는 고개를 끄덕이고 가만히 서 있었고, 소피의 손가락이 피부에 닿자 숨을 살짝 들이켰다. 그제야 소피는 둘이 얼마나 가까이 있는지 깨달았다.

"괜찮아, 포스터?"

키프가 물었는데, 웃느라 한쪽 입꼬리가 올라가 있었다.

"방금 기분이 바뀐 것 같은데."

"그때 일을 떠올리려고 마음을 다잡는 거예요. 준비됐어요?"

키프는 침을 꿀꺽 삼키고 고개를 끄덕였다.

소피도 심호흡을 몇 번 하며 키프에게 마음을 열었다.

키프가 모든 것을 생생하게 기억하고 있을 줄은 몰랐다. 피츠는 사진기 같은 기억력이 없으니까 기억의 빛깔이 살짝 바랬다. 하지만 키프의 기억은 고화질이었다. 그리고 소리 녹음은 최상급이었다.

키프와 함께 블랙스완의 바다 동굴을 떠나는 자신의 모습을 지켜보면서 소피는 손이 덜덜 떨렸다. 실베니가 땅에서 날아오르자마자 검은 망토를 입은 자 다섯이 소피 일행을 떨어뜨렸다. 죽음의 문턱에서 겨우 벗어난 소피에게 그 싸움은 안개같이 뿌연 고통이었다. 하지만 키프의 머릿속에는 총천연색 현실이 담겨 있었다. 키프의 분노에 소피는 속이 울렁거렸다. 망토 입은 자 하나가 키프의 머리를 향

26

해 돌을 던졌을 때는 더욱 그랬다. 이제는 그자가 키프의 어머니인 줄 알지만, 싸움을 다시 살펴보니 그렇다고 확신할 만한 단서는 보이지 않았다. 레이디 지셀라는 자기 목소리를 쓴 적이 없었다. 심지어 키프가 고블린 표창으로 팔을 베었을 때도 그랬다. 그리고 아들과 맞붙을 때도 가차 없이 싸웠다.

키프는 생각했다.

사랑하는 우리 엄마. 이러면 따뜻하고 포근한 느낌이 들지 않아요?

키프의 기억은 에베레스트산으로 옮겨 갔다. 소피가 보지 못했던 전투 부분이었다. 소피는 동굴의 천장을 뚫고 나온 오거에게 붙잡혀 끌려갔었다. 그래서 친구들이 소피를 되찾으려고 얼마나 열심히 싸웠는지 알지 못했다. 키프가 누구보다 열심히 싸웠다. 고블린 표창을 겨누어 던지면 백발백중이었다. 피츠에게 돌을 던지려던 드워프의 손에 표창을 꽂았고, 또 다른 드워프의 다리를 베어 추격을 막았다. 키프는 눈더미와 얼음 바람 속을 걸으며 멈추지 않고 걷다가 마침내 네버씬을 따라잡았다. 하지만 이내 엄청난 충격에 휩싸여 손이 느려졌다. 그 네버씬이 아빠 같았기 때문이다.

눈 속에서 더 많은 드워프들이 뛰쳐나왔고, 키프는 오로지 *끝장을 내겠다*는 일념으로 아빠를 쫓았다. 드디어 따라잡았을 때, 키프는 뭐든지 할 각오가 되어 있었다. 그 순간 아빠의 후드가 뒤로 젖히면서 얼굴을 보게 되자, 감정이 폭발했다.

"아!"

소피의 입에서 탄식이 흘러나왔다.

충격.

분노.

배신감.

증오.

그러나 가장 강한 감정은 슬픔이었다.

키프의 마음속에 슬픔이 차오르면서 옛 추억의 회오리바람도 점점 거세졌다. 키프는 밀어내려고 했지만 그 바람은 너무 강력했다.

서너 살 언저리의 어린 키프가 보였다. 키프는 방바닥에 웅크리고 앉아 울고 있었다. 키프의 엄마가 소란을 피우지 말라고 말하러 왔다가 키프가 잠자리에 오줌 눈 것을 알았다.

키프가 풀이 죽어 말했다.

"아빠가 엄청 화내겠죠?"

엄마는 그렇다고 하고는 가 버리려다가 한숨을 쉬며 노움들을 불렀다. 그러고는 키프의 침구를 갈고 아침까지 방을 평상시처럼 만들어 달라고 부탁했다.

엄마는 키프에게 말했다.

"아빠가 모든 것을 알 필요는 없어. 하지만 다시는 이런 실수를 하지 마라."

또 다른 기억 속에서 키프는 예닐곱 살인데, 아틀란티스에 있는 분수대 옆에서 기다리고 있었다.

기다렸다.

또 기다렸다.

군중이 오고 갔다. 베일파이어 가로등이 어두워졌다. 그런데도 키프는 혼자 앉아 있었다. 마침내 부모님이 키프는 모르는 검은 머리 엘프와 함께 바다 전갈 마차를 타고 왔다. 키프의 아버지는 친구와 대화하는 데 푹 빠져 아들은 쳐다보지도 않았다.

키프 엄마가 말했다. 미안, 깜박했단다.

기억은 다시 바뀌어 키프는 폭스파이어 3학년 호박색 교복을 입고 있었다. 키프가 집으로 돌아와 보니 부모님이 방에서 기다리고 있었다. 아버지가 키프에게 노트를 보여 달라고 했고, 키프가 노트를 보여 주자 기겁했다. 공책은 스케치들로 덮여 있고, 페이지를 넘길수록 점점 더 복잡하고 놀라운 그림들이 펼쳐졌다. 아버지는 수업 시간에 딴 짓 하면 안 된다며 노트를 찢어 구겨 버렸다. 키프는 그림도 그리면서 수업도 잘할 수 있다고 반박했지만 아버지는 실망스럽다고 화를 내며 방을 나갔다. 엄마는 아무 말 없이 남편을 따라 나갔다. 하지만 자기를 그린 그림은 주워 주머니에 집어넣었다.

각 기억의 주제는 아프도록 명확해졌다.

끔찍한 부모.

하지만 그중 한쪽은 나았다. 아니 키프는 그렇게 믿었다.

키프는 뒷걸음질 치면서 소피와의 연결을 끊었다.

"그래, 그런 일이 있었어."

소피가 나직이 말했다.

"괜찮아요."

키프는 고개를 저었다.

"누구한테도 보여 주고 싶지 않았어."

"그래요. 하지만…… 난 보게 되어 기뻐요. 모든 것을 혼자 짊어질 필요는 없어요."

"내가 잠결에 오줌 누었다는 걸 네가 알 필요는 없지."

"많은 아이들이 잠결에 오줌 눠요."

"아빠는 그렇게 말하지 않았어."

키프는 아플 정도로 세게 벽을 걸어찼다.

소피는 살짝 다가가 머뭇거리다가 키프의 어깨에 손을 얹었다.

"그런 걸 볼 때마다 내가 무슨 생각을 하는지 알아요?"

"저런 한심한 놈을 괜히 도와주겠다고 했구나. 머리 스타일은 좀 봐줄 만해도."

"전혀 아니에요. 뭐, 좋아요. 머리 스타일은 어느 정도 사실이죠. 하지만 그것 말고는 이런 생각만 했어요. '키프 선배는 내가 생각했던 것보다 훨씬 용감하구나.' 그 전투에서 침착함을 유지한 것도 그렇고 나에 대한 소문과 험담을 듣고도 친구로 남아 준 것도 그렇고. 선배는 정말 뭐라고 말해야 할지 모르겠어요. 어쨌든 선배 가족이 생각하는 것보다 훨씬 대단한 존재예요. 선배 그림도 더 보고 싶은

네요?"

"하나도 없어. 그림 그리는 건 한참 전에 때려치웠지."

"엄마의 팔찌를 그린 거 있잖아요."

"허접해."

"그래도 갖고 싶어요. 괜찮죠?"

소피는 허리를 숙여 그림을 집어 기억 기록장에 끼워 넣었다.

끝나지 않을 것 같은 침묵을 깨고 소피가 말했다.

"어쨌든 네버씬의 공격들은 기록해야 할 것 같아요."

소피는 텔레파시 기술을 이용해 기억 기록장에 전투 장면들을 투영했다. 키프는 소피의 어깨너머로 지켜보다가 망토 입은 자가 엄마라는 것을 알게 된 순간에 이르자 기억 기록장을 가져가 들여다보았다.

키프가 말했다.

"엄마가 겁에 질린 것처럼 투영되었어."

"그렇게 보였어요. 사진 같은 기억력인 거 잊었어요?"

키프가 눈썹을 모았다.

"내 기억엔 화난 표정이었어."

"화난 표정이긴 했어요. 하지만 처음엔 두려운 표정이었어요. 아들이 자신을 보는 걸 바라지 않는 것처럼."

키프는 한참 동안 투영된 장면을 바라보다가 기록장을 덮고 도로 건넸다.

"다른 기억은 기록하지 않을 거지?"

"응. 그건 우리 둘만 아는 기억으로 하려고요."

키프는 고개를 끄덕였다.

소피가 속삭였다.

"이건 선배한테 너무 힘들지 않을까요?"

"이건 *너한테* 너무 힘들지 않을까?"

소피는 입술을 깨물었다.

"선배가 상처받는 모습을 보는 게 정말 싫어요. 선배 아버지를 다시 만나게 되면…… 음, 선배 아버지는 내가 서커 펀치를 끼지 않고 있길 바라야 할걸요. 아주 먼 곳까지 날려 버릴 테니까."

"그 모습 좀 꼭 봤으면 좋겠다."

소피는 슬프게 웃었다.

"이 모든 일을 혼자 감당하지 않았으면 좋겠어요. 선배는 충분히 오랜 시간 농담과 장난 뒤에 멍과 상처를 숨겨 왔으니까요……."

키프가 말을 잘랐다.

"아빠는 날 때린 적은 없어."

"알아요. 하지만 말은 고블린 표창보다 더 깊은 상처를 주죠. 그러니까 내가 계속 선배를 돕게 해 줬으면 좋겠어요."

키프는 자기 엄마처럼 두려움이 깃든 표정으로 눈길을 창밖으로 돌렸다. 가족이라 닮은 것이 확연히 보였다. 하지만 키프의 엄마 같은 모진 면은 없었다.

"너무 부담되면 도망치겠다고 약속해 줘."

"부담되지 않아요."

"부담될지도 몰라. 내겐 어두운 면이 있거든."

"누구나 그래요."

"수수께끼에 싸인 포스터 양도?"

"어, 그럼요. 내가 타격 능력자인 거 잊었어요?"

키프는 다시 눈길을 피했다.

"난 타격 능력이 너무나 갖고 싶었어. 능력 탐지 멘토에게 그 능력을 발현시켜 달라고 졸랐지. 하지만 얻은 건 *아빠*의 능력이야."

"공감 능력이 훨씬 더 좋은 재능이에요. 블랙스완이 왜 나한테 그런 능력은 주지 않았을까 가끔 생각했는데."

"나중에 나타날지도 몰라. 능력이 모두 열다섯 개쯤 될지도."

"이봐요, 난 바라지 않아요. 네 개도 충분해요."

"풋, 적어도 다섯 개는 돼야지. 하지만 최후의 한 자리를 공감 능력에 낭비하지 마. 유체역학 능력 같은 멋진 것에 걸어 보라고."

"알겠어요. 엘프의 능력은 몇 개나 되는 거예요?"

"*많아.* 그래서 하나도 갖지 못하면 그렇게 야단법석을 떠는 거야. 재능 하나 정도는 가질 가능성이 *아주* 높으니까."

소피가 투덜거렸다.

"그래도 재능 없는 자들을 이등 시민처럼 대하는 건 옳지 않아요. 출생 기금을 똑같이 받는다 해도 그건 불공평하죠."

잠시 후에 키프가 말했다.

"그래서 의회가 널 두려워하는 거야. 널 만나기 전엔 나도 그런 생각 못 했거든."

그 순간, 문가에서 칼라의 소리가 났다.

"그래서 문라크인 거죠."

소피가 인사하려고 웃으며 돌아보는데, 칼라의 얼굴이 눈물로 얼룩져 있었다.

"무슨 일이에요?"

소피는 자신의 짐작이 틀렸기를 바라며 물었다. 하지만 모든 것이 소피가 두려워하던 바로 그것, 아니 그 이상이었다.

칼라가 조용히 말했다.

"루르와 미티야를 찾았어요. 시오르도요. 다들 루메나리아에 있어요. 격리 중이죠. 셋 모두 전염병에 감염됐어요."

~ 38 ~

소피의 머리가 핑그르르 돌며 귀가 울렸다.

루르와 미티야와 시오르가 전염병에 걸렸다!

죽어가고 있는지도 모른다.

아니, 지금 죽어 가고 있다. 치료제를 찾지 못한다면.

"그러면 얼마나 있다가……?"

소피는 차마 질문을 끝맺지 못했다.

칼라가 말했다.

"아직은 몰라요. 하지만 어떤 면에선 좋은 소식이죠. 모든 와일드 우드 거주민들이 여전히 살아 있고 싸우고 있으니까요."

그 대답을 들으니 조금 마음이 놓였다. 하지만 감염된 노움들에게 시간이 없다는 사실은 변함이 없다. 몇 달, 아니 몇 주만 남은 것일 까? 얼마나 남았든지 그들은 더 오래 살아야 마땅했다.

소피가 칼라에게 물었다.

"당신은 괜찮아요? 감염에 노출되지 않았어요?"

칼라가 길게 땋은 머리로 눈을 닦으며 말했다.

"아주 조심했어요. 확신이 없었다면 돌아오지 않았을 거예요. 아미시를 감염시킬 위험은 절대로 없을 거예요."

키프가 물었다.

"그럼 이제 어떡하죠?"

칼라는 천천히 무거운 한숨을 내쉬었다.

"모르겠어요. 이번 일은…… 아예 대책이 없어요."

칼라의 눈에 눈물이 다시 그렁그렁 맺혔다.

소피가 물었다.

"콜렉티브도 알아요?"

"지금 그들이 어디 있는지 모르겠어요."

"프렌티스를 돌보고 있어요."

"그럼 그분은 아직 낫지 않은 거예요?"

"제가 시도해 봤지만……."

"괜찮아요. 당신이 최선을 다하리라는 것은 의심하지 않아요. 다들 그 돌집에 있나요?"

"황무지에 한가운데 있는 오두막 말이죠?"

칼라는 고개를 끄덕이고 떠나려고 몸을 돌렸다.

"아미시에게 말하기 전에 먼저 콜렉티브와 이야기해야 해요. 아미시의 마음을 좀 더 편하게 해 줄 만한 사실을 알고 있을지도 몰라요. 아미시와 시오르는 연애 중이거든요."

"저도 갈게요."

소피가 칼라를 따라 복도로 내려가며 말했다.

키프도 서둘러 쫓아갔다.

"저도요."

"어디 가? 어쨌든 나도 데려가야지."

남학생 휴게실에 들어가자 덱스가 말했다. 덱스는 트위글러 부속품에 둘러싸여 바닥에 앉아 있었다.

"그럼 당신도 같이 가겠군요?"

칼라가 텅 빈 구석을 바라보며 말했다.

비아나가 모습을 드러내며 말했다.

"윽, 숨는 방법을 제대로 알아냈다 싶었는데! 그래요, 저도 낄 거예요. 근데 어디로 가요?"

소피는 최선을 다해 상황을 설명했다.

덱스가 말했다.

"우리도 도와야 해. 우릴 구해 줬잖아. 루르와 미티야 말이야."

"그래."

비아나는 얼른 칼라에게 달려가 안아 주었다.

"그런데 알루베테르를 떠나도 괜찮겠어요? 전염병이 어디서든 불쑥 튀어나오는 것 같아요."

"평소보다 깊은 땅속으로 여행할 거예요. 중립 지역은 피해서요."

칼라는 앞장서 밖으로 나가 구불구불한 계단을 내려갔다. 땅바닥에 도착하자 칼라는 낮고 굵은 소리로 땅의 노래를 불러 터널을 만들고 주위의 뿌리들을 얽히게 했다. 이들은 그 어느 때보다 빠른 속도로 이동했다. 너무 빨라 소피는 몇 번이나 속이 뒤집히는 줄 알았다. 하지만 겨우 몇 분만 참으면 도착하니, 멀미를 한 보람이 있었다.

아직 햇살이 내리쬘 줄 알았는데 터널 밖으로 나오자 하늘은 황혼으로 어두워지고, 일찍 뜨는 별들과 은신처의 창문에서 흘러나오는 빛밖에 없었다.

오두막 문 쪽으로 살며시 다가가며 비아나가 물었다.

"노크해야 하나요?"

"그럴 필요 없어요."

블러가 벽을 슥 통과해 그들 앞에 나타나자 모두 비명을 질렀다.

"모두 여긴 웬일이에요? 어떻게……."

블러의 말소리는 칼라의 얼굴을 보더니 흐려졌다.

"아! 먼저 들어오는 게 좋겠군요."

다 함께 방으로 들어가 그 좁고 붐비는 곳에서 설 자리를 찾으려고 애썼다. 지난번 모습과 전혀 달라진 게 없는 프렌티스를 보니 소피의 가슴이 미어졌다.

손님들도 와 있었다.

델라 옆에는 셋이 서 있는데, 소피는 그들을 알아보는 순간 머릿속에서는 그들이 여기 있을 리 없다고 생각했다.

"거물 레토?"

블랙스완의 은신처에 폭스파이어 교장이 와 있는 것을 보고 키프도 어리둥절한 목소리로 물었다.

거물 레토 옆에는 소피와 피츠의 텔레파시 멘토 티어간이 있고, 티어간 옆에는 입양 아들인 와일리가 있었다.

프렌티스의 아들이었다.

소피는 와일리와 딱 두 번 이야기를 나눴는데, 두 번 다 엉망이었다. 와일리 어머니의 무덤 앞에서 싸운 것이 결코 잊히지 않았다. 그때 와일리는 소피에게 이렇게 말했다. 넌 바로잡아야 할 의무가 있어.

그때 소피는 깨달았다. 자신이라는 존재는 마음을 치유하도록 설계되었고, 만일 치유하지 못한다면 문제가 있는 게 틀림없다고. 그래서 소피는 블랙스완을 찾아가 목숨을 걸고 능력을 재설정했다. 그런데도 프렌티스는 치유되기는커녕 잠들어 깨어나지 못했다.

와일리는 생각보다 훨씬 더 아버지를 닮았다. 검은 피부는 아버지보다 살짝 더 밝은 색이고, 이목구비도 좀 더 날카로웠다. 하지만 머리카락과 입술과 눈은 아버지와 똑같았다.

거물 레토가 말했다.

"여기서 날 만나리라고는 생각 못 했겠지."

비아나가 인정했다.

"정말 이상해요. 당신도 블랙스완인가요?"

"그건 좀 불가능할걸."

거물 레토는 젤을 듬뿍 발라 흐트러질 일 없는 검은색 머리카락을 매만졌다.

"난 이 둘을 감싸 주려고 왔단다."

거물 레토가 돕는다는 사실이 놀랍지는 않았다. 능력을 제한하는 머리 관이 소피의 텔레파시를 완전히 막지 못한다는 사실을 알았을 때도 거물 레토가 소피를 보호해 주었다.

"의회가 우릴 감시하고 있거든."

티어간이 회색 튜닉의 소매를 잡아당기며 말했다. 짙은 올리브색 피부가 그의 금발 머리만큼이나 창백해 보였다.

티어간이 덧붙였다.

"콜렉티브는 우리 목소리가 프렌티스에게 가닿기를 바란다."

거물 레토가 덧붙였다.

"그래서 매일 저녁 교장실에서 나하고 회의하는 척하면서 여기를 찾아왔지."

티어간이 설명했다.

"우리 펜던트들은 서로 가까이 있어야 해. 안 그러면 의회는 우리가 함께 있지 않다고 의심할 테니까."

덱스가 제안했다.

"제가 펜던트를 손볼 수 있을 것 같아요."

블러가 말했다.

"다음번에 하자. 지금은 너희가 여기 온 이유부터 말해 줘야지."

소피가 물었다.

"나머지 콜렉티브도 기다려야 하나요?"

블러가 말했다.

"지금 당장은 다른 신분으로 활동 중이라 빠져나올 수 없어."

칼라는 프렌티스 앞에서 나쁜 소식을 알리고 싶지 않아 모두에게 아래층으로 내려가자고 했다. 아래층의 둥근 침실은 소박하지만 아늑했다. 다 같이 들어가 있자니 비좁기는 했다. 블러가 티어간과 거물 레토와 와일리까지 오라고 하는 것을 보고 소피는 놀랐다.

소피는 와일리와 눈이 마주칠까 봐 칼라가 최근 상황을 설명할 때 발만 내려다보았다. 와일리가 소피를 보는 눈빛에서 슬픔과 실망감이 느껴졌다. 소피는 와일리에게 뭐라고 말할까 골똘히 생각하다가 문득 방 안이 조용해진 것을 깨달았다.

키프가 소곤소곤 일러 주었다.

"칼라는 네가 루르와 미티야와 시오르에게 송신할 수 있을지 궁금하대."

소피는 자신 없었지만 목소리가 떨리지 않기를 바라며 말했다.

"해 볼게요. 무슨 말을 전할까요?"

칼라는 목멘 것을 꾹 삼키며 말했다.

"우리는 포기하지 않을 테니, 절대로 포기하지 말라고 전해 주세요. 자연의 좋은 것은 나쁜 것보다 강하다고 일깨워 주세요. 치료제

를 찾는 데 도움이 될 만한 것을 알려 달라고 하세요. 그리고…… 사
랑한다고 전해 주세요."

소피는 그 메시지를 노움어로 번역해 사방으로 송신했다. 그렇게
하느라 머리가 아팠지만, 의식을 쭉 뻗어 혹시 응답이 있는지 귀를
기울이며 계속 송신했다.

몇 분 동안은 두통만 찾아왔다. 그러다 미티야의 목소리와 비슷한
소리가 머리를 가득 채웠다.

소피가 나직이 말했다.

"응답이 와요. 전염병에는 단계가 있는데, 지금 1단계래요."

거물 레토가 물었다.

"총 몇 단계지?"

소피는 그 질문을 송신했고, 모두가 숨을 죽였다.

소피가 말했다.

"모른대요. 지금까지 치료사들은 여섯 단계를 겪었대요. 하지만
누군가 죽어야 최종 단계를 알 수 있대요."

그 말은 큰 충격을 몰고 왔고, 다행히 비아나가 칼라의 손을 잡아
주었다.

"237명의 노움이 격리되어 있대요."

그렇게 작은 방에서 듣기에는 너무 큰 숫자였다.

237명의 노움이 병들어 서서히 죽어가고 있다.

소피가 송신했다.

우리가 치료제를 찾을 기예요. 필요한 일은 뭐든지 할게요.

칼라가 울먹이자, 소피는 다른 이들을 헤치고 다가가 칼라를 꼭 껴안고 루르와 미티야와 시오르에게 했던 약속을 다시 말해 주었다.

칼라는 울음을 삼키고 소피가 목에 건 알레르기약 목걸이에 손을 뻗었다. 거기에는 문라크 핀이 달려 있었다.

"누군가 할 수 있다면 바로 당신이에요."

칼라는 이렇게 속삭이고는 몸을 뗐다.

"바람 좀 쐬고 올게요."

칼라가 위층으로 향하자 나머지 이들도 따라 올라갔다.

"저기…… 잠깐 이야기 좀 할 수 있을까?"

소피가 지나갈 때 와일리가 중얼거리듯 말했다.

"아, 그럼요."

소피는 말은 이렇게 했지만 불개미 떼가 뱃속에 가득 들어찬 기분이었다. 또 다른 싸움을 감당할 자신이 없었다.

"자리를 비켜 주자."

티어간이 덱스와 키프와 비아나를 데리고 올라갔다.

단둘이 남자 소피는 조각보 이불과 크리스털 등잔을 꼼꼼히 뜯어보았다. 와일리를 보지 않을 수만 있다면 뭐든지 살펴보았다.

와일리가 헛기침을 했다.

"아빠에게 일어난 일을 두고 널 비난했어. 다시는 안 그러겠다고 약속은 못 하겠어. 하지만…… 아빠가 왜 널 위해 희생했는지 이제야 알 것 같아. 저기서 방금 한 일 때문이지. 세상에 그 메시지를 보내는 것. 널 바라보는 눈빛을 보니까…… 모두 널 믿고 있더라."

"고마워요."

소피는 제대로 대답한 건지 자신이 없었다.

와일리가 고개를 끄덕이자, 소피는 이 어색한 상황이 끝났나 보다 생각했다.

그런데 와일리가 다가와 굵고 강렬한 목소리로 말했다.

"그만한 가치가 있어야 해, 알았지? 아빠가 한 모든 일이 그만한 가치가 있도록."

소피는 그러겠다고 말하고 싶었다. 하지만 그 약속이 거짓말로 바뀌는 것은 보고 싶지 않았다.

"있는 힘을 다하겠다고 약속할게요."

와일리는 고개를 끄덕였다.

와일리가 돌아서서 계단을 올라갈 때 소피가 말했다.

"아직 아버지를 포기하지 마세요."

와일리는 손을 들어 뺨에서 흐르는 눈물을 닦았다.

"네가 포기 안 하면 나도 안 해."

소피는 와일리를 똑바로 바라보았다.

"난 포기하지 *않아요*."

~ 39 ~

다음 날 아침 피츠는 마지막 차를 마셨고 피직이 장담한 대로 즉시 정상으로 돌아왔다.

피츠는 온종일 소피와 함께 동족 훈련을 했지만 발전이 더딘 느낌이었다. 트위글러를 개선시키려는 덱스의 노력도 성과가 시원치 않았다. 비아나와 키프는 덱스가 훔쳐 온 엑실리움 기록에서 딱히 새로운 것을 찾지 못했다.

소피가 여학생 휴게실에서 서성거리며 말했다.

"계획이 필요해요."

델라가 프렌티스를 보러 간 덕분에 아이들에게는 계획을 꾸밀 여유가 있었다.

"엑실리움은 드디어 답을 찾을 수 있는 기회예요. 그 역장 능력자가 누구인지, 그를 어떻게 찾아낼지, 그 나무에다 무슨 짓을 하고 있었는지 알아내야 해요. 또 엑실리움은 중립 지역에 있으니까 전염병에 대해 샅샅이 조사해야 해요. 만일 오거들이 이 일의 배후에 있다면 증거를 찾아야 하고 드라코스톰이 연관돼 있는지도 알아내야 하고……"

"할 일이 참 많구나."

포클 씨가 커다란 회색 트렁크를 들고 문가에 서 있었다. 그 뒤에는 그래니티가 같은 트렁크를 들고 있었다.

둘이 들어와 방 한가운데 트렁크를 놓자 덱스가 말했다.

"루르와 미티야는 제 생명을 구해 줬어요. 이제 우리가 도와줘야해요."

포클 씨가 말했다.

"그 마음은 충분히 이해해. 그렇다고 해서 신중함을 버려서는 안된다. 우리 역할에서 가장 어려운 부분 중 하나는 개인적 감정으로일을 처리하지 않는 거야."

키프가 반박했다.

"개인 감정이 들어갈 *수밖에* 없잖아요?"

포클 씨가 말했다.

"그렇기도 하고 그렇지 않기도 해. 우리 세계가 직면한 문제는 우리가 사랑하는 이들을 보호하는 일을 넘어선단다. 힘든 건 잘 알아. 지금까지 우리는 프렌티스를 유배지에서 빼내 오고 싶지 않았을 것같니? 프렌티스가 어디에 있는지도 알고, 악몽에 갇혀 있는 것도 알

앉어. 하지만 소피가 준비되기도 전에 눈앞의 위험을 감수할 순 없었단다. 그리고 이제."

포클 씨의 목소리가 갈라졌다.

"우리가 너무 늦었을 수도 있어. 그렇다고 소피의 안전에 초점을 맞춘 것이 잘못이라는 뜻은 아니지."

그래니티가 재빨리 덧붙였다.

"너희가 조사도 하지 말라는 소리는 아니란다. 현명하게 위험을 관리하라는 말이야. 엑실리움을 견뎌 내는 것은 여러 면에서 너희에겐 가장 큰 도전이 될 거야. 목표 때문에 생존에 소홀하면 안 된다."

소피가 따라 말했다.

"생존이요?"

'견뎌 낸다'는 말 역시 좋게 들리지는 않았다.

포클 씨가 경고했다.

"엑실리움은 학교라기보다는 보호 시설이야. '무가치한 자'를 위해 존재하지. 가망 없는 자들이 규칙을 지키도록 훈련시키는 곳이야. 부당하거나 괴상해 보여도 반드시 따라야 하는 규칙이 아주 많을 거야. 이름 금지. 우정 금지. 대화나 상호 작용도 금지. 명령이나 과제를 거부하는 건……."

키프가 끼어들었다.

"제가 맞혀 볼게요. 그것도 금지죠?"

포클 씨가 말했다.

"그래, 센센 군. 이번만큼은 권위에 복종하는 것이 얼마나 중요한지 아무리 강조해도 지나치지 않아. 엑실리움은 잃어버린 도시들의 보호를 받지 않아. 코치가 불복종을 처벌하는 방법에 제한이 없다는 뜻이야. 또한 관심을 끌지 않을수록 안전할 거야. 엑실리움에서는 잘 섞여 들어야 해. 익명성을 받아들여야지."

비아나가 물었다.

"정말 가면을 쓰고 다녀야 해요?"

"그럴 거야."

그래니티가 상자를 열었다. 상자 맨 윗부분에 검은색으로 X 자가 그려져 있고, 선이 교차하는 지점에 E 자가 돋을새김으로 박혀 있었다.

"교복은 남녀 똑같고, 누구인지 드러나지 않도록 디자인되었지."

그래니티가 회색과 검정색의 두툼한 옷더미와 묵직한 검은색 부츠, 은색이 점점이 박힌 검은색 반쪽짜리 가면을 하나씩 건넸다.

"입어 볼게요."

비아나가 이렇게 말하고 침실로 갔다.

몇 분 뒤 비아나가 돌아왔는데, 꼭 맞는 검은색 바지 위로 올라오는 발등이 단단한 부츠를 신고 있었다. 긴 소매 셔츠도 검은색으로, 앞면에 은색 버클과 체인이 달린 회색 조끼 안에 넣어 입었다. 조끼 뒷부분은 아래쪽에 덮개가 있어 트렌치코트처럼 벌어져 있었다. 조끼의 칼라에 달린 후드는 깊어서 비아나 얼굴에 짙은 그림자를 드리

웠다. 가면과 짝을 이루어 비아나의 생김새가 전혀 드러나지 않았고, 믿을 수 없이 위협적인 분위기를 풍겼다.

소피가 중얼거렸다.

"이런 말을 하게 될 줄 몰랐는데, 그 바보 같은 폭스파이어 망토가 그립네요."

피츠가 말했다.

"글쎄. 난 멋진 것 같은데."

키프가 말했다.

"난 그 후드는 쓰지 않겠어. 머리 스타일이 망가질 거야."

비아나도 거들었다.

"가면 냄새가 이상해요. 천이 두꺼워서 땀도 나고요."

덱스가 물었다.

"교정이 추운 곳에 있나요?"

포클 씨가 말했다.

"보안상 매일 바뀐단다. 하지만 중립 지역을 벗어나진 않아. 내일 새벽에 이걸 이용하면 교정을 찾을 수 있을 거야."

포클 씨는 트렁크에 손을 넣어 작은 검은색 주머니를 꺼냈다. 그 안에는 구슬이 하나 달린 기다란 검정 끈 다섯 개가 들어 있었다. 구슬은 파란색이고, 자잘한 크리스털 조각이 박혀 있었다.

그래니티가 설명했다.

"그 크리스털은 딱 한 번만 도약할 수 있어. 해 질 녘까지 갖고 있다가 다음 날 등교하는 데 필요한 구슬을 받을 자격이 있는지 증명해야 해."

덱스가 물었다.

"구슬을 받지 못하면 어떻게 돼요?"

포클 씨가 경고했다.

"알 것 없다. 너희 모두가 엑실리움의 교육 과정을 감당할 수 있다고 믿어 의심치 않는다. 엑실리움은 능력이 아닌 기술에 중점을 둔다. 야간 시력, 숨 참기. 체온 조절, 배고픔 참기, 공중 부양, 깜박거리며 나타났다 사라지기, 염력 등이 과제야. 진이 빠지고 몸도 힘들겠지만 앞으로 쓸모 있는 기술이야. 너희가 정보를 수집하려고 애쓸 거라는 걸 안다. 어떤 정보를 가져오든 우린 고마워할 거야. 하지만 안전을 희생하면서까지 그러지는 마라."

목걸이를 만지작거리던 키프가 어깨를 으쓱하며 말했다.

"뭐가 열 받는지 알아? 우리 아빠는 내가 결국 엑실리움에 가게 될 거라고 입버릇처럼 말했다는 거야."

피츠가 말했다.

"이런 말 하면 네 기분이 나아질지 모르겠는데, 비아나와 나는 바커 집안 최초로 엑실리움에 가네? 집안 망신시켰다는 소리지."

"아니, 그렇지 않아."

문가에 나타난 델라가 말했다. 델라는 비아나가 입은 교복을 걱정스레 살펴보며 물었다.

"정말로 엑실리움에 보내도 괜찮을까요?"

포클 씨가 대답하기도 전에 비아나가 말했다.

"저흰 꼭 갈 거예요. 그리고 괜찮을 거예요."

비아나는 조끼의 깃을 매만지고 단추처럼 동그란 배지를 쓸어 보았다. 배지에는 흐린 하늘을 배경으로 한 인물이 서 있는데, 절반은 검은 윤곽선으로 그려져 있었다. 인물의 나머지 절반은 빛 스펙트럼의 모든 색상으로 구불구불 그려져 있었다.

비아나가 물었다.

"명멸 능력자라서 이런 그림인가요?"

그래니티가 고개를 끄덕였다.

"각자 자기 능력을 나타내는 배지가 있어."

피츠가 물었다.

"그럼 소피는 배지가 네 개? 그러면 소피인 게 드러나지 않을까요?"

포클 씨가 말했다.

"행정관에게 그 문제를 제기했는데, 능력 배지가 의무라는 말만 들었단다."

소피가 물었다.

"하지만 엑실리움은 능력보다 기술을 교육한다면서요."

그래니티가 동의했다.

"그렇지. 그래서 배지를 달아야 하는 거야. 너희가 기술이 아니라 능력으로 하는 게 아닌지 확인하려면 코치들이 각자 능력을 알고 있어야 하니까."

포클 씨가 덧붙였다.

"이것은 안전 조치이기도 해. 다른 '골칫덩이'들이 어떤 강점을 가졌는지 미리 알려 주는 거지. 코치들은 각자가 할 수 있는 것에 대해 세심하게 기록한단다."

그래니티가 트렁크에서 똑같은 X 자가 그려진 두툼한 회색 봉투 뭉치를 꺼내며 말했다.

"우리가 이 양식들을 작성했으니 내용이 정확한지 확인해 주렴. 행정관에게 다시 제출해야 하거든."

"이렇게 많은 개인 정보를 제출해요?"

델라가 물었다.

포클 씨가 말했다.

"어쩔 수 없어요. 폭스파이어로 복귀할 기회가 주어질 경우를 대비해 기록이 존재해야 하니까."

소피가 코웃음을 쳤다.

"그런 일이 일어날까요?"

그래니티가 말했다.

"그거야 모르지. 팀킨 헥스는 복귀했어. *꽤나 큰* 추문에 휩싸였는데도 말이야."

소피는 예전에 들었던 소문을 떠올리며 눈살을 찌푸렸다.

"쫓겨난 뒤에 다시 폭스파이어로 돌아간 줄은 몰랐어요."

그래니티가 말했다.

"마지막 몇 주만 다니고 동기생들과 함께 졸업했지. 상당히 특이한 경우지만. 언젠가 팀킨이 그 이야기를 너희에게 들려줄지도 모르겠다."

소피가 중얼거렸다.

"네, 팀킨은 러시베리 주스와 맬로멜트를 먹으러 오라고 초대할 거예요. 자기를 팀킨 아저씨라고 부르라면서요."

헥스 가족은 잃어버린 도시에서 소피가 가장 좋아하지 않는 이들이었다. 딸 스티나는 폭스파이어에서 가장 못된 악동 축에 들었고, 부모는 누구보다 소피 험담을 퍼뜨리고 다녔다.

그래니티가 고집스럽게 말했다.

"깜짝 놀랄지도 모르겠구나. 팀킨이 도전적인 성격을 가진 건 맞아. 하지만 너희와 마찬가지로 그도 의회의 방식에 문제가 있다고 생각한단다. 그리고 엑실리움에서 지내 보면 팀킨을 더 잘 이해할 수 있을 거야."

소피는 절대로 그럴 리 없다고 생각했다.

또한 헥스 가족이 자기에 대해 뭐라고 떠들어 댈지 생각하고 싶지도 않았다. 스티나는 소피가 결국에는 엑실리움에 가게 될 거라고 했는데, 이제 소피는 '소피 엘리자베스 포스터'라고 인쇄된 엑실리움 등록 양식을 앞에 두고 있었다. 키, 몸무게, 머리 색깔, 눈 색깔을 비롯해 온갖 개인 정보까지 함께.

키프가 물었다.

"제 주소가 왜 '비뚤배뚤 숲'으로 되어 있죠?"

포클 씨가 설명했다.

"다들 그렇게 쓰여 있을걸. 엑실리움에서는 학생이 교정을 나선 뒤 어디로 가는지 알려야 해. 알루베테르라고 쓸 순 없으니까 비뚤배뚤 숲으로 정하고 칼라가 매일 그리로 데리러 갈 거야."

"거긴 중립 지역이 아니죠?"

"그래, 사실 그 숲은 금지된 도시에 있어. '풀리지 않는 수수께끼' 중 하나인데, 인간들은 그걸 두고 터무니없는 이야기들을 지어내지. 칼라가 특별히 그곳으로 해 달라고 부탁했단다."

포클 씨는 단면이 하나인 타원형 크리스털 펜던트를 모두에게 나누어 주었다. 소피는 엑실리움 구슬과 함께 그 펜던트도 목에 걸었다. 목걸이들이 점점 늘어나고 있었다.

"왜 소피의 서류에는 특수 능력 칸에 '기타 등등'이라고 적혀 있어요?"

키프의 질문에 소피는 키프가 대체 언제 자기 서류를 가져갔는지 의아했다.

"제 칸에는 '공감 능력자'라고 쓰여 있어요. 하지만 소피의 것에는 능력이 네 개 적혀 있고 그다음에 '기타 등등'이라고 적혀 있죠. 그렇다면 소피는 숨겨진 능력이 더 있다는 뜻인가요?"

포클 씨가 말했다.

"그냥 '기타 등등'이라고 쓴 걸 두고 큰 의미를 둘 건 없다."

"흥, 의심 안 할 수가 있어요? 제발 소피가 기만 능력자는 아니라고 말해 주세요. 그러면 너무 복잡해진다고요."

키프는 소피가 가졌으면 하는 능력과 가지지 않았으면 하는 능력을 계속 줄줄이 읊었고, 소피도 잘 들어 볼까 생각했다. 하지만 소피의 눈이 서류에서 인생을 바꿀 만한 것을 발견했다.

가족 이름을 쓰는 칸에는 또렷한 글씨로 이렇게 적혀 있었다.

미스터 에롤 엘. 포클.

~ 40 ~

소피는 숨 쉴 공간이 필요해 의자를 뒤로 밀었다.

포클 씨가 혹시 친아버지가 아닐까 생각한 적도 있지만, 어느 순간 그 생각은 머릿속에서 밀려났다. 친아버지가 자신을 실험했다고, 몇 번이나 자기를 버렸을 거라고는 상상할 수 없었다. 소피는 포클 씨에게 물었다.

"당신이었어요? 지금까지 쭉?"

포클 씨가 눈썹을 모았다. 다음 순간 무슨 말인지 알아차린 것 같았다.

"난 네가 생각하는 그런 존재가 아니야."

"그런 존재가 뭔데요?"

비아나가 묻자 피츠가 소피의 서류를 낚아챘다.

피츠의 입이 딱 벌어졌다.

"…… 소피의 아버지?"

"아니, 그렇지 않아."

"그럼 왜 *가족*이라고 적었어요?"

"*내가* 가족이니까. 소피의 시작 증명서에 내 이름이 올라가 있어. 누군가는 소피의 존재를 보증해야 했거든. 소피의 유전적 부모는 스스로 나설 수 없기 때문에 내가 그 일을 맡았단다. 물론 위조된 신분을 사용해야 했지. 하지만 거기 나온 포클 씨는 여전히 나란다."

델라가 물었다.

"왜 비밀이에요? 소피는 자기 가족을 알면 안 돼요?"

그래니티와 포클 씨는 눈길을 주고받았다.

포클 씨가 소피에게 말했다.

"언젠가는 너도 이해할 수 있을 거야. 하지만 지금은 내가 유전적 아버지가 아니라는 것까지만 말해 줄 수 있어. 졸리 일로 고민할 때 말해 준 것처럼."

키프가 포클 씨의 손목을 잡았다.

"진실을 말하고 있네요. 그리고…… 진짜 속상해하는데요?"

"물론이지! 문라크 프로젝트는 *파격*일 수 있어. 하지만 난 네 가족이란다. 넌 내 가족이고."

마지막 말을 할 때 포클 씨의 목소리가 갈라졌다. 포클 씨는 눈가를 닦으며 돌아섰다.

포클 씨가…… 운다고?

포클 씨가 송신했다.

네가 나한테 반감을 품은 건 잘 안다. 억울하다고 우기진 않겠다. 하지만 내가 널 무척 아낀다는 것만은 알아주렴. 믿고 싶지 않을 수 있지만, 너의 유전적 부모도 널 아낀단다. 이름을 밝히지 않는 데는 아주 중요한 이유가 있어. 그분들이 네 삶의 일부분이 되기 싫어해서가 아니란다.

소피가 다시 전송했다.

제가 만난 적 있어요?

그건 말할 수 없구나. 제발 부탁하는데, 그만 추측하렴. 마침내 네가 정답을 찾게 되면 우리 세계를 무너뜨릴 수도 있는 연쇄 반응이 일어날 거야.

부모님이 누군지 아는 게 어때서요……?

그 순간, 새로운 생각이 떠올랐다. 그 어떤 추측보다 가슴 아픈 생각이었다.

포클 씨가 한숨을 쉬었다.

아직도 가능성을 고민하고 있구나. 네 유전적 부모는 서로 아무런 관계가 없다는 점도 말해 주마. 사랑하는 사이도 아니란다. 심지어 친구 사이도 아니었어. 내가 일부러 그렇게 한 거야. 서로가 누구인지 알 수 없게 해야 했거든.

소피가 물었다.

그분들은 내가 딸인 걸 알아요?

그럼. 거기까지만 말해 주마.

포클 씨의 목소리는 더 이상 들리지 않았지만 소피의 머릿속은 여전히 새로운 생각으로 어지러웠다. 포클 씨가 말해 준 사실로 인해 가능성은 절반으로 줄어들었다. 하지만 가장 가슴 아픈 부분은 여전히 남아 있었다.

그래도 소피의 아버지는…….

그 이름을 떠올리는 것만으로도 견딜 수 없었다.

하지만 그는 텔레파시 능력자였다. 항상 믿을 수 없을 만큼 소피에게 상냥했다. 그렇다면 자신의 캐시를 준 이유도 이해가 갔다…….

키프가 말했다.

"이런, 두 분이 *서로의 눈을 들여다보고* 있군요. 우아."

포클 씨는 눈길을 돌리며 눈물을 닦았다.

"우리 괜찮은 거지?"

소피는 고개를 끄덕였다.

"어떻게 손쓸 수가 없는 미친 가족이 누구나 있잖아요. 당신은 그런 가족이겠죠."

그 말에 그래니티가 얼굴이 갈라지도록 웃었다.

피츠가 엑실리움 서류를 돌려주자 소피는 포클 씨의 이름을 찬찬히 살펴보았다.

"에롤?"

소피의 물음에 포클 씨가 대꾸했다.

"강하고 좋은 이름이지."

키프가 물었다.

"머리글자를 따면 엘프(ELF)인 거 알아요?"

"물론이지. 성이 F로 시작하는 걸 깨닫고 나니 그렇게 맞추지 않을 수가 없겠더라."

델라가 물었다.

"'포클'은 어떻게 고른 거예요?"

"그냥 골랐어요. 기억에 남으면서도 복잡하지 않은 단어를 찾았는데, 논리적인 의미도 담겼으면 했어요. 노르웨이는 내가 늘 좋아하던 인간 세계의 지역인데, 포클은 노르웨이어로 '변장'이라는 단어와 비슷해서 적당하게 느껴졌죠. 신기하게도 '앞치마'라는 뜻도 있다고 해요. 아, 인간 언어의 독특한 점이죠."

덱스가 물었다.

"L은 무슨 뜻인가요?"

포클 씨는 살짝 얼굴을 붉히며 "로키(Loki)."라고 중얼거렸다.

소피는 눈을 굴리고 싶은 유혹을 느끼며 따라 말했다.

"로키? 북유럽 신화에 나오는 말썽꾸러기 신이요?"

"실은 *나*를 보고 영감을 받아 로키가 만들어졌지. 인간들이 만든 터무니없는 이야기들, 특히 암말로 변신한 로키가 종마와 교접해 아이를 낳았다는 얘기는 내 탓으로 돌리지 마라. 하지만 난 늘 그 지역을 좋아했고, 젊은 시절에는 거기서 좀 많이 재밌게 보냈지. 변장하고 약간의 혼란을 일으키는 건 식은 죽 먹기거든. 시간이 지나면서 나의 무모한 장난들은 변신을 잘하는 말썽꾸러기 신의 이야기로 바뀌었지. 그래서 이번에 또다시 변장할 일이 생기니까, 그 이름을 공식적으로 내 새로운 정체성으로 삼으면 딱 어울리겠다 싶더구나."

키프가 말했다.

"여러분, 포클 장난꾸러기가 이제 제 영웅이에요."

그래니티가 말했다.

"자, 이제 원래 하던 일로 돌아가야지. 서류가 정확한지 다들 확인했니?"

"제 건 정확해요."

비아나가 서류를 돌려주며 말했다.

소피도 돌려주려는데, 어떤 부분이 눈에 들어왔다.

"시작일이 무슨 뜻이에요?"

포클 씨가 대답했다.

"시작한 날. 네 삶이 시작된 순간."

"당신이 써 넣은 날짜는 제 생일 몇 달 전인데요?"

"당연하지. 시작된 이후에 태어났으니까."

덱스가 말했다

"잠깐만, 우리 아빠가 갖고 있는 인간 영화에서 이런 내용을 본 적 있어. 인간들은 생일을 축하하지?"

"대부분 그렇지."

말하다가 소피는 자신이 뭔가 놓친 게 있음을 알았다.

소피가 물었다.

"그럼 엘프들은 시작일부터 나이를 계산하나요?"

포클 씨가 말했다.

"물론이지. 네가 태어난 날은 그저 첫 숨을 내쉰 날이야. 처음으로 말을 했거나 첫 걸음을 뗀 날보다 더 중요한 이정표는 아니지. 걱정 마라. 시작은 남달랐어도 네가 시작되는 순간에 나쁜 영향이 가지 않도록 *엄청나게* 조심했단다. 내가 네 생명을 촉발한 순간부터 어머니에게 안전하게 이식한 순간까지 몇 초밖에 안 걸렸어. 네 어머니의 배꼽도 엘프들처럼 분홍색으로 변해 튀어나왔지. 어떻게 그랬는지 지금도 이해가 안 돼."

소피가 떠올렸던 중요한 생각은 *기이한 정보*들의 홍수에 휩쓸려 사라질 뻔했다.

"좋아요."

소피는 한 번 더 확인하려고 손가락으로 달 수를 세며 말했다.

"제 시작일과 생일은 아홉 달 차이가 나요."

포클 씨가 정정했다.

"엄밀히 말하면 39주 차이야. 원래는 40주여야 했는데, 네 어머니가 일주일 일찍 출산했지. 뭐가 잘못됐나 걱정했지만 출산에는 아무 문제가 없었어. 산통과 싸우는 모습을 지켜보느라 내 삶에서 가장 긴 밤을 보냈지만 말이다. 솔직히 인간 여성이 아이를 낳기로 마음먹는 것 자체가 믿을 수 없을 만큼 놀라운 일이야. 상상할 수 없는 고통을 겪거든."

소피가 물었다.

"엘프들은 아프지 않아요?"

델라가 말했다.

"전혀. 물론 힘들기도 하고, 편안한 자세를 찾기 힘든 순간도 있어. 하지만 예쁜 아기를 받아들고 아기가 빤히 올려다보며 안녕 인사하는 순간 마음이 사르르 녹는단다."

"말을 한다고요?"

다음 순간, 몇 달 전에 알든이 엘프 아기는 태어날 때부터 말을 한다고 했던 것이 떠올랐다. 지금 그 모습을 그려 보니 훨씬 더 기이하게 느껴졌다.

포클 씨가 말했다.

"네가 말을 하는 바람에 큰 소동이 일어났지. 다행히 아무도 언어를 알아듣지 못해서 그냥 옹알이인 줄 알고 넘어가더구나. 나는 네 유아기 동안 네가 하는 엘프 행동들에 대해 변명을 지어내기 바빴단다."

"그렇군요."

소피는 포클 씨가 이상한 정보는 그만 알려 주길 바라며 말했다.

"그런데요…… 전 지금까지 생일을 기준으로 나이를 셌어요."

포클 씨는 놀라는 것 같지 않았다.

소피가 물었다.

"왜 저한테 말씀 안 하셨어요?"

"어떻게 말할 수 있겠니? 인간은 모든 게 생일 중심이야. 인간들과 함께 사는 한 그대로 둘 수밖에 없었지. 그리고 네가 잃어버린 도시에서 지낼 때는 나와 거의 접촉이 없었고. 네 고유의 시작일이 폭스파이어의 기록과 등기소에 있으니까 누군가는 눈치챌 줄 알았어. 하지만 네 나이는 다르게 계산됐다는 걸 아무도 알아차리지 못한 것 같구나."

델라가 동의했다.

"알든은 확인해 볼 생각도 하지 않았을 거예요. 인간은 시작일부터 나이를 세지 않는 걸 누구도 몰랐죠."

비아나가 끼어들었다.

"잠깐만요. 그럼 우리 규칙에 따르면 소피는……."

포클 씨가 대신 말을 맺었다.

"원래 알던 나이보다 39주 더 많은 거지."

피츠는 마치 세상이 옆으로 기운 것처럼 고개를 갸우뚱하며 소피를 빤히 바라보았다.

"그럼 넌 열세 살이 아니네……."

포클 씨가 말했다.

"우리가 계산하는 방식으로는 그렇지. 시작일로 보면 소피는 열네 살에다 5개월이 조금 넘었구나."

키프가 푸하하하 웃었다.

"하루 만에 나이가 아홉 달이나 느는 건 포스터뿐일 거야. 멋진 열네 살 모임에 오신 것을 환영합니다!"

키프가 하이파이브를 하자고 손을 내밀었다.

소피는 놀란 나머지 하이파이브에 응하지 못했다.

"스트레스 받지 마, 포스터 양. 실제로 변한 건 없어. 넌 몇 분 전이나 지금이나 똑같아. 제대로 나이 계산하는 법을 배웠을 뿐이지."

그 말이 맞는 줄은 알지만 소피에게는 크게 와닿았다.

특히 비아나가 "어, 그럼 나보다 나이가 많네?"라고 말했을 때 더욱 그랬다.

시작일로 볼 때 비아나는 열세 살 반이 조금 넘었다. 덱스도 열세 살이지만 몇 주 후면 열네 살이었다. 키프는 열다섯 살까지 한 달도 채 안 남았고, 피츠는 열여섯 살이 되기 두 달 전이었다.

덱스가 말했다.

"그럼 넌 중간쯤이네. 너랑 난 여전히 나이가 가장 비슷해."

덱스의 말이 맞았다. 소피가 여섯 달 더 많긴 했지만. 키프나 피츠와의 나이 차도 *상당히* 줄었다.

소피가 물었다.

"잠깐만. 그럼 폭스파이어 학년도 잘못된 건가요?"

포클 씨가 말했다.

"네 나이는 두 학년의 중간에 해당한단다. 따라서 3학년으로 시작할 수도 있고 2학년으로 시작할 수도 있었어. 인간 교육을 받느라 따라잡을 시간이 필요해서 2학년으로 간 거지."

"그렇군요."

소피는 이미 꽉 찬 머릿속에 이 모든 엄청난 정보를 욱여넣으며 말했다.

그러니까…… 엘프 나이로 치면 소피는 열네 살이었다. 열다섯 살에 거의 절반쯤 갔다.

비아나가 물었다.

"인간은 왜 나이를 다르게 셀까요?"

포클 씨가 말했다.

"인간의 신체는 우리와 달리 생명이 언제 시작되었는지 정확히 드러나지 않아. 또 임신 과정이 훨씬 불안정하기도 하고. 임신 중 어느 때라도 유산될 수 있거든."

델라는 생각만 해도 괴로운 듯 배를 움켜쥐었다.

포클 씨가 델라에게 말했다.

"그래요. 소피의 어머니는 나한테 도움을 청하기 전에 아기를 다섯 명이나 잃었어요. 그 병원에서 일하면서 그런 여성을 수백 명 만났죠. 가장 가슴 아픈 건 비약만 몇 개 쓰면 유산을 막을 수 있다는 거예요."

그러면서 포클 씨는 소피에게 말했다.

"네 어머니는 그렇게 고쳤어. 널 낳은 뒤로는 아무 어려움 없이 여동생을 얻었지, 그렇지?"

소피는 고개를 끄덕였다.

"그럼 왜 다른 이들은 도와주지 않았어요?"

"인간들은 조약을 위반하고 전쟁 준비를 해서 도움 받을 권리를 잃었으니까. 그래도 우리는 나중에 몰래 도와주려고 했단다. 하지만 인간들은 우리가 준 선물을 무기로 개조하거나, 정치적 목적을 위한 협상 카드로 써먹거나, 화학 물질로 범벅된 케이크 따위를 만들어 냈지. 그러니 왜 우리가 그만둘 수밖에 없었는지 이해하렴. 그래도 지켜보는 건 힘들었단다."

델라는 여전히 배를 쥔 채로 물었다.

"그럴 거예요. 인간은 정말 한시적인 존재예요."

그래니티가 말했다.

"정말 그래요. 지구상에서 백 년도 못 살면서 매일 살아가는 건 어떤 느낌일까 생각해 봤어요. 바로 그게 인간이 아홉 달을 기다려 출생과 동시에 자신의 시간표를 시작하는 진짜 이유가 아닐까 싶어요. 일단 자신의 시계가 똑딱거리기 시작하면 되돌릴 수 없으니까요."

포클 씨가 동의했다.

"인간들과 함께 지낸 세월 동안 가장 인상 깊었던 것 하나가 바로 그거예요. 각 세대는 문제를 다룰 시간이 충분하지 않아서 다음 세대로 넘겨 버려요. 인간이 더 큰 그림을 볼 수 있다면 자신과 이 행성을 똑같은 방식으로 파괴하지 않을 텐데."

소피는 자라면서 귀로 들었던 이야기들을 떠올리며 고개를 끄덕였다. 죽음은 진정 인간의 변함없는 동반자였다. 죽음이 없었다면 인간은 남을 더 많이 배려하고 시간을 들여 올바른 방식을 찾아 나갈지도 모른다.

하지만 밤이 되어, 엑실리움에 갈 첫날을 상상하며 잠자리에서 뒤척이던 소피는 엘프의 무한한 수명이 인간의 짧은 삶 못지않게 걸림돌이 되는 건 아닐까 하는 생각이 들었다.

의회는 앞으로 수많은 세월이 남아서 그렇게 문제들을 못 본 척하고 뒤로 물러나 있는 것일까? 그건 블랙스완도 마찬가지였다.

생각을 거듭할수록 양쪽 다 중요한 관점을 놓치고 있다는 생각이 스며들었다. 그래서 어쩌면 소피가 창조되었는지도 모른다.

양쪽 세계에 살면서 각 세계의 어리석음과 성공을 모두 본 소녀.

소피의 임무는 판을 뒤흔들고 새로운 일을 하는 것이었다.

~ 41 ~

"비아나 말이 맞아. 가면 냄새 지독한데?"

다섯 친구가 엑실리움으로 도약할 때 키프가 말했다.

안개 낀 산비탈에 도착하자마자 구슬 속에 있던 크리스털 조각은 녹아 버렸다. 매서운 바람에 뺨이 얼얼한 가운데 바위투성이 길을 올라갔다. 주위의 호리호리한 나무들은 별 문제 없고 건강해 보였다.

"여긴 전염병 신호가 안 보여."

소피는 안심되는지 실망스러운지 종잡을 수 없었다. 전염병이 없다는 것은 단서를 찾을 가능성이 없다는 뜻이기도 했다.

비아나가 물었다.

"음…… 학교는 어디 있지? 엉뚱한 곳에 온 걸까?"

덱스가 말했다.

"그럴 리가? 그들이 준 구슬로 도약한 건데."

"맞아."

하지만 소피는 아직 누구도 보지 못했고, 누군가 왔다 간 흔적조차 보지 못했다. 길을 지나다닌 발자국도 없고 말소리도 들리지 않았다.

"만약 길을 잃은 거라면……."

피츠가 말했다.

"그럼 이 절벽에서 뛰어내려 알루베테르에 최대한 가까이 이동하자."

키프가 끼어들었다.

"아니면 소피가 우릴 폭스파이어로 데려가는 건 어때? 우린 복도를 뛰어다니며 외치는 거지. '당신들은 우릴 쉽사리 제거 못 해.'"

덱스가 말했다.

"그거 마음에 드는데."

비아나도 동의했다.

"나도."

"물론 그렇겠지. 누가 낸 아이디어인데."

굽이진 길을 따라가는데 바위투성이 빈터가 나타났다. 안개가 짙어 땅이 보이지 않았다. 쇠 엉겅퀴로 엮어 들쭉날쭉한 검은색 금속의 거대한 아치가 입구 위에 우뚝 솟아 있었다.

덱스가 속삭였다.

"정말 으스스하다. 여기가 학교일까?"

소피가 아치 한가운데를 가리켰다. 거기에는 전에 본 것과 똑같은 X 자 표지가 마치 그들을 비웃고 있는 듯했다.

소피가 속삭였다.

"됐어. 이 시점부터 우리는 눈에 띄지 않게 행동해야 해. 뭔가 발견하면……."

나머지 지시 사항은 비명 속으로 사라졌다.

굵은 밧줄이 소피의 발목을 조여 위로 확 끌어올리더니 다음 순간 소피는 아치에 거꾸로 매달렸다. 친구들도 옆에 매달려 발버둥 쳤고, 땅바닥은 저 아래 있었다.

"환영한다!"

안개 속 어딘가에서 거친 여자 목소리가 외쳤다.

안개가 걷히며 빨간색 망토를 입은 형체가 앞으로 나오고, 이어서 파란색 망토와 보라색 망토가 뒤따랐다.

"풀려날 방법을 각자 찾아보도록."

보라색 망토가 말했다. 그 여자의 목소리는 다른 이들보다 더 딱딱하게 들렸다. 감정도 드러나지 않았다.

파란색 망토는 높고 비음이 섞인 목소리로 말했다.

"정답은 없어. 하지만 빛의 도약은 인정하지 않아. 밧줄을 풀거나 끊어야 한다. 현명하게 선택해. 이것을 통해 우리 중 누가 지도할지 결정하니까."

어지러워서 머리가 욱신거리고 올가미에 걸린 발의 감각이 마비되는 가운데 소피는 매듭을 잡으려고 몸을 구부렸다. 하지만 절반도 가기 전에 복근의 힘이 달려 포기하고 말았다.

왜 영화에서는 그렇게 쉬워 보이는 걸까?

"누구 운 좋은 친구 있어? 이 매듭 도저히 안 풀려."

피츠가 물었다. 소피처럼 복근 문제는 겪지 않는 게 분명했다. 피츠는 흔들리는 손으로 밧줄을 풀려고 비틀었다.

키프가 말했다.

"거의 다 됐어."

소피는 키프를 보려 했지만 중간에 있는 덱스에 가려졌다.

키프는 몇 번 신음을 토하더니 소리쳤다.

"우릴 묶어 놓을 줄 알았지? 음⋯⋯."

요란한 *찌이이이이익* 소리에 키프는 말이 끊겼다가, 점심시간 벌을 한 달은 받을 만한 욕설을 쏟아 내더니 마침내 *쫘당!* 소리가 나면서 잠잠해졌다.

소피가 소리쳤다.

"괜찮아요?"

키프가 신음했다.

"별로 안 괜찮아. 떨어지는 것에 대비하는 걸 깜박했어."

파란색 망토가 지적했다.

"네 바지도 깜박했지."

그 순간 비웃음의 물결이 뒤따랐다. 알고 보니 전교생이 안개 속에 숨어 정육점의 고깃덩어리처럼 매달린 소피와 친구들을 지켜보고 있었다. 키프의 부츠와 찢어진 검은 바지도 대롱대롱 매달려 있었다.

한 아이가 소리쳤다.

"팬티가 온통 밴시 무늬인데!"

또 다른 아이가 말했다.

"저 녀석 오줌 지렸다는 데 내기 건다."

파란색 코치가 날카롭게 말했다.

"**조용!** 아직 매달려 있는 녀석들은 이미 탈출한 녀석에게 신경 쓸 것 없다. 시험 통과. 너희도 똑같이 할 수 있을까?"

덱스가 큰 소리로 대꾸했다.

"좀만 기다려요!"

소피가 돌아보니 덱스는 원숭이처럼 몸을 웅크린 채 은색의 뭔가로 밧줄을 자르고 있었다. 다음 순간 밧줄이 뚝 끊어지고 덱스는 공중에 떴다.

공중 부양.

덱스가 땅으로 둥실둥실 내려와 조끼 버클로 만든 은색 칼날을 보라색 코치의 발치에 던지자 키프가 구시렁거렸다.

"저걸 생각했어야 했는데."

보라색 코치가 말했다.

"인상적이군. 우리 구역이 아닌 게 아쉽다."

빨간색 코치가 소피와 피츠와 비아나에게 큰 소리로 말했다.

"그럼 셋 남았군."

"둘 남았어요!"

비아나가 팔을 위아래로 흔들어 몸을 그네처럼 앞뒤로 움직이며 외쳤다. 비아나의 밧줄은 아치의 쇠 엉겅퀴와 마찰해 너덜너덜해졌고, 마침내 밧줄이 끊어지자 비아나는 덜덜 떨며 공중 부양을 했다. 거의 다 내려왔을 때는 집중력이 바닥났지만 다행히 몸을 말아 구르며 땅에 떨어졌다.

소피도 비아나의 방법을 써 봤지만 밧줄은 끊어지지 않았다. 키프처럼 바지가 벗겨진 채 뚝 떨어져서는 *절대로* 안 될 일이었다. 그렇다고 조끼의 버클을 칼날로 바꾸는 방법도 몰랐다. 하지만 소피가 쓸 수 있는 방법이 분명 있을 것이다. 소피는 주머니를 뒤졌다.

"알았다!"

피츠가 외치며 금메달을 딸 만큼 멋지게 공중제비를 해서 아치 꼭대기에 올라섰다. 그러고는 손쉽게 밧줄을 풀고는 소피 쪽으로 다가왔다.

세 코치가 일제히 소리쳤다.

"도와주면 안 돼!"

피츠가 소리쳤다.

"저 혼자만 내려가진 않을 거예요!"

소피가 피츠에게 말했다.

"괜찮아요. 나도 계획이 있어요."

좋은 계획인지는 모르겠지만, 피츠가 알 필요는 없었다. 소피는 남의 도움을 받아 탈출하고 싶지 않았다.

피츠는 마지못해 공중 부양을 하며 내려갔고, 소피는 조끼 속에 손을 넣어 블랙스완 펜던트를 꺼냈다. 그 펜던트가 역장을 만났을 때 어떻게 작동했는지 떠올렸다. 백조 모양의 펜던트 손잡이를 쥐고 유리알을 떠오르는 해의 빛줄기 쪽으로 기울였다. 빛이 렌즈에 닿자마자 레이저처럼 푸른 빛이 번쩍였다. 소피는 그 빛을 밧줄에 대고 쏘았다. 새하얀 불꽃이 터지면서 폭발하더니, 소피의 부츠를 타고 불이 번져 불꽃을 뿌리며 금속 아치가 타올랐다.

소피는 허우적거리며 풀려났지만, 다리에 불이 붙어 고통스러운 나머지 떨어질 때 공중 부양도 할 수 없었다. 소피는 몸을 동그랗게 말고 무자비하게 땅에 부딪힐 각오를 했는데……

차갑게 쏟아지는 물줄기에 소피는 뒤로 쓰러지고 말았다.

물속에 처박혔지만 다리에 붙은 불이 꺼져 다행이었다. 다음 순간 파도가 몰아치며 소피를 흙바닥으로 살포시 내던졌다. 소피는 숨을 헐떡거리며 일어서려 했지만 아릿한 통증이 밀려왔다.

소피가 마지막으로 본 것은 불타는 아치를 덮치는 거대한 파도였다. 다음 순간 모든 것이 시커멓게 변했다.

~ 42 ~

"첫날부터 엑실리움을 불태워 버리는 일은 너한테 맡겨야겠다."

키프의 말에 눈을 떠 보니 소피는 희미하게 불이 밝혀진 텐트 안에 있었다. 소피가 누운 좁은 매트리스는 바닥에 놓여 있고, 발목은 뭔가 닿으면 쓰라렸지만 다른 데는 괜찮은 것 같았다. 그러다 부츠가 사라진 것을 깨달았다. 바지도…….

소피는 허둥지둥 담요를 찾으려다가 자신이 빛바랜 회색 가운 차림인 것을 알아차렸다. 언제 어디서 옷을 갈아입혔는지는 묻지 않기로 했다.

몸을 돌려 모로 눕는데 침대에서 민망하게 삐걱 소리가 났다.

소피가 말했다.

"매트리스 소리예요."

키프가 낄낄거렸다.

"누구나 방귀는 뀌어. 멋진걸. 그래도 난 네가 귀여워."

소피는 텐트를 살펴보았다. 텐트의 캔버스 천은 대담한 색채의 소용돌이무늬로 장식되어 있었다. 한때는 예뻤을지 몰라도, 찢어지고 덕지덕지 기운 데가 많아 깨끗이 세탁해야 할 것 같았다.

"발목은 좀 어때요?"

키프가 몸을 쭉 뻗다가 움찔하자 소피가 물었다. 키프도 똑같은 가운을 입고 발에는 검은 붕대를 감고 있었다.

키프가 딸꾹질을 했다.

"부브리(스코틀랜드의 물속에 사는 괴조이자 상상의 동물) 친구가 부러진 건 아니라더군. 그리고 고통을 덜어 준다며 이걸 줬어."

키프는 빈 병을 들고 또 딸꾹질을 했다.

"부브리 친구요?"

"이름은 말해 주지 않겠대. 웃기는 새 가면을 쓰고 있던데."

키프는 다시 낄낄거렸다.

"그 친구는 어디 갔어요?"

"이거 더 가지러 갔으면 좋을 텐데."

키프는 한 모금 마시려다가 빈 병의 가장자리만 핥았다.

강력한 비약이 틀림없었다.

"뭐가 들었어요?"

"몰라. 내가 아는 건 머스코그와 뽀뽀했을 때 맛이 난다는 것뿐이야."

"머스코그랑 뽀뽀해 봤어요?"

"난 대담하게 다가오면 절대 거절하지 않아!"

"잠깐만요. 정말 머스코그와 뽀뽀했다고요?"

소피는 예전에 스티나가 덱스의 사물함에 넣어 두었던 트림하는 개구리 같은 동물이 생각났다.

키프는 또 딸꾹질을 했다.

"이것저것 많이 뽀뽀해 봤지! 비아나한테 물어봐."

"비아나한테 뽀뽀했어요?"

"옛날 일이지 뭐. 대부분 뺨에."

"대부분은 또 뭐죠?"

"시범 보여 줘?"

"난 됐어요."

소피는 자기 얼굴이 스너글스 씨보다 더 빨개졌다고 확신했다.

키프가 말했다.

"별것 아니었어. 그냥 폼 한번 잡아 본 거야."

"알겠어요."

소피는 자기가 왜 주먹을 꽉 쥐고 있는지 알지 못했다.

키프가 눈을 가늘게 떴다.

"넌 읽기 힘든 존재야, F 양. 알지? 가끔 난 네가…… 오오오오 그 부브리 친구가 너한테도 굉장한 소스를 줬구나!"

키프가 가리킨 것은 소피의 매트리스 옆에 놓인 약병이었다. 그 병

79

에는 소용돌이 같은 보라색 시럽이 들어 있었다.

"저거 마셔야 해. 먹기 싫으면 나한테 주고!"

소피는 키프의 손이 닿지 않게 약병을 치웠다.

"충분히 마신 것 같은데요?"

"우우, 넌 우리 엄마보다도 나빠! 아냐, 그렇지 않아. 아무도 엄마보단 나쁘지 않겠지. 안 그래?"

그 생각에 키프는 정신이 좀 든 듯 몸을 돌려 모로 누운 채 다리를 가슴 쪽으로 끌어당겼다. 그러고는 빈 병을 손톱으로 두드렸다.

톡, 톡, 톡.

소피는 키프의 얼굴을 들여다보며 이것이 *진짜* 키프일까 생각했다. 농담들 뒤에 숨지 않은 화난 표정. 어떻게 보면 겁먹은 것처럼 보이기도 했다.

"그건 아직 몰라요."

소피가 부드럽게 말했다.

"그래. 한번은 엄마에게 목걸이를 만들어 줬어. 내가 그 이야기 했지? 엄마가 가장 좋아하는 팔찌에 어울리는 구슬로 만들었지. 구슬 하나에 꽃도 하나씩 그려 넣었어. 엄마가 그 목걸이를 몇 번이나 했을 것 같아?"

소피는 충분히 짐작이 갔다.

키프는 손가락 하나 펴지 않은 채 두 주먹을 들어 보였다.

"이만큼. 난 정말로 엄마가 목걸이를 할 줄 알았어. 엄마는 내 편도 들었거든. 폭스파이어 입학시험은 준비 안 하고 엉뚱한 것만 만든다고 아빠가 뭐라고 하니까 엄마는 목걸이가 예쁘다고 말해 줬어. 나는 농학 시험 공부를 하고 기억을 더듬어 꽃을 그린 거였지. 아빠는 관심도 없었지만. 그래서 난 엄마가 목걸이를 하고 다닐 줄 알았어. 하지만 아니. 엄마는 *아빠가* 사 준 그 못생긴 루비 목걸이만 걸고 다녔지."

키프의 손에서 병이 튀어 나가 텐트 구석으로 날아갔다.

소피가 병을 잡으려고 일어나려는데 숨이 헉 나왔다.

"허락하기 전에 침대에서 나오면 그렇게 된다."

날카로운 목소리가 꾸짖었다.

"어이, 그 부브리 친구!"

녹색 망토를 입은 형체가 텐트 안으로 슥 들어오자 키프가 말했다.

"좋은 거 더 없어요?"

부브리 친구는 눈살을 찌푸렸다. 소피는 키프가 그의 가면을 두고 왜 부르리라고 했는지 이해가 되었다. 검은 금속 가면은 후드 천을 뚫고 튀어나온 노란색 깃털들로 장식되어 있었다.

소피가 그에게 말했다.

"더 주면 안 될 것 같아요."

부브리 친구도 동의했다.

"응, 내 생각도 그래. 걱정 마, 곧 정신이 들 거야. 넌 어때? 너도 같은 부작용을 겪고 있지 않니?"

소피는 가득 차 있는 약병을 들어 보였다.

"마시면 안 될 것 같아서요. 게다가 림비움이 들었는지도 확인해야 하고요."

"아, 알레르기가 있는 게 너였구나. 그게 너인지 다른 여자아이인지 확실히 몰랐어. 만일에 대비해 신경은 썼어. 이제 화상을 살펴보자."

소피는 다리를 쭉 뻗다가 물집이 발등을 뒤덮고 종아리 가운데까지 맺혀 있는 것을 보고 움찔했다.

부브리 친구는 거의 빈 튜브를 꺼내 마지막 남은 내용물을 짜서 화상 부위에 발랐다. 크림은 희끄무레한 잿빛이었고 물집에 닿자 따끔거렸다.

부브리 친구가 설명했다.

"통증을 덜어 주는 연고가 떨어졌어. 지금 거의 모든 물품이 부족하지. 그렇지만 이 정도만 발라도 충분해. 어쩌다 약초를 발견하면 그걸로 약을 만들기도 하지만, 쥐꼬리만 한 보급품 공급이라도 해 주면 더 바랄 게 없을 텐데."

"의회에서 아무것도 보내 주지 않아요?"

부브리 친구가 코웃음을 쳤다.

"그자들이 보내는 것은 더 많은 골칫덩이들뿐이지. 하루에 다섯 명씩이나 보낸 적은 없지만. 너희는 대체 무슨 짓을 한 거니?"

소피는 어깨를 으쓱했다.

"의회에 밉보였어요."

"뭐, 그런 것에 익숙할 테니 다행이네. 코치들한테도 밉보였을 테니까. 너희는 아치를 망가뜨렸거든."

"우릴 피냐타(아이들이 파티 때 눈을 가리고 막대기로 쳐서 넘어뜨리는, 장난감과 사탕이 가득 든 통)처럼 매달아 놓은 건 코치들이었다고요."

"피냐타?"

"인간들이 쓰는 물건이에요."

"음, 그런 말을 쓰니까 여기까지 온 것 같은데? 그 눈도 그렇고."

키프가 그에게 말했다.

"이봐요, 난 포스터의 눈이 마음에 들어요. 갈색은 파란색보다 훨씬 따뜻한 느낌이거든요."

소피가 얼굴을 붉히자 부브리 친구가 말했다.

"너희 둘 조심하렴. 여기서 이름은 달갑지 않은 존재야."

키프가 물었다.

"그럼 당신을 계속 부브리 친구라고 불러도 된다는 소린가요?"

"꼭 그래야겠다면 그래라. 하지만 진지하게 경고하는 거야. 남과 어울리지 마. 기술을 배우는 데 집중하고. 그 다리도 좀 닦고."

소피는 조금 뒤에야 그가 내민 수건으로 닦으라는 말임을 알아차렸다. 그 수건은 깨끗하다고는 할 수 없었다. 하지만 다른 수건이 없기 때문에 소피는 잿빛 연고 찌꺼기를 닦아 냈고 물집이 깨끗이 사라진 것을 보고 한시름 놓았다.

부브리 친구가 고개를 끄덕였다.

"그 여자애가 재빨리 불을 꺼서 다행이야."

"여자애요?"

소피가 물었다.

"유체 운동 능력자. 널 덮친 파도는 그 애가 불렀지. 그건 그렇고 그런 일을 하면 쫓겨나. 나머지 불도 꺼져서 코치들이 그냥 넘어갔지."

"도와주면 왜 쫓겨나요?"

소피는 그것이 '퇴학'을 의미하지, 실제로 교정 밖으로 쫓겨나는 것은 아니길 바라며 물었다.

"여기선 모두가 자기만 생각해야 하니까. 넌 아닌 것 같아서 말해 주는데, 그 애한테 고맙다고 인사하는 건 위험해. 대화를 나누면 둘 다 곤란해질 거야. 게다가 암흑 능력자까지 상대해야 할 거야."

암흑 능력자를 말할 때 소피는 등골이 오싹해졌다.

"암흑 능력자가 누군데요?"

"여기 최악의 골칫덩이야. 유체 운동 능력자를 엄청 싸고돌지. 여기서 살아남고 싶으면 둘 다 거리를 둬야 해."

부브리 친구는 키프에게 관심을 돌려 붕대를 풀고 발목에 녹색 젤을 문질렀다.

"여기서 일한 지 얼마나 됐어요?"

소피는 그가 오래 일했다고 대답하길 바라며 물었다. 역장 능력자에 대해 뭔가 알아낼 수만 있다면 이렇게 '첫날부터 의사가 찾아오는' 일도 덜 창피할 것이다.

부브리 친구가 말했다.

"솔직히 말해서 얼마나 됐는지도 잊어버렸어. 10년은 된 것 같은데 기억이 가물가물해."

그 정도면 만족스런 대답이었다.

"그동안 역장 능력자를 치료하거나 만난 적 있어요?"

"여럿 만났지."

부브리 친구는 돌아서서 소피를 마주 보았다.

"그런데 왜?"

소피는 아무렇지 않은 척 어깨를 으쓱했다.

"몇 주 전에 우연히 역장 능력자를 만났는데 엑실리움에 다녔다고 했거든요."

부브리 친구가 고개를 저었다.

"한눈에 반한 거라면 더 잘 할 수 있을 거야."

"반한 거 아니에요."

소피는 키프가 킬킬거려도 못 들은 척했다. 하지만 정답을 끌어내려면 '진실'을 좀 더 섞어야 한다는 것을 깨닫고 이렇게 덧붙였다.

"아무래도 어떤 반란 조직의 일원인 것 같아요."

부브리 친구가 움찔하자 소피는 뭔가 알아낼 수 있겠다 싶었다.

더군다나 그는 이렇게 말했다.

"그자를 가까이하지 마."

"내가 누굴 말하는지 알아요?"

"그런 것 같아. 하지만 이름은 말 못 해. 그자는 암흑 능력자보다도 나빠. 이곳에선 대개 의회에 분노를 품고 있지만, 그 녀석은 혁명을 일으킬 수도 있겠다고 생각했던 기억이 나. 그리고 중립 지역에서 일어난 이상한 일들을 보면……."

"어떻게 이상했는데요?"

소피의 심장이 쾅쾅 뛰었다.

부브리 친구가 말했다.

"위험한 질문이야. 쫓겨날 수도 있어. 아니면 더 나쁜 일이 생길 수도 있고."

소피가 물었다.

"우리 세계에서 무슨 일이 일어나는지 궁금해 하는 것도 잘못이에요?"

"너에게는 이제 우리 세계가 아냐. 추방됐으니까."

소피가 반박하기도 전에 키프가 끼어들었다.

"얘하고 내기했거든요. 누가 이겼는지 확인하려고 그래요. 난 그자가 센 척하려고 거짓말했다고 장담했어요. 그래서 얘는 내가 틀린 걸 증명하려는 거예요. 다리가 이제 훨씬 나아진 것 같아요. 고마워요."

부브리 친구는 키프의 변명을 믿지 못하는 표정이었다. 하지만 침대 발치에 있는 새 바지와 부츠를 가리키고는 침대 사이에 커튼을 내려 주었다.

"코치들이 너희를 표시할 준비가 다 됐다."

"우리를 표시해요?"

"그래. 이제 엑실리움에서 너희의 자리를 알아갈 시간이지."

~ 43 ~

　부브리 친구는 치유 텐트에서 나와 황금색 캐노피 아래 있는 무대로 소피와 키프를 데려갔다. 그곳에는 각자의 색깔로 옷을 입은 세 명의 코치가 연단 한가운데 서 있었다. 나머지 골칫덩이들은 그 앞에서 군인처럼 팔을 옆구리에 딱 붙인 채 줄지어 서 있었다.

　소피는 그 무리 속에서 친구들을 찾았지만 모자와 가면에 가려 누가 누군지 통 알아볼 수 없었다. 유일하게 구별되는 표시는 소매에 찍힌 색깔 있는 손자국이었다. 왼팔에 빨간색 손자국이 있거나 오른팔에 파란색 손자국이 있거나 양팔에 보라색 손자국이 있었다. 손자국 색깔은 코치의 복장 색깔과 일치했고, 교정의 각 구석에 설치된 세 개의 텐트 색과도 일치했다. 무대 위 캐노피들을 보니, 가운데가 뾰족하게 솟고 비단 같은 네모난 천 조각들이 강한 산바람에 펄럭이는 모습이 유명인의 결혼식 사진을 떠올리게 했다. 오른쪽 텐트는 파란색, 왼쪽 텐트는 빨간색, 가운데 텐트는 보라색이었다. 코치들은 같은 순서로 선 채 같은 색깔의 페인트 그릇을 들고 있었다.

빨간색 코치가 쉰 목소리로 말했다.

"이 둘의 *사고*로 오늘 수업이 미루어졌으니 우린 점심을 건너뛰고 기술 훈련을 식욕 억제 훈련으로 변경한다."

모든 골칫덩이의 입에서 신음 소리가 흘러나왔다. 소피는 공식적으로 학교에서 가장 미움받는 소녀가 된 게 분명했다. 다행히 익숙한 분야였다.

빨간색 코치가 말했다.

"이제 너희를 표시한다."

파란색 코치가 앞으로 나와 키프를 마주 보았다.

"너의 즉흥적이고 충동적인 행동은 어리석긴 했지만 네가 우구역에 속한다는 것을 분명히 보여 주었다."

파란색 코치는 페인트에 손을 담갔다가 키프의 오른팔을 쳐서 소매에 파란색 손자국을 남겼다.

키프가 물었다.

"제가 하는 것 재미있었죠? 안 그래요?"

파란색 코치가 말했다.

"엄청."

파란색 코치는 나머지 코치들에게 돌아갔고, 보라색 코치가 앞으로 나와 소피에게 보라색 페인트 그릇을 건네주었다.

"너의 우유부단한 행동과 파격적인 해결책을 통해 넌 좌구역도 우구역도 아닌 양구역임을 분명히 보여 주었다."

보라색 코치는 두 손을 보라색 페인트에 담갔다가 소피의 양쪽 소매에 손자국을 남겼다.

소피는 손자국을 보며 키프와 헤어지지 않으면 좋겠다고 생각했다. 소피는 보라색 구역 텐트에서 친구 한 명이라도 찾을 수 있기를 바랐지만 친구의 얼굴은 없었다. 몇몇 골칫덩이는 소피가 지나갈 때 발을 걸어 넘어뜨리려고까지 했다.

텐트에는 의자가 없었다. 바닥에 매트만 깔려 있고 그조차도 낡았다. 모든 것이 닳아서 나달나달했고, 기운 자국과 얼룩이 있었다. 소피는 뒤쪽 한 자리를 골라 숨었다. 아무도 소피 근처에 앉지 않았다. 물론 누구도 서로 옆자리에 앉지 않았다. 다만 한 남자아이와 여자아이만이 서로 닿지만 않았을 뿐 최대한 바짝 붙어 앉아 있었다. 여자아이가 착용한 배지를 보는 순간 소피는 숨을 흡 들이마셨다. 배지에는 소용돌이치는 파도와 빗방울이 그려져 있었다. 유체 운동 능력자가 분명했다.

여자아이는 몸을 웅크리고 앉아 있었다. 남자아이는 반대였다. 온몸에서 *반항기*가 뿜어져 나왔다. 교복 소매는 걷어 올리고, 절대로 떨어지지 않겠다는 듯 여자아이 쪽으로 몸을 기울이고 있었다. 능력 배지는 은색인데, 움켜쥐려는 검은 손이 가운데에서 뻗어 나와 있었다. 소피는 남자아이가 암흑 능력자라고 생각했다.

소피가 남자아이를 살펴보면서 부브리 친구의 경고를 믿어야 할지 고민하고 있는데, 보라색 코치가 모두 자세를 바로잡으라고 소리쳤다. 다른 아이들이 책상다리를 하고 등을 꼿꼿이 세우자 소피도 따라 했다.

코치가 말했다.

"우리 몸은 음식이 필요하지만 그 신호를 꼭 *배고픔*으로 나타낼 필요는 없다. 배고픔은 선택이다. 이를 견뎌낼 만큼 강한 자들은 꺼 버릴 수 있는 경보 체계다. 조절하라. 집중. 현기증이 나면 머리를 무릎 사이에 집어넣어라."

처음 한 시간은 쉽게 지나갔지만 소피는 엉덩이가 마비되지 않도록 다리를 계속 꼼지락거려야 했다. 그러나 두 시간이 지나고 세 시간째 들어서면서 점점 더 속이 쓰라렸다. 아침 식사를 하지 않고 15분 더 자는 쪽을 택한 탓이었다. 배에서 꼬르륵 소리가 나기 시작하자 소피는 그 결정을 후회했다.

코치가 소피에게 말했다.

"약점에 굴복하지 마라."

꼬르르르르륵! 소피의 위가 항의했다.

소피는 배고픔에서 생각을 돌리려고 이번에 알아낸 내용을 되새겼다. 분명 그 의사는 전염병에 대해 뭔가 알고 있었지만 말하지 않았다. 소피는 어른들에게 묻는 것이 잘못된 방법일까 생각해 보았다. 골칫덩이 중 한 명과 말을 나눌 방법을 찾는 쪽이 나을지도 모른다. 하지만 누구와? 얼굴이 보이지 않으니 누가 우호적인지 알 수 없다. 능력 배지를 보고 판단할 수밖에 없었다.

소피는 텔레파시 능력자의 배지가 파란색 바탕에 얼굴 실루엣과 뇌를 지나가는 번개 표시가 있다는 것을 알았다. 소피의 타격 능력자 배지는 삐죽삐죽한 은색 선들을 내뿜는 은빛 손이 그려진 검은색 배지인데, 텔레파시 능력자 배지가 훨씬 더 예뻤다. 다국어 능력자 배지는 보라색 바탕에 분홍색 입술과 흰색 말풍선이 있고, 소피가 가장 좋아하는 순간 이동 능력자 배지는 별이 빛나는 하늘을 배경으로 알리콘이 날고 있는 그림이었다. 덱스의 기술 능력자 배지는 짙은 녹색 바탕에 회로나 전선 같은 검은 선으로 뒤덮인 은색 손자국이 그려져 있고, 키프의 공감 능력자 배지는 빨간색 바탕에 책이 펼쳐져 있고 가운데 은색 하트가 그려져 있었다.

하지만 나머지 배지들은 짐작할 수밖에 없었다. 두 손으로 태양을 든 노란색 배지는 빛 능력자인가? 바람에 나무가 휘청거리는 배지는 돌풍 능력자인가? 그런데 그게 무슨 상관이란 말인가? 특정 능력을 가졌다고 해서 더 우호적일 수 있을까?

소피는 다시 암흑 능력자 쪽을 바라보다가 그가 소피 쪽으로 고개를 돌리고 있는 것을 깨닫고 숨을 흡 들이마셨다.

소피?

피츠의 목소리에 소피는 비명을 지를 뻔했다.

허락도 없이 들어와서 미안해. 내 쪽을 보게 하려고 애썼지만 네

가 보질 않아서. 나랑 비아나가 좌구역에 들어간 걸 넌 모르는 것 같더라. 기침을 할 테니까 우리가 어디 있는지 봐.

나직하게 콜록거리는 소리에 그쪽을 바라보니 빨간색 텐트 저편에 다소 가깝게 붙어 있는 두 인물이 보였다.

덱스는 어디 있어요?

덱스는 키프와 함께 우구역에 있어. 넌 혼자인데 괜찮아?

그럼요.

하지만 소피의 마음은 암흑 능력자에게 쏠렸다.

그자가 왜 널 빤히 보고 있지?

그 말에 소피는 피츠가 자기 생각을 들여다볼 수 있다는 사실이 떠올랐다.

모르겠어요. 그런데 의사는 그가 여기서 최악의 골칫덩이라고 했어요.

놀랄 일은 아냐. 암흑 능력자는 그림자 증기라는 힘으로 어둠을 통제해. 난 이해가 안 되지만. 암흑 능력자는 절대로 믿어선 안 돼. 더구나 여기까지 온 암흑 능력자라면.

그래도 그 유체 운동 능력자 여자아이가 배고픔에 몸이 흔들리자 암흑 능력자가 얼른 다가와서 숨을 고를 수 있을 때까지 무릎 사이에 머리를 넣도록 도와주었다.

피츠가 송신했다.

그 애가 널 구해 준 여자애야. 얼마나 힘이 대단한지 너도 봤어야

해. 그 애가 팔을 흔드니까 안개 속에서 집채만 한 파도가 밀려오더라? 널 거대한 물의 손으로 붙잡는 것 같았다니까. 그런 다음 널 내려놓고 손을 들어 모든 불이 꺼질 때까지 아치를 후려쳤어. 그건 그렇고 지금 모두가 널 염화 능력자로 알걸? 나도 한순간 그런가 생각했어. 불길이 아주 빨리 움직였거든. 전에 브랜트가 일으킨 화재처럼 불꽃이 하얀색이었어.

소피가 말했다.

알아요. 나도 이해가 안 돼요. 블랙스완은 왜 우리에게 염화 능력자처럼 불을 일으킬 수 있는 펜던트를 주었을까요?

우리가 브랜트에게 대등하게 맞설 기회를 주고 싶었는지도 몰라.

그럴 수도 있겠네요.

소피는 그런 생각이 마음에 들지는 않았다.

다시 배가 꼬르륵거리자 소피는 배를 움켜쥐었다.

와, 소리가 여기까지 들리네. 음식 생각을 해 봐. 그걸로 위를 속이는 거야. 지금 먹을 수 있다면 뭘 먹고 싶어?

칼라가 만들어 준 스타크플라워 스튜를 떠올리니 군침이 돌았다. 하지만 격리 상태에 있는 노움들을 생각하자 식욕이 사그라들었다.

소피가 피츠에게 물었다.

사망자가 나오기 전까지 시간이 얼마나 남았을 것 같아요?

많이 남았으면 좋겠어.

내일은 우리가 뭔가 알아낼 수 있는 곳으로 교정이 옮겨졌으면 좋

겠어요. 구슬을 받는다면 말이에요. 내가 불을 낸 사건은 꽤 엄청난
재난이니까.

걱정하지 마. 괜찮을 거야.

하지만 사실, 어느 누가 괜찮겠는가?

소피는 치유 텐트에서 얼핏 본 키프의 모습이 생각났다. 키프는 두
려움과 분노를 숨기고 있었다.

키프는 정말 괜찮을까요?

글쎄…… 괜찮을까 모르겠어.

그것은 솔직한 대답이었고, 무섭기도 했다. 소피와 피츠 둘 다 말
이 끊겼다. 그래서 해가 천천히 지평선으로 기우는 동안 둘은 연결
되어 있으면서도 분리된 채 말없이 앉아 있었다.

종이 울려 마침내 해산 명령이 떨어지자 소피는 골칫덩이들을 따
라 황금색 캐노피가 있는 곳으로 갔다. 거기에는 파란색 코치가 녹
색 구슬이 든 단지를 들고 있었다. 보라색 코치가 손뼉을 치자 구슬
들이 둥둥 떠다니다가 각 골칫덩이 머리 위에 머물렀다. 소피의 머리
위에도 구슬이 떴다.

빨간색 코치가 말했다.

"우리의 전통을 잘 모르는 새로운 골칫덩이들에게 알린다. 우리는
자격이 있는 자들에게만 구슬을 제공한다. 거부하거나 받아들이는
것은 각자의 선택이다."

파란색 코치가 경고했다.

"받아들이는 데는 희생이 따른다. 구원을 향한 투쟁을 계속하는 데 따르는 대가지. 거부하는 데 따르는 결과는 없지만 그 또한 돌이킬 수 없다."

보라색 코치가 말을 마무리했다.

"어떻게 결정할지 말해 주진 않겠다. 자기 길은 자기가 선택한다."

소피가 구슬을 잡으려고 손을 뻗자 전기 충격이 찌릿 일었다. 그 희생이란 것이 말 그대로 그런 통증인 줄은 몰랐다. 하지만 이겨낼 수 있어서 기뻤다.

소피는 구슬을 검은 끈에 끼웠는데, 파란 끈 옆에 있으니 무척 작아 보였다. 특히 주변의 골칫덩이들이 얼마나 많은 구슬을 가지고 있는지 생각하면 더욱 그랬다.

"차츰 쉬워질 거라고 생각한다면, 틀렸어."

낮고 굵은 목소리가 소피의 귓가에 속삭였다.

소피가 돌아보니 암흑 능력자가 소피 쪽으로 고개를 기울이고 있었다. 하지만 너무 멀리 있어서 속삭임의 주인공일 리가 없었다.

소피가 대답하려고 입을 열자 그는 보라색 코치 쪽을 보도록 소피의 주의를 환기시켰다. 코치가 소피를 지켜보며 서 있었다.

둘 사이에 거리가 있는데도 속삭이는 목소리가 들렸다.

"조심해야 해. 코치들은 너한테 아주 관심이 많아."

소피는 그가 어떻게 그럴 수 있는지 알 수 없었다. 그러다 아래쪽을 흘낏 보는데 그의 그림자가 소피 그림자를 지나가고 있는 것을 알아차렸다.

그가 떠나려고 돌아설 때 소피가 송신했다.

잠깐.

소피는 의사나 피츠의 경고를 잊지 않았지만, 관계를 만들 기회를 놓칠 수 없었다.

그러나 그를 믿지는 않았기에 안전한 것에서 시작했다.

유체 운동 능력자 친구한테 구해 줘서 고맙다고 전해 줄래?

그의 그림자가 다시 소피의 그림자 위로 스르르 다가왔다. 그의 눈이 소피를 찬찬히 살펴보는 것이 느껴질 정도였다.

그가 속삭였다.

"넌 다르구나. 그게 좋은 건지는 판단이 안 되지만."

좋은 거야.

그가 자신을 믿어 주길 바라는 마음이 얼마나 간절한지 소피도 놀랐다.

그는 더 말하지 않고 가 버렸다.

~ 44 ~

다섯 친구들이 손을 잡고 도약해서 엑실리움을 떠날 때 모든 코치와 골칫덩이가 빤히 바라보았다.

잿빛 하늘 아래 숲에 도착하자 키프가 말했다.

"섞여 들어가기 엄청 힘든데? 그래서 내가 너희를 좋아하는 거야."

"여기 무슨 일 있었나? 전염병은 아니겠지?"

비아나가 나무들을 돌아보며 속삭였다. 나무 몸통이 부자연스럽게 구부러지고 비뚜름했다.

소피가 말했다.

"아니, 이 숲은 몇 십 년 동안 이랬어. 인터넷에서 여기 사진을 본 적 있어."

덱스가 맞장구쳤다.

"아, *인터넷*. 인간이 만든 기술."

피츠가 C 자 모양으로 구부러진 나무 몸통 하나를 어루만지며 말했다.

"누군가 의도적으로 구부린 것 같아."

"내가 그랬어요."

칼라가 나무 꼭대기에서 빈터로 뚝 떨어지며 말했다.

"나무들에게 노래를 불러 주니까 내 목소리를 따라왔어요."

"왜 이 나무들만 이럴까요?"

저 너머 숲의 나무들은 모두 쭉 뻗고 정상으로 보였다.

칼라가 구부러진 부분에 손바닥을 댔다.

"이 나무들이 죽어가고 있었어요. 친구들은 나머지 숲을 살리려면 이 나무들을 뽑아야 한다고 했어요. 하지만 줄기에서 너무 많은 생명력이 느껴졌어요."

비아나가 물었다.

"어떻게 살렸어요?"

"*귀를 기울였어요.* 그러자 나무들의 목소리가 조용해진 것을 깨달았어요. 그래서 내 목소리를 주었지요. 햇빛과 비, 비옥한 흙을 노래했어요. 그리고 간절히 바랐어요. 희망을 놓지 않았어요."

칼라는 다른 나무 쪽으로 가서 비스듬한 몸통에 누웠다.

"일주일 동안 난 여기서 지냈어요. 잠시도 노래를 멈추지 않았죠. 나중에는 목소리도 잘 나오지 않았지만 나무들의 기운이 돌아오는 것을 느꼈어요. 나무들에겐 시련의 흔적이 영원히 남겠지만 *살아남*

았어요. 무엇이든 극복할 수 있다는 증거죠."

키프가 다른 나무의 몸통에 앉는 것을 보고 소피는 또 농담을 던질 줄 알았다. 하지만 키프는 거친 나무껍질을 쓸어 보기만 했다.

칼라가 나직이 말했다.

"자연은 자신에게 뭐가 필요한지 말해 준다는 사실을 잊지 말아야 해요. 그래서 이곳을 만남의 장소로 선택했어요."

칼라는 눈을 감고 느릿한 가락을 노래했다. 그렇게 감미로운 노랫소리는 처음이었고, 숲도 화답하듯이 은은히 빛났다. 구부러진 나무들이 합창에 동참하듯 바스락거리고, 바람이 나뭇잎 사이로 휘파람 소리를 내며 지나갔다.

비아나가 속삭였다.

"아름다워요. 당신이 말한 생명의 반짝임을 본 것 같아요, 칼라."

"그럼 이제 내가 당신을 어떻게 볼 수 있는지 알겠네요."

칼라의 미소에 비아나의 눈이 환하게 빛났다.

칼라가 다시 멜로디를 읊조리자 숲이 반짝임으로 가득 찼다. 칼라가 나무 둥치에 무릎을 꿇으면서 빛은 점점 사라졌다. 칼라의 노래는 더욱 은은해지고 이에 맞춰 뿌리들이 배배 꼬이더니 흙을 쓸어내 터널을 만들었다.

칼라는 모두에게 터널로 따라오라고 손짓했고, 소피가 땅속으로 들어가는 순간 어디선가 새로운 노랫소리가 들려왔다. 나직한 속삭임이 주위를 맴돌며 소피의 의식을 따끔따끔 찔렀다.

희미한 빛 속에서 칼라의 눈을 보니, 칼라에게도 그 노래가 들리는지 궁금했다.

칼라가 말했다.

"어이 노랫소리가 어디서 오는지 모르겠어요. 마치 지구 자체가 그 부름에 참여해서 자기에게 무엇이 필요한지 말해 주려는 것 같아요."

노랫말을 번역하는 순간 소피는 소름이 돋았다. 낱말 하나가 몇 번이고 되풀이되고 있었다.

파나케.

"우리가 엉뚱한 것에 초점을 맞추고 있는 거라면 어떡하죠?"

다들 식사를 하고 옷을 갈아입은 뒤 여학생 휴게실에 모였을 때 소피가 물었다.

"어쩌면 드라코스톰이 아니라 파나케를 찾아야 하는지도 몰라요."

소피의 말에 키프가 대답했다.

"여기 가만히 앉아서 덱스가 막대기로 기계 장치를 찔러대는 거나 구경하지 말고 오거 도시로 잠입하자는 말이라면, 나도 *찬성.*"

키프가 당장 소피를 끌고 문 쪽으로 가려고 하자 소피가 말했다.

"가만! 내 말은 그게 *아니에요.* 아직은. 내 말은 파나케에 대한 *정보*를 찾아봐야 한다는 뜻이에요."

키프는 한숨을 토하며 의자에 도로 앉았다.

덱스가 말했다.

"미안해. 이건 엄청나게 기술적인 공정이더라고."

덱스는 나뭇가지와 철사로 만든 거미처럼 보이는 트위글러를 들어 보였다.

"여섯 개의 다른 기술을 하나의 기계 장치에 통합하는 거지."

키프가 말했다.

"그게 중요하지 않다는 게 아니야. 하지만 너 말고 우리는 여기 앉아서 시간만 낭비하고 있다고."

비아나가 폭포 옆에 나타나며 말했다.

"내 생각은 달라. 난 칼라에게 들키지 않고 숨는 방법을 알아낸 것 같아. 그걸 유지할 수 있는지 확인만 하면 돼."

피츠가 덧붙였다.

"그래. 나랑 소피는 이제 동족 훈련을 할 거야."

덱스가 소피에게 물었다.

"그런데 파나케에 초점을 맞춘다는 건 무슨 말이야?"

"전염병의 *원인*이 아니라 *치료*에 관한 정보를 찾아야 한다는 뜻이야. 칼라는 자연이 자기에게 무엇이 필요한지 알려 준다고 했는데, 자연은 파나케에 대해 노래하고 있었어. 파나케가 무엇이고 어떻게 찾을 수 있는지 알아내야 해."

피츠가 일깨워 주었다.

"파나케가 존재한다는 전제가 있어야지."

소피가 물었다.

"땅이 파나케에 대해 노래한다면 진짜로 있는 것 아니겠어요? 그리고 파나케에 대한 기록이 있다면, 분명 거기 있을 거예요."

소피는 금방이라도 부서질 것처럼 보이는 트위글러를 가리켰다.

"키워드로 검색하게 돼 가고 있는 거야?"

덱스가 말했다.

"노력 중이야. 각각의 기술이 아주 뚜렷해. 딱 하나의 기능만 수행하지. 엘프 기술은 필요한 동력을 제공해 주고, 드워프 기술은 백업 역할을 해. 고블린 기술은 보안 기능, 트롤 기술은 방어막 뚫는 기능을 하고, 오거 기술은 아주 교활해서 교묘한 방어선을 통과하게 해 줘. 노움의 기술은 모든 것이 부드럽게 연결되게 해 주는 것 같아. 그래서 난 각 부분이 더 잘 협력하길 바라며 계속 막대기를 추가하고 있는 거야. 하지만 어느 것도 검색에는 도움이 안 돼. 검색 기능은 완전히 다른 기술로 가능할 것 같아. 하지만 지능을 가진 종의 대표 기술을 모두 썼는데, 또 어디서 찾아야 할지 모르겠어."

소피가 물었다.

"인간은 어때? 이제 조약의 상대가 아니란 건 알아. 하지만 *예전엔* 그랬잖아."

피츠가 덧붙였다.

"기록보관소는 엄청 오래됐지? 그렇다면 인간들이 배신하기 전에 세워졌을 테고, 그렇다면 인간 기술도 거기 들어 있을 거야."

덱스는 정수리를 긁적거렸다.

"그럴지도. 하지만 인간 기술을 적용하려면 어떤 재료를 써야 할지 모르겠어."

"내 아이팟이 있잖아."

아이팟이 망가지는 것은 *전혀* 바라지 않았지만 소피는 이렇게 제안했다. 인간이 만든 그 작은 기기는 소피가 자랄 때 늘 함께했고, 소나기처럼 쏟아지는 인간의 생각들이 들리지 않게 막아 주는 유일한 도구였다. 게다가 예전 삶에서 남은 몇 개 안 되는 인간 물건 중하나였다. 덱스가 멋지게 개조도 해 주었다.

덱스가 말했다.

"아냐. 현대 물건은 너무 발달해서 안 돼. 이 기록보관소가 만들어졌을 때 인간은 전기라는 게 존재하는지조차 몰랐을 거야."

"좋아. 그럼 인간들이 *예전에* 가졌던 것을 찾아야 하네."

전차? 쟁기? 활과 화살? 그중에 수천 년 된 것이 있을까?

소피가 말했다.

"학교에서 철기 시대, 청동기 시대, 석기 시대에 대해 배웠던 기억이 나. 인간들이 그런 재료로 도구를 만들던 시대지."

덱스가 말했다.

"흐음, 다른 종족의 기술로 이미 청동과 철은 쓰고 있어. 하지만돌은 써 볼 수 있을 것 같아. 돌을 '기술'이라 할 수 있을지 모르겠지만."

키프가 중얼거렸다.

"돌도 꽤 괜찮은 무기가 되지. 우리 엄마한테 물어보면 알아."

키프는 머리를 문질렀다. 예전에 레이디 지셀라가 실베니를 훔칠 때 상처를 입힌 부위였다.

다들 무슨 말을 해야 할지 몰라 머뭇거렸다.

키프가 문으로 향하며 말했다.

"난 이만 갈게. 오거 공격이 결정되면 불러."

덱스도 트위글러를 가방에 넣으며 일어섰다.

"돌 찾으러 가야겠어. 같이 갈래?"

덱스가 소피에게 물었다.

피츠가 상기시켰다.

"우린 동족 훈련을 해야 해. 내가 아프면서 일주일을 통째로 날렸거든."

예전의 덱스 같으면 째려보면서 텔레파시 능력자가 어쩌고 하며 구시렁거렸을 것이다. 하지만 새로운 덱스는 고개를 끄덕이며 이렇게 말했다.

"그래, 그럴 수도 있겠네."

비아나가 물었다.

"내가 같이 갈까? 이기에게 운동 좀 시켜야겠어. 안 그러면 내가 좋아하는 신발을 또 갈가리 찢어 놓고 말 거야."

비아나가 신발을 망가뜨려도 기꺼이 용서하는 걸 보니 이 작은 임프를 진심으로 사랑하는 게 틀림없었다.

비아나가 소피에게 말했다.

"그래도 식사 훈련은 잘하고 있어. 드디어 채소가 좋아지고 있나 봐!"

알고 보니 이기는 채소를 좋아하게 된 게 결코 *아니었고*, 한 시간 뒤 비아나가 "고집불통 임프 같으니." 하고 투덜대며 쿵쾅쿵쾅 돌아왔다. 소피가 보니까 이기가 와작와작 먹은 것은 거대한 나방 날개 같았다.

얼마 안 있어 델라가 유난히 지친 모습으로 돌아왔다. 대충 틀어 올린 머리에 드레스도 얼룩이 지고 구겨졌다.

소피가 물었다.

"무슨 일 있어요?"

델라는 고개를 저었다.

"피직이 인간의 혼수상태를 연구한 끝에 프렌티스를 위해 치료 계획을 짜 왔어. 냉찜질과 온찜질, 연고와 비약 등이지. 오늘 치료해 봤는데, 도중에 프렌티스가 호흡이 멈추면서 모든 것이 실패로 돌아 갔지 뭐니. 숨은 다시 쉬니까 걱정하지 마라. 하지만 이제 어떻게 해 야 할지 모르겠다. 다 부질없는 짓 같아."

말이 그림자를 드리울 수 있다면 온 집 안이 어두워졌을 것이다.

델라가 방으로 돌아가며 말했다.

"미안하구나. 포기할 생각은 없어. 그냥 프렌티스의 침대 옆에 앉 아 즐거운 이야기를 들려주는 데 지쳤을 뿐이야. 완전히 이기적인 이유 때문이면서도 아닌 척하면서 말이야. 프렌티스가 회복하기를 바라지만……."

소피는 무슨 뜻인지 이해했다.

델라는 프렌티스의 상태가 알든에게 영향을 미칠까 봐 걱정하는 것이다.

"어쨌든 잘 자렴."

델라는 아들의 정수리에 뽀뽀하고, 소피에게도 뽀뽀해 주고는 방으로 돌아갔다.

"너무 늦게까지 훈련하진 마라. 엑실리움에서 또 하루를 보내려면 푹 쉬어야 해."

맞는 말이라서 소피는 한 시간 일찍 잠자리에 들었다. 다음 날 식욕 억제 훈련이 있을 경우에 대비해 아침도 두 곱절로 먹었다. 엑실리움이 어떤 과제를 던지더라도 대비할 수 있도록 준비했다. 그런 다음 엑실리움 교정으로 도약해서 전염병 지역의 심장부에 도착했다.

~ 45 ~

이제 소피는 거대한 고갈과 끝없는 가을을 경고하는 고대 노움의 노래가 무슨 뜻인지 알았다.

가파른 절벽을 따라 엑실리움의 텐트들이 설치되어 있는데, 그 아래로 거뭇거뭇하고 메마른 삼림 지대가 내려다보였다. 나무 몸통은 뒤틀리고 갈라졌고, 가지들은 축 늘어지고 처졌으며, 곰팡이가 핀 것처럼 얼룩덜룩한 잎사귀들이 무더기로 쌓여 땅바닥을 뒤덮고 있었다.

소피가 나직이 말했다.

"여긴 어디지?"

"그딴 건 중요하지 않아."

뒤에서 보라색 코치가 말했다.

다섯 친구들이 돌아보니 세 코치가 위협적으로 다가오고 있었다.

골칫덩이들은 엿듣지 않는 척하면서 근처에서 서성거렸다.

비아나가 코치들에게 물었다.

"어떻게 그런 말을 하죠? 저 아래서 무슨 일이 일어나고 있는지 모르세요?"

빨간색 코치가 말했다.

"우린 모른다. 알아서도 안 되고."

파란색 코치가 덧붙였다.

"저긴 *우리* 세계가 아니다. 그냥 풍경이지."

"그럼 당신들은 아무래도 상관……."

소피가 말하려는데, 파란색 코치가 말을 잘랐다.

"상관없어."

보라색 코치가 명확히 말해 주었다.

"상관할 수도 없고, 우리는 우리의 위치와 해야 할 역할을 잘 안다. 너희 다섯도 마찬가지로 배워야 해."

빨간색 코치가 덧붙였다.

"너희는 더 이상 공동체에 속하지 않아. 생존과 구원을 위해 싸우는 거지."

소피가 물었다.

"자기한테만 신경 쓰면서 어떻게 구원받을 수 있어요?"

그 뒤로 이어진 침묵은 코앞에서 숨통을 조이는 것 같았다. 아마 전교생이 지켜보고 있어서인지도 몰랐다.

이윽고 코치들은 대답 대신 모두 각자의 구역으로 돌아가라고 명령했다.

소피는 고개를 푹 숙인 채 보라색 구역 텐트로 달려가 텐트 기둥 근처에 앉았다. 그림자가 지나가는 기척에 고개를 들어 보니 암흑 능력자와 유체 운동 능력자가 옆에 서 있었다.

암흑 능력자의 속삭임이 소피의 머릿속을 채웠다.

"코치들에게 계속 그런 식으로 말하면 크게 곤란해질 거야."

소피가 송신했다.

그럴지도 모르지. 하지만 누군가는 틀렸다고 말해 줘야 해.

암흑 능력자가 고개를 기울이는 모습을 보니 왠지 웃고 있는 것 같았다. 하지만 가면과 후드를 써서 알 수는 없었다.

암흑 능력자가 속삭였다.

"이곳은 보스크 협곡이야. 여기보다 더 황량한 곳도 있어."

그렇다면 가장 황량한 곳은 어디지?

"와일드우드. 거의 아무것도 남지 않았지."

소피가 대답하기도 전에 보라색 코치가 텐트 안으로 들이닥쳐 손뼉을 쳤다.

"모두 일어나!"

그 명령에 소피가 일어서려는데, 보라색 코치가 말한 것은 그냥 일어나는 게 아니었다. 나머지 골칫덩이들이 바닥에서 위로 떠오르고 있었다. 코치가 오늘은 공중 부양하면서 움직이는 것을 연습한다고 발표했다.

코치가 말했다.

"원하는 동작을 선택해. 하지만 계속 움직여. 떨어질 때마다 자신이 무가치한 자임을 증명하는 것이다."

코치는 마지막 부분을 말할 때 분명 소피 쪽을 보았고, 그래서 소피는 어떻게든 공중에 떠 있기로 마음먹었다. 눈을 감고 중력에 맞서 몸을 띄웠다. 하지만 다른 골칫덩이들처럼 움직이는 방법은 알 수 없었다. 움직임에는 저항력이 필요했다. 소피가 '걸으려고' 노력해도 다리는 버둥거릴 뿐이고, 공중에 오래 떠 있을수록 몸이 무겁게 느껴졌다.

어떻게 잘 버티고 있어?

소피가 잠깐 쉬려고 쓰러지자 피츠가 송신했다.

소피는 투덜거렸다.

다들 어떻게 이런 걸 하는지 원.

나도 그래. 난 두 번 떨어졌고 비아나는 세 번이나 떨어졌어. 내 코치는 우리가 의욕이 부족하대.

선배는 비아나랑 같이 있어서 좋겠어요. 우리 반에서는 나 혼자만 허덕이고 있는데.

소피는 다시 힘을 내 공중에 떠올라 팔로 날갯짓을 했지만, 퍼덕거리는 닭처럼 느껴졌다. 전염병이 휩쓴 숲을 보니 그런 자신이 우스꽝스러웠다.

저 아래로 내려가 조사할 수도 있는데, 이런 걸로 시간을 낭비하다니.

피츠가 말했다.

안 가는 게 나을지도 몰라. 실수로 칼라까지 감염되면 안 되니까.

소피도 그건 바라지 않았다. 그래도 왠지 좋은 기회를 놓치는 느낌이었다. 그러다가 철퍼덕 엎어져 떨어지는 바람에 숨이 막혔다.

그것을 본 코치가 호통을 쳤다.

"넌 너무 좁은 범위에 힘을 집중하고 있어. 활용해야 하는 힘은 중력만이 아니야."

휴식을 알리는 종이 울리고 나서야 소피는 그 말뜻을 깨달았다.

소피는 비틀거리며 식사 장소로 갔다. 골칫덩이들이 점심을 먹으려고 줄을 섰다. 식사 자체는 간단했다. 온갖 과일이 들어 있는 바구니에서 고르는 것이었다. 소피가 보니까 모두 *하나*씩만 가져갔다. 골칫덩이들은 또한 구역과 같은 색의 낡은 담요 위에 따로따로 앉았다. 들리는 소리라고는 바람 소리와 와작와작 씹는 소리뿐이었다.

소피는 반드르한 윤기가 흐르는 청록색 배 모양 과일을 골랐다. 너무 예뻐서 먹기가 아까울 정도였다. 그 과일은 즙이 많은 치즈 맛이 났는데, 한 입 먹을 때마다 더 느끼해졌다. 암흑 능력자와 유체 운동 능력자는 맞은편에 앉아서 뾰족뾰족한 보라색 과일을 나누어 먹었다. 그런 모습을 보니 둘이 남자 친구와 여자 친구 사이인가 싶었다.

"텔레파시 대화할 때 더 조심해야 해."

머릿속에서 암흑 능력자의 목소리가 속삭였다.

소피가 송신했다.

오, 깜짝이야. 어떻게 지금 나한테 얘기하는 거지?

그의 그림자가 소피의 그림자보다 멀리 뻗어 나갔다.

"이건 그림자 속삭임이라고 해. 그림자가 내 의식을 실어 나르기 때문에 너 말고는 아무도 내 말을 못 듣지. 그래도 아무도 보지 않을 때만 이렇게 해. 너도 똑같이 조심해야 해. 코치한테 들키면 모두가 벌을 받아. 코치들은 우리가 서로 미워하기를 바라. 그런 방식으로 통제하는 거지. 코치들은 자기들은 셋뿐이고 우리는 수백 명인 걸 잘 알아. 우리가 뭉치기만 하면 그자들을 쉽게 제거할 수 있거든."

소피가 제안했다.

아니면 우리가 코치들을 좋아하게 만들 수도 있잖아. 남을 통제하는 방법이 꼭 두려움일 필요는 없어.

"그렇지. 하지만 그게 가장 빠른 방법이야. 난 알아."

그 어조에 담긴 어둠도 그렇고, 그림자가 서서히 기어가서 적절한 각도로 다시 자리 잡는 광경을 지켜보는 것도 그렇고 찜찜하기 그지없었다. 왜 피츠가 암흑 능력자를 소름 끼친다고 했는지 알 것 같았다. 하지만 이 암흑 능력자는 알고 지낼 만한 가치가 있다는 느낌을 떨칠 수 없었다.

텐트로 돌아가라는 종이 울렸고, 오후에는 바람이 더욱 강해져서 훈련이 한층 힘들어졌다. 골칫덩이들은 강풍을 맞고 텐트 주위로 내

던져져 기둥에 부딪히고 서로 충돌했다. 소피는 바람의 기세를 이용해 움직여 보려 했지만, 바람은 소피가 다룰 수 있는 힘이 아닌 것 같았다.

소피는 의식을 쭉 뻗어 이용할 만한 힘들을 찾아보다가 희미한 소리를 포착했다. 메마른 숲에서 나오는 소리인데, 잠시 집중한 끝에 그것이 목소리임을 깨달았다.

한마디 말이었다.

같은 말이 계속 되풀이되면서 점점 더 소름이 돋았다.

도와줘요.

~ 46 ~

소피는 절벽 끝으로 달려가 냅다 뛰어내렸다. 숲속으로 순간 이동을 해서 도움을 구하는 이를 찾을 생각이었다.

하지만 주위에서 힘들이 후려치자 소피는 차라리 공중 부양이 더 쉽겠다는 생각이 들었다. 짜릿함을 느끼며 떨어지는데, 공기 중에 저항이 확 몰려오는 것이 느껴졌다. 그 에너지에 집중하다 보니 앞으로 나아가는 데 필요한 추진력이 생겼다. 집중력을 더 높이자 어느새 소피는 눈물이 흐를 정도로 빠르게 질주하고 있었다.

"어디 가?"

피츠가 옆으로 뛰어오며 묻는 바람에 소피는 기겁한 나머지 몸이 뒤집혔다.

소피가 다시 집중하려고 몰두하는데, 피츠가 말했다.

"미안해. 겁주려던 게 아니야. 네가 뛰어내리는 걸 보고 나도 뛰어내렸어. 비아나도 따라오려고 했는데 코치가 붙잡았어. 무슨 일이야?"

"누군가 도움을 요청해요. 날 부르는 소리는 들리는데 어딘지는 모르겠어요. 이제 찾아보려고요."

소피는 눈을 감았지만 들리는 소리라고는 절벽 위에서 나는 성난 고함뿐이었다. 소피와 피츠는 엑실리움 불복종 분야에서 신기록을 세우고 있는 게 분명했다.

피츠는 보조를 맞추려고 소피의 손을 잡았다.

"어떻게 도와주면 될까?"

"집중력을 북돋워 줄 수 있어요? 그러면 머리가 좀 맑아질 것 같아요."

"했어."

피츠의 말과 함께 따뜻한 기운이 소피의 마음속으로 흘러들었다. 에너지가 더해지자 모든 것이 더 또렷이 보였다.

"저쪽이에요."

소피는 공중에서 방향을 휙 돌려 숲이 가장 **빽빽**하게 우거진 곳으로 달려갔다.

움직일 때마다 점점 아래로 내려가서 마침내 말라비틀어진 나무들 우듬지에 발이 닿았다.

"저기 아래."

소피가 작은 공터를 가리키며 속삭였다.

땅에 내려서자 얼룩덜룩한 나뭇잎들이 바스락 소리를 냈다.

"여기 어딘가에 있어요. 느껴져요."

낙엽을 걷어차며 땅바닥을 샅샅이 뒤지면서 소피가 말했다.

괴로운 몇 분이 지난 뒤 피츠가 외쳤다.

"찾았어!"

피츠 옆으로 달려간 소피는 가장 높고 말라비틀어진 나무 그늘에 누군가 쓰러져 있는 것을 발견했다.

쇠약한 노움의 눈은 초점이 없고, 피부는 머리부터 발끝까지 나뭇잎과 똑같은 얼룩덜룩한 반점으로 뒤덮여 있었다.

피츠가 노움의 어깨를 조심스레 흔들며 물었다.

"어떻게 해야 하지? 숨은 쉬는데 겨우 쉬고 있어."

소피는 생각이 열여섯 갈래로 내달리는 느낌이었다.

"의사한테 데려가야 해요. 의사한테는 노움이 기운 차리게 해 줄 약이 있을지도 몰라요. 그런 다음 루메나리아의 격리소로 데려갈 방법을 찾아야죠."

피츠가 물었다.

"그럼 절벽 위로 돌아가자고?"

"응, 선배의 공중 부양 능력으로 올라갈 수 있겠죠?"

"글쎄."

피츠는 의식을 잃은 노움을 안아 올렸다.

"아까 뛰어내릴 때는 동족 훈련할 때처럼 네 마음에 집중해서 따

118

라갔어."

"음…… 그럼 똑같이 해 보죠."

소피는 두려움을 연료 삼아 공중의 힘들을 밀어내며 곧장 솟구쳐 올라갔고, 피츠도 옆에서 보조를 맞추며 떠올랐다. 둘이 절벽 위 바위에 내려서 모여든 군중을 마주하는 순간 귀가 먹먹할 정도로 아우성이 터졌다.

소피가 텐트로 달려가며 말했다.

"의사가 필요해요."

보라색 코치가 앞을 막아섰다.

"너 때문에 모두가 전염병에 노출되겠다."

"그 전염병은 노움과 식물만 감염시켜요."

그 말에도 다른 골칫덩이들은 허둥지둥 소피를 피했다.

"제발요, 도와줘야 해요. 아무에게도 해를 끼치지 않아요."

"그 자리에서 움직이지 마."

의사가 소리치며 구경꾼 무리를 헤치고 나왔다. 그러고는 피츠를 도와 노움을 땅바닥에 눕히고 맥박을 확인했다.

"난 노움 약은 잘 몰라. 약을 다 갖췄어도 뭐부터 써야 할지 모를 거야."

소피가 피츠에게 말했다.

"그럼 루메나리아로 데려가요. 빨리."

맨 앞에서 빨간색 코치가 소리쳤다.

"그건 안 돼. 우린 잃어버린 도시에서 추방됐어."

소피가 물었다.

"그게 어때서요?"

피츠도 거들었다.

"그래요, 아픈 노움을 데려왔다고 의회에서 체포할 거라 생각하나요?"

아마 알리너 의원이라면 그러겠지만 소피는 굳이 말하지 않기로 했다.

파란색 코치가 말했다.

"의회가 허용한다 해도 우린 루메나리아에 갈 수 있는 크리스털이 없다."

소피가 말했다.

"크리스털은 필요 없어요."

이렇게 시간을 흘려보내는 것이 안타까웠다.

피츠를 돌아보니 피츠는 한발 앞서가고 있었다. 다행이었다.

피츠는 노움을 어깨에 들쳐 메고 절벽 끝으로 갔다.

보라색 코치가 말했다.

"루메나리아는 지구 반대편에 있어. 거기까지 공중 부양해서 갈 순 없지."

소피가 피츠의 손을 잡으며 말했다.

"그렇죠. 하지만 순간 이동은 할 수 있어요."

둘은 더 말하지 않고 서로를 붙잡은 채 뛰어내렸고, 천둥이 치면서 진공 속으로 미끄러져 들어갔다.

소피는 루메나리아를 그려 봤지만 무시무시한 검으로 도시의 성문을 막고 있는 건장한 고블린 경비대의 모습만 떠올랐다.

소피가 나직이 말했다.

"의회에서 우리를 체포할까요?"

피츠는 솔직히 인정했다.

"모르겠어. 아니라고 말하고 싶어. 우리한텐 캐시가 있으니까. 지난번에는 잘 안 됐지만."

피츠는 가슴으로 손을 가져가 아르트로플레우라의 더듬이에 찔린 부위를 문질렀다.

소피는 굳이 그런 위험을 감수할 필요는 없다고 결정했다.

노움을 데려갈 만한 더 안전한 곳, 노움이 치료를 받을 수 있는 곳, 도와줄 이들이 있는 곳이 어딘지 생각났다.

"계획이 바뀌었어요."

소피는 목적지를 생생하게 떠올렸다. 그러자 하얀 빛이 어둠을 갈랐다.

진공에서 빠져나오며 소피는 떨어지는 힘에 집중했다. 그리고 새로 배운 공중 부양 기술을 이용해 처음으로 부드럽게 착지했다.

그들의 발은 폭스파이어 교정 한복판에 있는 유리 피라미드 앞 부드러운 보라색 잔디밭에 내려섰다.

~ 47 ~

소피는 폭스파이어에 처음 등교하던 날보다도 더 주목받는 느낌을 받으리라고는 생각도 못 했다. 그때 알리너 교장은 말 그대로 소피에게 스포트라이트를 비춰 다른 영재들에게 소개했다.

그런데 지금 엑실리움 교복을 입고 본관으로 쿵쾅쿵쾅 들어갈 때는 차라리 '우리는 *여기 학생이 아니다!*'라고 적힌 표지판을 들고 가는 편이 나을 것이다. 대신 그들은 몹시 아픈 노움을 데리고 있었고, 다행히 학교는 수업 중인 것 같았다. 여러 색깔의 복도는 텅 비고, 소피는 *아주* 잘 아는 보건실로 향했다.

소피는 엘윈을 부르면서 치료실, 연구실, 진료실을 들여다보았다. 세 곳 다 비어 있었다.

"이제 어떡하지?"

피츠는 치료실 침대에 노움을 눕히며 물었다.

"모르겠어요. 노움은 여기에 두고 거물 레토를 찾아가 보면 어떨지."

하지만 노움이 혼자 깨어난다면 당황할 것이다.

소피가 물었다.

"한 명은 여기 남을까요?"

그때 보건실 문이 쾅 닫히는 바람에 결정을 내리지 않아도 되었다.

"이런 일이 생기니까 번개를 한꺼번에 두 개씩 잡으면 안 된단다."

엘윈이 낯익은 동그란 얼굴의 소년을 치료실로 데리고 들어오며 말했다.

"전 나름대로 방법을 찾은 줄 알았어요."

사방으로 뻗친 갈색 머리카락 끝을 매만지며 젠시가 말했다.

젠시와 엘윈은 피츠와 소피를 마주하자 그대로 얼어붙었다. 공포에 질린 그들의 눈빛을 보는 순간, 소피는 자기들이 가면을 쓰고 있다는 사실을 깨달았다.

"저예요."

소피는 후드를 벗고 가면을 이마 위로 밀어 올렸다.

피츠도 그렇게 했고, 젠시와 엘윈은 깜짝 놀라서 다시 쳐다보았다.

다음 순간 엘윈이 껄껄 웃었다.

"결국 여기로 올 줄 왜 몰랐을까!"

그러고는 둘을 한꺼번에 안아 주었다.

소피도 엘윈을 안으며 옛날에는 엘윈이 얼마나 무서웠는지 떠올렸다. 그것은 엘윈의 잘못이 아니었다. 소피는 주삿바늘과 병원, 겁나는 인간의 약들과 함께 자란 탓에 의사라면 *무조건* 무서웠다. 그러나 이제 소피는 엘윈이 웃음 많은 커다란 곰 인형 같은 아저씨인 것을 안다.

젠시가 특유의 속사포 같은 말투로 말했다.

"너희 추방됐다며? 하지만 못 쫓아낼 줄 알았지. 멋지다. 엑실리움 이야기 좀 해 줘. 교복 근사한데? 가면은 왜 썼어?"

행복한 재회가 10초쯤 이어지다가 엘윈이 환자가 있는 것을 알아차렸다.

"어떻게 된 거지? 어디서 발견했어?"

엘윈은 무지개 빛깔 안경을 급히 찾아 쓰고는 노움 주위에 푸른 빛 구체를 비추며 물었다.

"오늘 보스크 협곡에서요."

"보스크 협곡?"

피츠가 설명했다.

"중립 지역에 있는 곳이에요."

"안다. 하지만 말이 안 돼. 며칠 전 루메나리아에서 일할 때 고블린들의 보고를 들었는데, 보스크 협곡은 아직 안전 지대였는데."

소피가 말했다.

"전염병이 퍼졌나 봐요. 그 일대가 다 그렇거든요."

"그것도 말이 안 돼. 보고들을 보면 전염병은 천천히 퍼진다고 했어. 와일드우드가 완전히 감염되는 데는 몇 주가 걸렸는데."

엘윈은 이번엔 붉은빛 구체로 비추었다.

"게다가 이 노움은 전염병과 관련 없는 상해가 있어. 이것 봐라."

엘윈은 노움의 축 늘어진 손을 들어 손바닥에 생긴 물집을 가리켰다.

"화상이야."

피츠가 말했다.

"전염병을 쫓으려고 불을 피운 건 아닐까요?"

엘윈은 턱을 긁적이며 몇 가지 색깔의 구체를 더 비추었다.

"글쎄, 화상을 치료하고 수액을 주자. 하지만 치료약은 다 루메나리아에 있단다."

"치료약이요?"

"완전히 낫게 하진 못해. 증상을 늦추고 좀 견딜 만하게 해 줄 뿐이지. 너희가 발견해서 다행이다. 내가 본 환자들보다 병이 빨리 진행되고 있어."

소피는 맥이 풀려 침대가 주저앉았다. 엘윈이 다 고칠 수 있기를 간절히 바랐는데 그게 안 된다면?

엘윈이 말했다.

"세상 다 무너진 표정 짓지 마라. 불혼이 가만히 있잖아. 안 그래?"

엘윈이 구석 쪽 침대를 가리켰다. 거기에는 눈이 반들거리는 밴시가 쉬고 있었다. 밴시는 누군가 죽어가면 금방 알아차렸고, 죽을 위험에 처한 자의 주변에서 꽥꽥거렸다. 불혼이 일어나지도 않고 있다면 노움에게는 아직 시간이 남아 있다는 뜻이다.

엘윈이 말했다.

"거물 레토에게 연락해서 알려 주는 게 좋겠다. 둘 다 샤워를 하고 교복을 갈아입어라. 종합 검진을 받아야지."

젠시가 물었다.

"저는요? 저도 새 교복이 필요해요."

엘윈이 동의했다.

"너도 검진해야지. 하지만 도망자들부터 봐줘야겠다."

엘윈은 미소를 지으며 말했지만, 도망자라는 말에 소피는 여전히 속이 쓰렸다.

젠시는 자기 망토를 잡아당겨 검게 변한 끄트머리를 소피에게 보여 주었다.

"이걸 보니까 우리가 처음 만났을 때 생각난다. 내가 원소학 수업에 널 데려갔을 때 번개를 피하라고 경고했잖아."

소피는 빙긋이 웃었다.

"기억나."

젠시는 폭스파이어에서 처음으로 소피에게 손을 내민 친구 중 하나였다.

소피가 물었다.

"그래서 여기는 좀 어때?"

젠시는 눈을 돌리며 평소 쏟아내던 속사포보다 느린 말투로 말했다.

"예전 같지 않아."

그때 거물 레토가 도착해 아무도 들어오지 못하게 보건실 문을 닫았다. 그 뒤로 소피와 피츠는 샤워하고 옷 갈아입고 엄청 많은 비약들을 마셨다. 엘윈이 진찰을 통해 그동안 소피가 어떤 일을 겪었는지 족족 알아차리는 것을 보고 소피는 깜짝 놀랐다. 테스트 때 화상을 입은 것부터 게텐을 만나러 갔다 온 뒤 델라가 치료해 준 가벼운 중독에 이르기까지 모두 알아냈다. 하지만 가장 이상한 경험은 폭스파이어 교복을 다시 입은 일이었다. 거물 레토가 초록색 4학년 교복을 가져왔다. 소피는 거울에 비친 자기 모습을 보며 언젠가 다시 폭스파이어로 돌아와 진짜로 교복을 입을 수 있을까 생각했다. 피츠도 하얀색 6학년 교복의 망토를 만지작거리는 것으로 보아 같은 생각을 하는 것 같았다.

피츠가 물었다.

"오늘 우리가 노움을 데려왔다고 의회에 보고하실 건가요?"

거물 레토가 말했다.

"물론이지. 진정한 영웅이 누구인지 의원들도 알아야지."

피츠는 그 말에 미소를 지었고 소피도 따라 웃으려 했다. 하지만 노움을 보면 영웅이 된 듯한 느낌은 갖기 힘들었다. 엘윈은 노움을 투명한 격리 방울 속으로 옮겼는데, 이제 피부도 덜 창백해 보이고 편히 자는 듯 보였지만 몹시 아픈 상태인 것은 분명했다.

거물 레토가 말했다.

"네 녀석들은 돌아가야 한다. 물론 엘윈이 경보 해제를 했다는 전제 아래."

엘윈이 말했다.

"예, 완전히 깨끗해요. 떠나는 모습은 보고 싶지 않지만요."

젠시가 동의했다.

"저도요. 비아나한테 내 인사 전해 줄래? 덱스와 키프한테도?"

소피는 목이 메어 고개만 끄덕였다.

거물 레토가 말했다.

"걱정 마라. 너희가 이 복도에 서는 것이 마지막은 아닐 거야."

소피는 창밖으로 펼쳐진 드넓은 폭스파이어를 바라보며 거물 레토의 말이 맞기를 바랐다. 하지만 피츠의 손을 잡고 비뚤배뚤 숲으로 도약할 준비를 할 때 소피는 폭스파이어로 돌아가는 것이 가장 중요한 문제가 아님을 깨달았다.

이 모든 일을 벌이고 그 모든 규칙을 어긴 지금, 엑실리움에서 쫓겨날 가능성이 높았다.

~ 48 ~

피츠와 함께 비둘배둘 숲에 도착했을 때 소피는 한바탕 잔소리가
쏟아질 줄 알았다.

하지만 친구들은 와락 달려들어 얼싸안았고, 마침내 소피를 놓아
주고는 폭스파이어에 갔던 일에 대해 미주알고주알 캐물었다. 그러
고 나서야 소피는 칼라가 휘어진 나무 몸통 위에 앉아 지켜보고 있
는 것을 알아차렸다.

소피가 안심시켰다.

"우린 괜찮아요. 엘윈 선생님이 검역한 다음 우릴 보냈어요."

칼라가 말했다.

"알아요. 어떻게 감사해야 할지 모르겠어요. 그렇게 위험을 무릅
쓰고……."

칼라는 눈길을 돌리며 초록색 엄지손가락으로 살아난 나무의 가

지를 쓰다듬었다.

소피는 울컥 치미는 좌절감을 삼키며 말했다.

"더 많은 걸 하고 싶었는데 잘 안 됐어요."

그러고는 친구들에게 물었다.

"우리가 떠난 후 엑실리움은 얼마나 난리가 났어?"

키프가 말했다.

"너희가 순간 이동하자 보라색 코치는 기절하고 나머지 둘은 바지에 오줌을 싼 게 확실해. 그다음엔 모두 전염병 생각에 비명을 질렀고, 코치들이 진정시키는 데 두 시간이나 걸렸지. 그러더니 골칫덩이한 무리가 궁금해하더군. 너희가 쫓겨나거나 추방당하냐고……."

피츠가 끼어들었다.

"우리가 쫓겨난다고?"

덱스, 키프, 비아나가 서로 눈길을 주고받았다.

덱스가 말했다.

"내가 달라고 부탁했지만 구슬을 더 주지 않았어. 그 때문에 전교생이 아우성을 쳤지. 하지만 코치들은 결정은 끝났다고 했어."

소피가 중얼거렸다.

"그렇게 됐구나."

비아나가 말했다.

"꼭 그렇진 않을 거야. 우리가 떠나기 전에 암흑 능력자가 나한테다가와 머릿속에 속삭이는 그 이상한 짓을 했어."

130

비아나는 몸을 부르르 떨었다.

"그 애가 그러더라. 코치들이 틀렸다는 것을 정말로 증명하고 싶으면 친구들을 데리고 돌아와서 맞서라고. 그 애는 내일 아침에 우리가 함께 도약해서 오기를 바라는 것 같아. 하지만 좋은 생각인지는 모르겠어."

덱스가 말했다.

"나도 그래. 코치들이 어떻게 할지 모르잖아?"

소피가 말했다.

"우리가 처벌받을 것 같으면 암흑 능력자는 그런 제안을 하지 않았을 거야. 코치들은 누가 잘못하든 처벌은 *모두가* 받는다고 했잖아."

덱스가 말했다.

"그 녀석은 어차피 모두가 벌 받을 테니까 너도 같이 받으라는 심보인지도 몰라."

소피는 고개를 저었다.

"그럴 것 같진 않아."

피츠가 일깨워 주었다.

"넌 그 애를 잘 모르잖아."

키프가 물었다.

"그래. 부브리 친구가 조심하라고 경고한 게 그 애 아니야?"

소피가 동의했다.

"맞아요. 하지만 코치들이 안 좋게 보는 진짜 이유는 그 애가 규칙에 동의하지 않고 피해 갈 방법을 찾기 때문인 것 같아요. 어디서 많이 들어본 이야기 같지 않아요?"

키프가 말했다.

"그래. 하지만 난 암흑 능력자가 아니거든."

소피가 물었다.

"정말로 능력의 종류에 따라 좋다 나쁘다 판단하는 거예요?"

덱스가 끼어들었다.

"염화 능력자는 나쁜 취급을 받잖아."

소피가 말했다.

"그게 꼭 맞는지도 모르겠어. 염화 능력을 금지한 규정 때문에 염화 능력자들이 얼마나 힘들었을지 생각해 봐. 그래서 핀탄이 반란 세력이 된 거야. 브랜트가 네버씬에 들어간 것도 그 때문이고. 재능 없는 자라도 졸리와 떳떳하게 결혼할 수 있었다면, 둘의 이야기는 전혀 달라졌겠지."

키프가 동의했다.

"그랬을 수도 있지. 하지만 암흑 능력자는 *좀 음침해*. 이름부터가 그렇잖아! 그림자 증기를 조종하지 않나, 그것을 '우리 안에 있는 어둠'이라고 부르지 않나."

소피가 물었다.

"그럼 매혹 능력자처럼 우릴 갖고 놀 수도 있다는 말이에요?"

피츠가 말했다.

"상대를 *읽을 수 있는* 능력에 더 가깝지. 테릭 의원이 능력을 탐지하는 것과 비슷하달까. 다만 암흑 능력자들은 어둠에 대한 너의 잠재력을 파악하는 거지."

키프가 말했다.

"오싹한 거 맞지?"

소피가 키프에게 상기시켰다.

"어, 나는 남들에게 **고통**을 가할 수 있는데요? 재능을 두고 남을 판단하는 것이 재능 없는 걸로 남을 판단하는 것보다 낫다고 할 수 있을까요?"

피츠가 물었다.

"그럼 넌 그 녀석을 믿고 싶은 거니?"

"모르겠어요. 콜렉티브가 어떻게 생각하는지 알아봐야 할 것 같아요. 콜렉티브는 우리가 이제 엑실리움에 그만 다니기를 바랄 수도 있어요. 전염병 사건에 집중하라고."

소피는 솔직히 그만 다니는 것을 바랐다. 보스크 협곡으로 돌아가 왜 그곳에서는 전염병이 더 빨리 퍼지고 있는지 알아내고 싶고, 그 지역에 발이 묶인 노움들이 있는지 확인하고 싶었다.

알루베테르로 돌아와 보니, 포클 씨가 나무다리의 정자에서 기다리고 있었다. 소피와 피츠가 입을 새 엑실리움 교복도 가져왔다.

피츠가 말했다.

"내일도 학교에 간다는 뜻이군요."

포클 씨가 말했다.

"병든 노움을 도운 건 옳은 일이었어. 코치들도 알아야 해."

덱스가 물었다.

"코치들이 몰라 준다면요?"

"그럼 코치들을 설득하는 것도 너희가 할 일이지. 코치들을 우리 편으로 끌어들여야 해. 그들은 중립 지역에서 무슨 일이 일어나고 있는지 누구보다 잘 알아."

소피가 중얼거렸다.

"그렇지만 나 몰라라 하는 것 같던데."

"그럼 알게 해야지. 그게 너의 가장 큰 재능 중 하나란다, 포스터 양. 우리한테는 없는 재능이지. 넌 변화를 만드는 힘을 타고났어. 그리고 이번이야말로 진정한 변화를 가져올 기회야."

친구들은 소피처럼 긴장한 표정이었지만, 딱히 군소리 없이 방으로 향했다.

포클 씨가 소피에게 송신했다.

사실, 상의하고 싶은 게 있다. 남아 줬으면 한다.

소피는 아픈 노움이나 폭스파이어에 간 문제를 이야기할 줄 알았다. 그래서 포클 씨가 이렇게 말했을 때 뜻밖이었다.

"센센 군에 관한 소식이 있단다."

"키프의 어머니 이야기예요?"

소피는 물으며 의자에 앉았다. 아무래도 앉아서 이야기해야 할 것 같았다.

"그래. 하지만 네가 생각하는 종류는 아니야. 이 소식은 키프 어머니의 현재가 아니라 과거에 대한 것이고, 바로 그래서 *너에게* 알려주는 거야. 넌 센센 군이 평소 어떻게 대처하는지 나보다 잘 아는 것 같으니까, 우리가 여기서 어떻게 해야 할지 결정해 주었으면 한다. 너도 알다시피 오랄리 의원은 카시우스 경과 함께 레이디 지셀라의 네버씬 활동에 관한 단서를 찾고 있어. 며칠 전 캔들셰이드에서 숨겨진 트렁크를 발견했다는 소식을 들었다. 그런 건 오래 놓여 있어도 집안 식구들이 그냥 지나치기 쉽다는 건 너도 짐작할 수 있을 거야."

소피는 고개를 끄덕였다. 키프의 집은 200층도 넘었다.

"트렁크 안에 뭐가 있었는데요?"

"지도가 **많이** 들어 있었어. 의회는 그 지도들의 목적이 무엇인지 판단하려고 애쓰고 있단다. 엑실리움에서 사용하는 것과 비슷한 일회용 도약 크리스털을 만드는 장비들도 있었어. 아무도 모르게 네버씬의 은신처로 빠져나가는 방법의 하나라고 추측하고 있지."

"또요?"

소피는 더 캐물었다.

"또…… 쪽지가 하나 있었단다. 카시우스 경이 아들에게 돌려주길 원해서 그 쪽지가 나한테 왔지."

포클 씨는 망토 주머니에서 종이 한 장을 꺼내 소피에게 건넸다.

손으로 쓴 짧은 메시지에 비하면 종이가 너무 커 보였다.

키프,
난 널 위해 이 일을 하고 있단다.
사랑하는 엄마가.

포클 씨가 물었다.

"이제 어떻게 해야 할까? 센센 군에게 말할까? 아니면 알리지 말까?"

소피는 그 종이를 뚫어지게 보며 '사랑'이라는 단어가 더 거슬리는지 아니면 그 넓은 여백이 더 거슬리는지 갈피를 잡지 못했다.

그리고 치유 텐트에서 보았던 키프가 떠올랐다. 표면 아래 도사린 분노와 두려움.

하지만 소피는 키프에게 아무것도 숨기지 않겠다고 약속했고, 이것은 *아주 중요한 약속*이었다.

포클 씨가 물었다.

"쉽지 않지? 아끼는 존재를 어떻게 보호해야 할지 결정하는 것. 너한테 이런 짐까지 지워 미안하구나. 하지만 키프에게 가장 좋은 결정을 내릴 이는 바로 너라는 걸 아니까."

소피는 숨을 깊이 내쉬었다.

"생각 좀 해도 될까요?"

"얼마든지 천천히 생각하렴. 키프에게 말하기 전 미리 알려 달라는 부탁만 할게. 말하기로 **결정한다면**. 그렇지 않다면 이 사실은 너 혼자만 아는 것으로 생각하겠다."

소피는 고개를 끄덕이고 방으로 돌아왔다. 밤이 다 가도록 마음이 오락가락했다.

결국 소피는 보라색 가방을 찾아 예전에 캐시를 넣어 두었던 곳에 종이를 숨겼다.

~ 49 ~

다음 날 아침 엑실리움에 도착한 순간, 배경 음악이 갑자기 멈춘 영화 속으로 들어온 기분이었다.

소피는 피츠와 나란히 섰고, 키프와 덱스와 비아나가 그들을 울타리처럼 둘러싸고 있었다.

오늘의 엑실리움 위치는 숨 막힐 듯 더운 사막 한가운데로, 모래 언덕에 텐트들이 흩어져 있었다. 전염병의 흔적은 보이지 않았지만, 감염될 만한 생명체도 없었다. 선인장이나 볼품없는 풀 한 포기도 자라지 않았다. 메마른 모래만 끝없이 펼쳐져 있었다.

암흑 능력자가 고개를 끄덕이는 모습이 곁눈으로 얼핏 보였지만, 소피는 먼지구름을 일으키며 성큼성큼 다가오는 세 코치에게 온 신경이 쏠렸다.

파란색 코치가 사막의 공기처럼 후끈한 어조로 말했다.

"그래서 반항의 길을 선택했다 이거군."

소피가 말했다.

"말을 안 들을 생각은 없었어요. 어제도 그랬고요."

피츠가 덧붙였다.

"저흰 옳은 일을 하려고 했을 뿐입니다."

빨간색 코치가 말했다.

"하지만 너희의 '옳은 일'은 우리의 권위를 무시했다. 이 일로 우리 입장이 어떻게 됐는지 아나?"

소피는 코치들이 그들의 이기적이고 배려심 부족한 모습을 깨닫도록 말을 준비했었다. 하지만 눈앞에 있는 세 코치와 그 뒤에 있는 골칫덩이들을 보면서 코치들이 마냥 잔혹하기만 한 것은 아님을 알았다. 코치들은 잃어버린 도시의 최고 권위자들조차 손 놓은 무리를 맡아 불가능한 싸움을 벌이고 있었다. 취약한 기반을 지키려고 기를 쓰고 있을 뿐이었다.

소피가 조용히 말했다.

"때로 가장 큰 힘은 너그러움에서 나와요. 특히 너그러움을 받을 만한 자격이 없는 이들에게 너그러움을 베풀 때요."

코치들은 서로를 바라보았고, 그들 사이에 말 없는 무엇이 오갔다.

소피가 덧붙였다.

"한 번 더 기회를 주는 게 우리 모두가 바라는 것 아닐까요?"

고통스러울 정도로 긴 몇 초가 지나고 빨간색 코치가 고개를 끄덕였다. 딱 한 번이었지만 작은 움직임만으로도 충분했다.

"우릴 후회하게 만들지 마라."

파란색 코치가 말했다.

피츠가 "그러지 않을 겁니다."라고 약속하자 빨간색 코치가 모두에게 텐트로 흩어지라고 명령했다.

소피가 터벅터벅 모래밭을 걸어가는데, 보라색 코치가 옆으로 다가왔다.

코치가 속삭였다.

"어제 본 노움 말인데……."

소피가 말했다.

"다른 노움들과 함께 격리돼 있어요. 치료제가 나오길 기다리는 중이죠. 혹시라도 중립 지역에서 도움이 될 만한 걸 보면……."

"없어."

코치는 이렇게 말하고는 앞서 가더니 걸음을 늦추고 덧붙였다.

"하지만 계속 살펴보기는 하겠다."

"고맙습니다."

그때쯤 텐트에 도착하자, 코치는 모두에게 매트를 챙겨서 숨 막히는 햇살 아래로 나오라고 명령했다. 땀이 줄줄 흐르는 기나긴 하루 동안 체온 조절 연습을 했다. 지독한 더위에 시달리기를 세 시간째, 세포에 집중하는 법을 배우자 소피의 피부는 아주 작은 차가움도 과민하게 의식하게 되었다. 그러자 약한 미풍도 북극의 찬바람처럼 느껴졌고, 삐질삐질 흐르는 땀도 양동이에 담긴 얼음물처럼 시원하게 느껴졌다.

해가 기울면서 그림자들이 늘어져 비스듬한 얼룩이 되어 갈 때 암흑 능력자의 속삭임이 소피의 마음을 채웠다.

"어제는 어떻게 체포되지 않았어?"

잃어버린 도시에 아직 친구가 몇 있어.

소피는 잠깐 망설이다가 덧붙였다.

여기서도 한두 명 있으면 좋겠어.

암흑 능력자가 상기시켰다.

"넌 같이 온 친구가 넷이나 있잖아. 자리가 더 있는 거야?"

친구가 많으면 안 돼?

소피의 물음에 그는 한참 말이 없었다.

이윽고 그가 속삭이듯 말했다.

"모르겠다."

이튿날 엑실리움의 활동 장소는 바위산 비탈이었다. 비탈에 난 큰 구멍을 통과해 컴컴한 동굴로 들어갈 수 있었다. 코치들을 따라가다 보니 어느새 칠흑 같은 축축한 공기가 빛을 완전히 지워 버렸다.

코치들이 입을 모아 말하자, 목소리가 동굴 벽에 부딪혀 울렸다.

"오늘은 야간 시력을 키우는 훈련이다. 눈이 적응하면 나머지는 마음이 알아서 할 것이다."

듣기에는 간단해도 실상은 전혀 그렇지 않았다.

소피는 생각나는 방법을 모두 시도해 보았지만 껌껌한 어둠밖에 보이지 않았다. 어둠에 둘러싸인 시간이 길어질수록 숨이 막혀서, 소피는 여전히 숨 쉴 수 있고 공기가 부족하지는 않다는 사실을 자신에게 일깨워 주어야 했다.

"넌 어둠이 무섭니?"

암흑 능력자가 소피의 머릿속에서 속삭였다.

소피가 대답했다.

어둠을 이용해 숨어 있는 것들이 무섭지.

"징그러운 벌레 같은 거?"

그런 걸 좋아하진 않아.

"하지만 그런 걸로 덜덜 떨지는 않겠지? 괴물은 어때?"

괴물도 여러 종류라서.

"전염병의 배후에 있는 자들처럼?"

그게 무슨 뜻이야? 본 게 있어?

"많은 걸 봤지."

어떤 거?

소피의 눈이 마침내 어둠에 적응했다. 아니 마음이 적응했는지도 모른다. 주위에 흐릿한 형태들이 보이기 시작했다. 가장 가까이 있는 실루엣은 암흑 능력자였다.

어떤 거냐고?

소피는 몸을 기울이며 다시 송신했다.

암흑 능력자는 한 걸음 물러섰다.

"지금은 아니야."

그럼 언제?

소피는 다그쳤다.

"네가 믿을 만한지 어떤지 알게 될 때."

그는 속삭임과 함께 어둠 속으로 사라졌다.

엑실리움에서 긴 시간을 보내고 돌아오면 밤늦게까지 동족 훈련을 하는 통에 소피는 피곤해 죽을 지경이었다. 더 지치는 것은 진전이 없다는 것이었다. 친구들은 역장 능력자에 대해 알아내려 애썼지만, 코치들은 물어도 대답해 주지 않았다. 게다가 학교는 전염병의 흔적이 전혀 없는 곳에서 수업했다.

이번 무대는 눈 덮인 산기슭에 있는 잔잔한 호수로, 숨 참기 연습을 했다. 작은 텐트가 두 개 더 설치되어 거기서 잠수복으로 갈아입었다. 머리에는 수영모를 쓰고 거대한 물안경으로 얼굴을 가린 채 물속으로 들어가 고개를 숙이고 둥둥 떠서 오래 버티기에 들어갔다.

지금까지 한 것 중에 가장 잔인한 기술이었고, 소피의 폐는 끊임없이 비명을 질러 댔다. *지금 숨 쉬지 않으면 죽을 거야!* 유체 역학 능력자도 이 과제를 힘들어했다. 심지어 누구보다 더 힘들어하는 것 같았다. 물에 얼굴을 담그자마자 버둥거리며 몸부림쳤고, 암흑 능력자가 다독거려도 "난 못 해, 못 해." 하고 웅얼거렸다.

두 시간째 접어들자 그 여자아이는 눈물을 흘렸고, 소피는 도와 줄 방법이 떠올랐다.

소피가 송신했다.

내가 진정시켜 줄게. 하지만 먼저 물어볼게. 도와주는 게 싫으면 소리를 내어 알려 줘.

여자아이는 잠자코 있었다.

좋아, 그럼 시작할게.

타격 능력자는 부정적인 감정만 가할 수 있다고 알려져 있지만, 소 피의 유전자는 알리콘의 영향을 받은 덕분에 긍정적인 감정도 일으 킬 수 있었다. 소피는 눈을 감고 행복하고 평온한 느낌을 주는 수많 은 추억을 떠올리며 그 감정을 차곡차곡 쌓았다. 마침내 가슴이 터 질 지경이 되자 그 열기를 밀어 보냈다. 효과가 있는지는 알 수 없지 만 유체 역학 능력자가 조용히 있었기 때문에 계속 파동을 쏘아 보 냈다.

타격 가하기에 집중하다 보니 다른 것은 깡그리 잊어버렸다. 두 손 이 소피의 몸을 호수 밖으로 끌어내고서야 자신이 숨도 쉬지 않고 있었음을 깨달았다.

보라색 코치가 큰 소리로 알렸다.

"새로운 기록이 나온 것 같다! 46분."

"46분?"

소피는 폐가 화끈거리는 느낌에 숨을 헐떡거렸다.

코치는 소피를 부축해 호숫가로 와서 낡은 수건을 주어 몸을 닦게 했다.

"숨을 백 번 깊이 쉬어. 그럼 머리가 맑아질 거야."

일흔세 번쯤 쉬었을 때, 그림자 하나가 소피를 미끄러지듯 지나가면서 암흑 능력자의 목소리가 머릿속을 채웠다.

"우리가 아는 걸 알고 싶니?"

당연하지, 소피는 송신했다.

"알았어."

소피는 말이 더 나오기를 기다렸지만, 암흑 능력자는 그냥 가 버렸다.

하지만 구슬을 받고 교복으로 갈아입고 나자 암흑 능력자가 살그머니 다가와 속삭였다.

"지금 아니면 기회가 없어."

유체 역학 능력자 소녀가 흠집 난 노란 크리스털을 햇빛에 비추고 있었다. 소피는 위험 요소를 곰곰이 머릿속으로 헤아리면서 암흑 능력자가 내민 손을 잡았다.

금방 갔다 올게요.

소피는 피츠에게 송신했다. 그러곤 피츠의 대답도 듣기 전에 빛에 이끌려 사라졌다.

~ 50 ~

도약할 때 평소보다 더 많이 흔들리는 느낌이 들었다. 아니, 소피 자신이 떨고 있었는지도 모른다. 낯선 아이들과 함께 엑실리움을 떠나다니, 소피 자신도 믿기지 않았다. 어디로 가는지 묻지도 않았다.

도착한 곳은 한때 아름다웠을 것 같은 정원이었다. 지금은 폭포처럼 쏟아지는 덩굴과 거대한 나무들이 전염병에 시달려 말라비틀어지고 버석거리고 얼룩덜룩했다.

소피가 물었다.

"여긴 어디야?"

"먼저 소개부터 하자."

암흑 능력자가 후드를 걷어 내고 가면을 벗으며 말했다.

유체 역학 능력자 소녀도 똑같이 했는데, 소피는 둘이 꼭 닮아서 깜짝 놀랐다. 둘 다 똑같이 입술이 분홍빛이고 피부가 크림색이었다.

하지만 가장 비슷한 것은 눈이었다. 연하디연한 푸른 눈동자인데, 햇빛에 은빛 반점이 반짝거렸다. 머리카락에도 은빛이 감돌아 느낌이 더 컸다. 허리까지 오는 소녀의 새카만 머리카락은 끝부분을 백금에 담근 것 같고, 소년의 들쭉날쭉한 앞머리는 소년이 머리를 젖힐 때마다 반짝반짝 빛났다.

함께 있는 두 아이의 모습은 케이팝 아이돌이나 애니메이션 캐릭터 같았다. 하지만 소피는 더 논리적으로 생각했다.

"둘이 남매구나."

암흑 능력자가 고쳐 말했다.

"쌍둥이지. 그게 문제가 되나?"

소피는 잃어버린 도시에서 다태아 출산이 얼마나 드문지, 그런 일이 일어났을 때 엘프들이 얼마나 좋지 않게 보는지 생각났다.

"당연히 문제없지. 남과 다르다는 게 어떤 건지 난 알아."

소피는 후드를 젖히고 가면을 벗었다. 쌍둥이가 넋 나간 얼굴로 소피의 눈을 바라보았다.

암흑 능력자가 여자아이를 힐끗 보며 말했다.

"나는 탐이고 얘는 린."

"난 소피."

"그건 인간의 이름인데?"

"맞아."

탐과 린은 소피에 대한 소문을 전혀 듣지 못했을 것이다. 매일 얼어야 하는 구슬을 꿴 목걸이는 그 아이들의 목을 네 번 감아 두를 만큼 길었다. 그 애들은 소피가 잃어버린 도시에 도착하기 훨씬 전부터 엑실리움에 있었다는 뜻이다. 중립 지역에서 보는 것 말고는 작년에 무슨 일이 있었는지도 전혀 모를 것이다.

소피가 다시 물었다.

"여긴 어디야?"

"즐거운 우리 집."

탐은 얼룩덜룩 썩은 열매를 걷어찼다.

린이 말했다.

"예전엔 멋진 곳이었어. 여길 발견한 것이 행운이라고 느꼈지. 하지만 노움들이 병들기 전 일이지."

"잠깐만."

소피는 더 멀리 살펴보려고 쓰러진 나무 몸통 위로 올라갔다. 잡초가 무성한 길 너머로 검은 숲이 있는데, 그곳에는 쓰러진 나무들에 색깔 있는 목재 조각들이 문처럼 붙어 있었다.

"이곳이 와일드우드 거주지야?"

린이 고개를 끄덕였다.

"노움들이 매일 밤 우리에게 저녁 식사를 갖다주고 노움들의 노래를 들으며 잠드는 것이 참 좋았지."

린은 시커멓게 변한 줄기를 걷어 내며 나직이 말했다.

"그들이 어떻게 됐는지 알아?"

"격리돼 있다는 것만 알아. 아직 살아 있어."

소피는 린을 안심시키려고 덧붙여 말했다.

"잠깐만…… 그들이 찾았다는 십 대들 발자국이 너희 거야?"

탐이 캐물었다.

"그들이 누군데?"

소피는 한 걸음 물러나며 말했다.

"거주지에 살던 노움들이 루메나리아에 도착한 뒤 의회에서 조사했어."

쌍둥이는 겉모습은 닮았어도 성격은 정반대였다. 린은 아기 새 같았다. 탐은 사냥감에 몰래 접근하는 호랑이였다.

탐이 코웃음을 쳤다.

"그딴 건 *조사*도 아냐. 그자들은 관심도 없던걸. 기껏 5분쯤 머물면서 나무껍질 좀 긁어내고 나뭇잎 몇 장 모았지. 우리에게 섬광에 대해 묻지도 않았고."

탐은 멀리 있는 얼룩덜룩한 숲을 가리켰다.

"전염병이 닥치기 몇 주 전부터 백색 섬광이 보였어. 그게 뭘까 알아봤는데, 오거 국경 너머에서 오는 빛이었어."

소피가 물었다.

"오거를 봤어?"

"최근엔 못 봤어."

탐은 동쪽의 어두운 산 쪽으로 몸을 돌렸다.

"라바고그는 저 길을 지나서 있어."

그 이름을 듣자 소피의 등줄기에 얼음송곳이 꽂히는 느낌이었다.

"그 빛이 전염병과 관련 있다고 생각해?"

소피는 역장에 둘러싸인 나무가 얼마나 밝게 빛날지 궁금했다. 저렇게 먼 곳에서도 보일 만큼 밝을까?

"넌 질문이 많구나."

탐은 이렇게 말하며 소피 주위를 천천히 돌았다.

소피가 대꾸했다.

"아는 대로 다 말해 주려고 이리 데려온 거 아냐?"

탐이 말했다.

"*다* 말해 준다고 약속한 적은 없는데."

린이 오빠에게 상기시켰다.

"저 애는 노움들을 도우려는 거야. 오늘 나를 도와준 것처럼. 그건 그렇고 넌 내가 바보 같다고 생각하겠지. 유체 역학 능력자가 물에 빠지는 걸 봐 무서워하다니."

소피가 말했다.

"능력 좀 있다고 모든 게 갑자기 쉬워지는 건 아니잖아."

"능력이 *네 가지*나 있는 소녀의 말이었습니다."

탐은 소피에게 몸을 가까이 기울여 눈을 가늘게 뜨고 순간 이동 배지를 바라보았다.

"그럼 중요한 질문 좀 하자. 넌 어째서 추방된 거야?"

소피는 솔직히 대답했다.

"의원 대부분은 나라는 애가 있다는 사실을 안 순간부터 내가 사라지기를 바랐어. 그런 의원들에게 좋은 빌미를 제공했지. 너희는 어때?"

탐은 고개를 저었지만 린이 그의 어깨에 손을 얹었다.

"저 애가 진실을 알아도 돼, 오빠. 다 내 잘못이었어."

린이 두 손을 들자 안개가 모여들어 무지개가 반짝거렸다.

"물은 내 관심을 간절히 바라. 하지만 속임수인 경우가 너무 많아."

린이 말하는 사이 짙어진 안개가 폭풍우가 되어 비가 억수같이 쏟아지는 바람에 그들은 쫄딱 젖고 말았다.

린이 나직이 말했다.

"난 '홍수를 일으키는 소녀'가 돼 버렸어. 너무나 많은 실수를 한 끝에 부모님은 내가 추방되는 걸 우두커니 볼 수밖에 없었지."

탐이 내뱉듯이 말했다.

"안 그럴 수도 있었어."

"탐을 이해해 줘. 억울한 게 나보다 많아. 탐은 여기 있지 않아도 되는데……."

탐이 말을 잘랐다.

"아니, 그렇지 않아."

탐의 목소리는 누그러지고 표정도 부드러워졌다.

린이 설명했다.

"탐한테 엑실리움에 가라고 명령한 이는 없어. 탐이 나랑 있기로 한 거지."

탐이 중얼거렸다.

"린 혼자 이런 일을 겪는 게 싫었어. 난 가족과 함께 살지 않을 거야. 부모님은 쌍둥이라는 걸 수치스러워했지. 내가 외동아들인 것처럼 구는 걸 참을 수 없었어."

린이 움찔하는 것을 보자 소피는 남매를 안아 주고 싶었다. 엘프들은 우월하고 뛰어나고 머리가 깨인 종으로 보이지만, 그들 중에도 끔찍한 부모는 꼭 있었다.

소피가 물었다.

"그게 얼마 전 일이야?"

린이 엑실리움 목걸이를 만졌다.

"1214일."

3년이 조금 더 지났구나, 소피는 깨달았다.

"오래됐네."

린은 고개를 끄덕이며 팔을 휘저어 옷과 머리카락에 묻은 물기를 끌어 갔다.

"우린 눈에 띄면 안 돼. 노움들이 떠난 뒤로 많은 이들이 여길 찾아왔어."

소피의 몸이 얼어붙었다.

"검은 망토를 입은 자들도 있었어?"

린이 말했다.

"응, 셋이. 일주일 전에 와서 뿌리들을 보고 갔어."

소피는 방치된 숲으로 달려가 가장 큰 나무 앞에 무릎을 꿇었다. 구불구불한 붉은 뿌리들이 삐죽삐죽 튀어나와 있었다.

소피가 물었다.

"네버씬이 무슨 말 하는 거 못 들었어?"

"네버씬?"

탐이 되물었다.

"네가 아까 괴물 말했잖아? 내가 상상한 게 바로 네버씬이야. 그자들을 다시 보게 되면 꼭 숨어. 어쨌든 그자들은 이 전염병과 관련 있어. 오거들도 그렇고. 우리가 증거를 못 찾았을 뿐이지."

소피는 뿌리 견본을 채취하려고 손을 뻗었다가 칼라가 감염될 수도 있음을 깨달았다.

탐이 물었다.

"'우리'가 누구야?"

"나. 친구들. 그리고…… 또 있어."

소피는 블랙스완에 대해 어디까지 말해야 할지 몰랐다.

"비밀을 잘 캐는 이들이라고만 해 둘게. 네버씬 같은 무리를 상대할 때는 지원이 많이 필요하거든."

뒤쪽에서 나뭇가지들이 우지끈하자 셋은 흠칫 놀랐다. 하지만 병든 나무 사이로 지나가는 바람 소리였다.

"이쪽이야."

린이 앞장서서 언덕 꼭대기로 올라갔다. 좁은 골짜기가 눈앞에 펼쳐졌다.

강이 골짜기 한가운데를 흐르다 잿빛 산들 속으로 사라지고, 작은 언덕들 너머로 이어지는 길을 거대한 철문이 막고 있었다.

"라바고그."

소피의 입에서 속삭임이 튀어나왔다. 그 도시를 향해 당장이라도 달려가고 싶어 발이 근질거렸다. 멀리, 아주 멀리까지 가고 싶었다.

린이 말했다.

"가끔 밤에 행진하는 소리가 들려."

소피가 물었다.

"여기 있어도 안전한 거 맞아?"

탐이 상기시켰다.

"우린 추방당했어. 어디도 안전하지 않아."

그즈음 강에 이르렀고, 린은 손을 들어 손목을 가볍게 까딱였다. 그러자 강바닥에서 강물이 솟구쳤다. 강물이 머리 위로 아치를 만들고 그 아래로 마른 땅을 드러내 아이들은 건너갈 수 있었다. 건너편 강가에 발을 딛자마자 강물은 요란한 소리를 내며 아래로 쏟아져 파도치며 흘러갔다.

"우아!"

소피의 입에서 감탄이 흘러나왔다.

린은 얼굴이 빨개졌다.

탐은 울퉁불퉁한 나무들이 모인 잡목 숲을 향해 앞장섰다. 그 숲은 딱히 발을 들이고 싶은 곳은 아니었지만, 아직 감염되지 않았다. 탐이 손을 내저어 그림자 무리를 쫓자 나뭇가지 사이에 숨겨진 틈이 드러났다. 소피가 린을 따라 들어가 보니 푸른 풀밭 쪽에 비바람에 씻긴 낡은 텐트 두 개가 있었다. 린이 앉으라고 펴 주는 누비천은 인간의 오래된 티셔츠, 레이스 덮개, 청바지 뒷주머니 등 온갖 천 조각을 기워 만든 것이었다.

소피는 묻지 않을 수 없었다.

"정말로 여기 살아?"

린이 말했다.

"우린 필요한 게 많지 않아."

그럴 수도 있겠지만, 쌍둥이는 정말로 *아무것도* 가진 게 없는 것 같았다.

그 순간 한 가지 생각이 떠올랐다. 엄청나게 복잡한 일이 될 것이라는 것도 알았다. 하지만 이 아이디어대로라면 탐과 린에게 더 나은 삶을 선사하고 그 애들의 놀라운 재능을 활용할 수 있을 것이다.

"얼마나 더 있다가 이 애한테 다 얘기할 거야?"

린이 탐에게 묻자 소피는 귀가 번쩍 트였다.

소피가 물었다.

"이야기가 더 있어?"

탐은 고개를 저었다.

"우린 아직 저 애를 잘 몰라."

소피가 말했다.

"그럼, 나한테 궁금한 게 뭐야? 물어보면 대답해 줄게."

탐은 눈 위로 내려온 앞머리를 만지작거리며 방어하는 눈빛으로 소피를 보았다.

"거짓말로 대답할 수도 있어. 정말로 신뢰를 얻고 싶다면 네 그림자 증기를 읽게 해 줘."

린이 이어 약속했다.

"아프진 않아. 탐의 그림자가 네 마음을 따라 지나가게 하면 돼."

소피가 말했다.

"그건 힘들지도 몰라. 내 유전자에 대한 별별 사연을 다 풀어 놓지 않으면 설명하기 힘들어. 문제는 또 있어. 내 마음은 뚫고 들어올 수 없어. 테릭 의원도 내 능력을 탐지하지 못했거든."

린이 말했다.

"그림자 증기는 잠재력을 감지하는 것보다 더 간단해."

탐이 린에게 물었다.

"언제부터 그렇게 잘 알았니?"

린이 탐에게 말했다.

"오빠도 같은 이유로 미룬다는 거 알아. 거의 15년을 함께 살았으니까 다 알지. 이것 때문에 저 애를 여기로 데려온 거잖아."

린은 소피를 돌아보며 덧붙였다.

"읽어 보고 말해 줄 거야. 너만 괜찮다면."

소피는 그 제안이 탐탁지 않았지만 그들이 가진 정보가 필요했다.

"읽어도 돼. 하지만 내 마음속에서 본 것이 이해가 안 되더라도 정보는 말해 주겠다고 약속해 줘."

"좋아."

린이 대답하자 탐이 흘겨보았다. 하지만 탐은 더 따지지 않고 소피에게 다가왔다.

이리저리 옮겨 다니는 그림자들을 피해 소피가 몸을 움츠리자 탐이 말했다.

"가만히 있어. 린 말대로 아프진 않아. 좀 춥기는 할 거야."

이게 좀 추운 정도라고? 마치 눈보라가 몰아치는 느낌이었다. 하지만 그림자가 물러나자 꽁꽁 얼 것 같은 추위는 금세 풀렸다.

"테릭 의원이 왜 탐지하기 힘들었는지 알겠어."

탐이 두 눈썹 사이를 문지르며 말했다.

"너한테 그림자 증기가 많아. 하지만 빛도 많아서 서로를 상쇄하고 있어."

소피가 물었다.

"좋은 거야?"

린이 말했다.

"균형은 좋아."

탐이 반박했다.

"하지만 유지하기 어려울 수도 있어."

"그건 저 애의 미래에만 문제지."

린이 압박을 가했다.

그 말은 경고처럼 느껴져, 소피는 조목조목 따져 묻고 싶었다. 하지만 린은 오빠에게 비밀을 알려 주라고 재촉하고 있었고, 탐도 마침내 준비가 된 것 같았다.

탐이 몸을 움직여 가더니 나무 틈으로 와일드우드를 바라보았다.

"지금부터 내가 하는 말은 엄밀히 따지면 반역죄에 해당한다는 걸 알아야 해. 넌 잃어버린 도시에 아직 친구들이 남아 있다고 했으니 언젠가는 돌아가기를 바라지 않아?"

소피가 말했다.

"그래도 알고 싶어."

탐은 고개를 끄덕이더니 몸을 돌려 소피를 마주 보았다.

"의회가 견본을 수집하러 여기 왔을 때 내가 엿듣고 있는 줄 몰랐을 거야. 그들이 일하는 곳으로 내 그림자에 의식을 실어 보냈지. 의원이 누군지는 모르겠어. 남자 하나, 여자 하나였어. 여자 의원이 그러더군. '이런 일이 일어날 수 있었다고 경고했어야 해요.' 그러자 남자 의원이 말했어. '아무도 알아서는 안 돼요.'"

~ 51 ~

"아, 드디어 오시는군. 이제 포스터 양을 혼내 주자."

소피가 비뚤배뚤 숲에 도착하자 키프가 말했다.

피츠가 성큼 나왔다.

"우린 한 팀이란 거 잊었어? 낯선 애들과 도망갈 거라면 우리도 데려가야지. 어이없이 가 버릴 게 아니라!"

"미안해요."

소피는 입으로는 사과하면서도 머릿속은 오후에 들었던 말 때문에 어지러웠다. 지금 일어나고 있는 모든 일을 의회가 미리 막을 수 있었다니!

칼라가 가까이 있어서 친구들에게 다 말할 수도 없었다. 그래서 좀 더 안전한 방향으로 해명하는 데 집중했다.

"결정할 시간을 탐이 1초밖에 안 줘서……"

"탐?"

덱스가 끼어들었다.

"응. 암흑 능력자 이름이야. 여동생은 린이고."

비아나가 물었다.

"남매야?"

"쌍둥이. 와일드우드 근처 발자국 주인이 바로 그 애들이야."

"와일드우드에 갔었어요?"

나무 꼭대기에서 칼라가 큰 소리로 물었다.

"내가 감염됐을까 봐 걱정되죠? 조심하려고 노력했어요. 뿌리를 확인할 때만 가까이 갔어요. 네버씬이 뿌리를 검사하는 걸 린이 봤다고 해서 견본을 채취할까 하다가……."

"자세히 말해 봐요."

칼라가 땅바닥으로 뛰어내렸다.

소피가 이야기를 마쳤을 때 칼라의 얼굴은 파랗게 질렸다.

"뿌리가 붉은색이었어요?"

"붉은색이면 무슨 뜻인데요?"

비아나가 칼라의 몸을 부축하며 물었다.

"수명이 거의 다 됐다는 뜻이에요. 뿌리가 붉어지면 끝이죠. 언제나. 매번."

"그렇다면 주민들은 얼마나 버틸 수 있죠?"

소피는 배를 움켜쥐고 물었다.

칼라가 말했다.

"언제라고 말하기 어려워요. 나무는 우리보다 체계가 간단해요. 그래도 경로는 똑같죠. 감염된 나무가 붉은색을 띠면 며칠 안 남았다는 뜻이에요."

"루르와 미티야는 주민 중 누구도 몸에 붉은색이 나타나진 않았다고 했어요."

소피가 포클 씨에게 말했다. 포클 씨는 생각에 잠겨 여학생 휴게실을 왔다 갔다 했다.

"아직은 그렇다는 거지."

모두 함께 알루베테르로 돌아오자마자 칼라는 소피에게 루메나리아로 송신해서 마지막 단계에 도달한 노움이 있는지 알아봐 달라고 부탁했다. 다행히 아무도 그렇진 않았고, 소피는 그 질문이 무엇을 의미하는지 미티야에게 알리지 않도록 조심했다. 하지만 누구나 짐작할 수 있었다. 그리고 보스크 협곡에서 발견된 노움은 훨씬 더 빠른 속도로 병이 진행되고 있었다. 소피는 그에게 무슨 일이 있었는지, 또는 기억나는 게 없는지 물었다. 하지만 그 노움은 정신이 멍해지면서 전염병으로 고통을 겪은 것만 기억했다.

소피는 칼라가 이 자리에 없다는 걸 확인하고 말했다.

"의회가 전염병에 대해 알고 있었다는 증거를 우리가 확보했어요."

포클 씨가 물었다.

"우리라고 했니? 추방당한 십 대 둘에 대한 소문이 있던데, 그중

한 명은 반항아로 유명한 암흑 능력자지."

소피가 물었다.

"탐과 린이 거짓말을 한다고 생각하세요?"

"그건 아냐. 하지만 그 애들의 말은 네 생각만큼 무게를 갖지 못해. 더구나 그 대화가 얼마나 모호한지 생각해 봐라. 그 애들이 들은 말은 '이런 일이 일어날 수도 있었다'뿐인데, 의회는 전염병을 말하는 게 아니라고 주장할 거야."

덱스가 물었다.

"이런 말도 했대요. '아무도 알아선 안 돼.'"

포클 씨가 말했다.

"의회가 하는 일이 모두 그래. 의회에서 하는 조사는 대부분 기밀 사항이야."

소피가 투덜거렸다.

"그게 의회의 문제죠. 비밀이 너무 많아요."

소피는 켄릭 의원의 캐시에 대해 생각하면서 거기에는 얼마나 무서운 비밀들이 들어 있을까 궁금했다. 그걸 알면 많은 비극을 막을 수 있을까?

포클 씨는 멈춰 서서 폭포를 바라보며 말했다.

"난 의회 편을 끝까지 들지 않을 때가 많아, 포스터 양. 하지만 의회에서 이 일을 비밀로 하기로 했다면 분명히 이유도 있을 거야. 긴 세월 동안 의원들은 노움들에게 깊은 애정을 보였어. 일부러 노움들을 위험에 빠뜨릴 리는 없어. 그러니 네가 오늘 알아낸 더 중요한 사실들에 집중하고, 구체적인 증거를 찾을 때까지 다른 의심들은 묻어두렴. 숲에서 섬광이 번쩍인 것은 여러 이유일 수 있지만 역장 능력자와 관련 있을 것 같아. 그렇다면 네가 전에 본 나무는 치료제보다는 전염병과 더 관련 있을 가능성이 높은 거지. 앞으로 어떻게 해야 할지 생각해야 해. 그리고 왜 역장 안의 나무는 더 푸르고 건강해 보였는지도."

소피가 물었다.

"좋아요, 그럼 어떻게 해야 해요?"

키프가 말했다.

"라바고그 습격. 찬성하는 분?"

포클 씨는 들은 척도 하지 않았다.

"솔직히 아직은 엑실리움이 최선의 답이란다. 거기 다니면서 얼마나 많은 것을 알아냈는지 보렴."

키프는 한숨을 쉬며 으르렁거렸다.

"그럼 또 주말을 통째로 낭비해야 해요?"

포클 씨가 키프에게 말했다.

"어느 것도 *낭비가 아냐.* 너희 모두 중요한 걸 공부하고 배워야 해. 하지만 포스터 양의 계획을 먼저 소개해야겠구나."

"제 계획이요?"

소피도 친구들 못지않게 어리둥절해서 물었다.

"쌍둥이를 우리 조직에 넣자고 제안하려는 거 아니었니?"

소피의 입이 딱 벌어졌다.

"제 마음을 읽으셨어요?"

포클 씨가 말했다.

"읽을 수도 있었지. 하지만 오늘 네가 한 무모한 행동을 보면 마음을 읽을 필요도 없었다. 결론부터 말하마. 안 돼. 난 널 너무도 잘 알아. 네가 굶주린 새끼 고양이를 발견하고 부모님에게 키우게 해 달라고 졸랐을 때 나도 거기 있었어. 그 고양이 이름을 뭘로 지었더라?"

"마티."

목 멘 소리가 나와 소피 자신도 놀랐다. 마티는 밤마다 소피의 베개 위에서 잠들었다. 그 큰 덩치로 베개를 거의 다 차지하면서.

소피가 말했다.

"탐과 린은 고양이가 아니에요. 그 애들을 키우고 싶지도 않고요. 그냥…… 우린 이렇게 넓은 집도 있고 먹을 것도 많은데, 그 애들은……"

포클 씨가 말을 마무리했다.

"그건 극도로 나쁜 생각이야. 그 애들은 우리 조직도, 조직이 요구하는 희생도 전혀 몰라. 우린 좋은 식사와 따뜻한 잠자리를 찾는 회원이 아니라 막중한 책임을 이해하고 헌신하는 회원이 필요해."

"하지만……"

포클 씨가 손을 들어 더는 따지지 못하게 하자, 소피는 다른 친구들이 얼마나 조용한지 깨달았다.

탐과 린을 편드는 말은 한마디도 나오지 않았다. 사실 모두 소피의 눈을 피하는 것 같았다.

포클 씨가 덧붙였다.

"그 애들을 돕지 않겠다는 말이 아냐. 그 애들이 음식과 안전한 보금자리를 얻을 수 있도록 조치를 취하겠다. 하지만 그건 블랙스완과는 관련이 없어. 너도 우리 이야기는 절대로 해선 안 된다."

어색한 침묵이 뒤따랐고 저녁 내내 소피를 괴롭혔다. 잠자리에 든 후에도 방의 고요함에 움찔움찔 놀랐다.

그래서 실베니가 송신했을 때 소피는 기절할 듯이 놀랐다.

친구?

소피가 물었다.

잘 있지?

실베니가 먼저 말을 걸어 온 것은 처음이었다.

실베니는 자신 있게 말했다.

잘 있어. 소피도 잘 있지?

소피는 잘 있다고 말했지만 실베니는 소피의 기분을 느낄 수 있었고, 그래서 약간의 설득 끝에 소피는 저도 모르게 실베니에게 모든 것을 털어놓았다. 그래, 바보 같은 짓일 것이다. 그 알리콘이 소피가 하는 말의 절반이라도 알아들을 수 있을까? 그런데도 실베니는 웬

만큼 이해했는지 이렇게 송신했다.

소피. 좋은. 친구.

글쎄.

소피는 탐과 린을 블랙스완에 끌어들임으로써 그들의 삶을 위험에 빠뜨릴 뻔했다는 생각이 떠나지 않았다. 소피 때문에 친구들은 가족과 헤어지고 추방당했다. 소피는 언제쯤에야 남들을 위험에 빠뜨리지 않을까? 실베니만 해도 소피와 우정을 나누면서 큰 변화를 겪었다. 소피와 만나기 전에는 자유롭게 세상을 탐험하며 돌아다녔다. 그런데 지금은 산맥에 둘러싸여 순간 이동도 하지 못한 채 보호 구역에 갇혀 지내고 있다.

실베니가 우겼다.

아니, 행복! 행복! 행복!

실베니는 소피가 자신을 쓰다듬어 주던 기억들로 소피의 마음을 가득 채웠다. 자기를 사랑해 준 기억. 보호해 준 기억. 함께 날아다닌 기억.

실베니가 덧붙였다.

키프! 그레이펠!

보호 구역에서 지내는 실베니의 삶이 기억의 홍수가 되어 소피의 마음속으로 흘러들었다. 모든 것이 깨끗하고 편안하며, 알리콘들은 부족함 없이 보살핌을 받고 있었다.

먹을 것도 많았다.

할 것도 많았다.

그레이펠과 날고. 그레이펠을 뒤쫓고. 그레이펠과 놀고.

잠깐. 그건 노는 게 아니었다…….

"어머나!"

소피는 실베니가 마지막에 보내 준 이미지들을 마음속에서 밀어
내며 말했다.

실베니, 너무 자세히 알려 주지 마. 너무 많아!

그것이 자연스럽고 아름다운 일이라는 건 알았다. 그래도 으아악!
으악!

실베니가 소피에게 말했다.

믿어. 친구. 알려 줄게.

괜찮아. 더 알려 주지 않아도 돼. 이걸로 충분해!

하지만 실베니는 소피에게 할 말이 있었다. 소피가 실베니에게 한
번도 가르쳐 준 적 없지만 새로 알게 된 단어였다.

아기.

~ 52 ~

"실베니가 임신했어요."

아침 식사 때 소피가 친구들에게 말했다.

피츠의 손에서 포크가 떨어졌다.

"진짜야?"

"응. 실베니가 *보여 줬어요.*"

모두 입 모아 말했다.

"세상에!"

키프는 접시를 밀어냈다.

"오늘 음식은 다 먹었다."

덱스가 동의했다.

"나도."

비아나도 말했다.

"나도."

피츠가 소피에게 말했다.

"진심으로 하는 말인데, 그 기억들은 나랑 공유하지 않아도 돼. 그게 우리 동족 훈련에 속한다 해도 사양할게."

비아나가 덧붙였다.

"그래도 엄청난 소식이네. 얼마나 됐대?"

"얼마 안 된 것 같아. 지난번에 몇 번 송신했을 때는 그런 말 없었는데."

키프가 두 손을 번쩍 들었다.

"*그만!* 이 대화의 기본 원칙. 알리콘의 아기 만들기 이야기는 금지! 알았지? 안 그러면 내 귀를 뜯어 버릴 거야. 그리고 분명히 말해 두는데, 아기 반짝이 궁둥이가 태어날 때 난 그 자리에 있고 싶지 *않아.*"

피츠가 말했다.

"나도. 전에 아빠 심부름으로 헥스 집안의 유니콘 보호 구역에 간 적 있거든. 그렇게 *끈적끈적한 덩어리로* 나올 줄 누가 알았겠어?"

키프가 말했다.

"어이, 친구. 그런 건 알고 싶지 않아. 다른 얘기 좀 해 볼래?"

소피가 물었다.

"알리콘의 임신 기간이 얼마나 되는지 누구 알아요?"

비아나는 고개를 저었다.

"아기 알리콘은 태어난 적이 없어. 하지만 유니콘들은 분명 열한 달이었어. 그러니 똑같지 않을까?"

피츠가 물었다.

"실베니는 알까? 본능적으로 임신한 것을 안다면, 어떻게 진행될지도 알지 않을까?"

"물어볼 수도 있어요. 실베니한테서 정보를 얻기는 무척 힘들었어요. 나한테 하고 싶어 하는 말은…… 배가 고파 죽겠대요. 임신해서 그런지, 맛있는 것을 더 먹고 싶은 핑계인지 모르겠지만, 스위즐스파이스가 더 필요하다고 *계속* 말했어요. 주렉에게 알려 줄 방법을 찾아야 해요."

피츠가 물었다.

"주렉이 이미 알지 않을까? 보호 구역에서 말들을 맡아 관리하니까. 아마……."

키프가 귀를 막으며 소리쳤다.

"*내가 기본 규칙이 뭐라고 했지?* 됐어, 이 대화는 공식적으로 끝난 거야. 또다시 '알리콘'을 입에 올리는 녀석은 과일 세례를 받을 거야."

"알리콘들에게 무슨 일 있니?"

뒤에서 그래니티가 물었다.

그래니티는 포클 씨와 함께 두루마리 뭉치를 들고 서 있었다.

"실베니가 임신했대요."

170

소피의 말에 두루마리 뭉치가 쿵 떨어졌다!

"정말이니?"

그래니티는 허리를 숙여 풀린 두루마리들을 모으며 물었다.

소피가 고개를 끄덕이자 포클 씨가 서둘러 소피 곁으로 왔다.

"아는 대로 다 말해 보렴."

"그럼 난 간다!"

키프는 귀를 막고 *"랄라랄라랄랄라! 안 들린다, 안 들려!"* 노래를 부르며 남학생 나무집으로 뛰어 올라갔다. 피츠, 덱스, 비아나가 그 뒤를 따랐다. 그 전에 그래니티는 두루마리들을 주면서 안전한 곳에 보관하라고 맡겼다.

포클 씨는 세세한 사항을 모두 알고자 했기 때문에 친구들이 가 버려서 다행이었다. 소피의 말이 끝나자 포클 씨와 그래니티는 서로 한참을 응시하며 텔레파시로 대화를 나눴다.

소피가 물었다.

"뭐 잘못됐어요? 다들 기다리던 일인 줄 알았는데."

그래니티가 말했다.

"그렇긴 하지. 하지만 그것 때문에 일이 복잡해졌다."

포클 씨가 설명했다.

"의회에서는 알리콘을 옮길 계획이었어. 그렇지만 이제 당연히 취소하겠지."

소피가 물었다.

"왜 옮기려고 했는데요?"

그래니티가 말했다.

"비밀이 보안보다 나으니까. 못 찾는 걸 훔쳐 갈 수는 없잖니."

포클 씨가 덧붙였다.

"며칠 전에 네버씬이 보호 구역에 침입하려 했단다."

"네?"

소피가 벌떡 일어서는 바람에 의자가 흔들렸다.

"왜 아무 말씀 안 하셨어요?"

포클 씨가 말했다.

"의회는 정보 숨기는 능력이 점점 늘더구나. 나도 어제야 알았다. 그리고 그때는 네 **탐험** 때문에 정신이 없었지. 지금 그 이야기를 하러 온 거야. 네버씬 둘은 도망갔단다. 둘 다 남자야. 역장에 대한 보고는 없었으니까 역장 능력자나 레이디 지셀라에 대한 새로운 소식도 없다."

소피는 감당할 수 있는 최대치까지 걱정이 치솟는 것을 느끼며 의자 깊숙이 파묻혔다.

전염병, 프렌티스, 키프의 엄마, 오거, 의회, 엑실리움과 씨름하는 것으로도 충분하지 않은가? 이제 알리콘까지 걱정*해야 한단* 말인가?

소피가 물었다.

"네버씬은 알리콘을 잡으려는 노력을 결코 멈추지 않겠죠, 그렇죠?"

그래니티가 말했다.

"안타깝게도 알리콘은 너무 중요하지. 이상한 것은 그 오랜 세월 동안 알리콘이 한 마리뿐인데도 아무도 신경 쓰지 않았어. 상황이 너무 막막해서 그랬던 것 같아. 하지만 이제 멸종 시간표를 재설정할 기회가 생겼으니……."

소피가 끼어들었다.

"멸종 시간표라는 게 진짜 있다고 생각하세요? 뭔가 멸종한다 해도 지구는 괜찮을 수 있잖아요."

포클 씨가 물었다.

"세상에 없어도 되는 생물이 있니?"

소피가 중얼거렸다.

"거미를 그리워할 것 같지는 않아요. 아니면 모기."

그래니티의 갈라진 입술이 씰룩거렸다.

"인정, 나도 그건 좋아하지 않거든. 하지만 자연은 복잡한 퍼즐이라서 조각 하나하나가 중요하단다. 불행히도 그것은 알리콘 같은 특정 종 때문에 우리가 취약해질 수 있다는 뜻이야. 하지만 아기 알리콘이 태어나면 바뀔 수 있지. 그리고 다행히도 보호 구역에는 보안 조치가 마련돼 있단다."

소피가 물었다.

"그럼 네버씬은 어떻게 들어갔죠?"

포클 씨가 말했다.

"드워프들이 산을 파낼 때 이용했던 오래된 통풍구를 이용했어. 네버씬은 우리가 모를 거라 생각한 것 같아. 사실 우리도 몰랐지. 카시우스 경이 레이디 지셀라의 트렁크에서 그 지도들을 찾지 못했다면, 지금쯤 우린 다른 소식을 전하고 있을지도 몰라. 의회는 며칠 전에야 그 지역에 경비병을 추가했지. 그래서 오늘 그 두루마리들을 가져온 거야. 카시우스 경이 찾아낸 두루마리를 모두 복사했다. 라바고그 지도가 특히 중요해. 알바와 레이디 케이던스가 그 도시를 여행한 경험에 비추어 봤을 때 전혀 중요하지 않은 장소들이 잔뜩 표시돼 있거든."

소피는 몸을 똑바로 폈다.

"그게 혹시 파나케 아닐까요?"

포클 씨가 신중하게 말했다.

"어떤 가능성도 배제하지 않고 있단다. 하지만 전설은 오해의 소지가 있어. 엘프에 관한 인간의 전설을 생각해 보렴. 물론 진실의 씨앗들도 있지. 그러나 타당한 가설로 보기엔 충분하지 않아. 이에 대해서는 나중에 결론을 낼 거야. 우선은 실베니를 옮기는 것이 안전하지 않다는 사실을 의회에 알려야 해."

"그 일은 내가 처리할게요."

그래니티의 말에 소피가 물었다.

"실베니를 옮기면 왜 안 돼요? 임신한 것이지 아픈 건 아니잖아요."

포클 씨가 말했다.

"아, 하지만 임신했을 땐 조심해야 해. 다른 곳으로 옮길 때 실베니를 진정시켜야 하는데, 진정제가 아기에게 해를 끼칠 수도 있어. 새 보금자리에 적응하는 동안 실베니가 느낄 스트레스는 말할 것도 없고. 이상적인 상황이라도 이주는 엄청난 변화가 될 거야. 그리고 우리가 출산에 관련해서 아무런 경험이 없는 종의 경우에 의회는 분명 위험하다고 결론 내릴 거야."

그래니티가 망토에서 검은색의 도약 크리스털을 꺼내며 물었다.

"알든에게 전해도 될까? 네가 텔레파시를 이용해 실베니가 잘 있는지 확인하고 오랄리 의원에게 보고한다고."

소피가 대답했다.

"물론이죠. 알든 아저씨를 만나러 가세요?"

그래니티가 말했다.

"어떤 형태로든."

비아나가 구석에서 모습을 드러내며 물었다.

"저도 같이 가도 돼요?"

포클 씨가 말했다.

"아, 바커 양. 명멸 능력이 날로 늘고 있구나."

비아나가 자랑스럽게 말했다.

"오늘 아침에는 드디어 칼라를 속였어요. 그 꽃가루를 감지하고 제 피부에 묻지 않게 하는 방법을 알아냈거든요. 그런데 제 질문에는 대답 안 하시네요. 가도 돼요?"

그래니티는 고개를 저었다.

"네 아버지는 철저하게 감시받고 있단다. 게다가 내 신분 중 하나를 알려 줄 순 없어."

소피가 물었다.

"나중에 저희가 알든 아저씨에게 연락해서 누가 찾아왔는지 물어볼 수도 있잖아요?"

"내가 정체를 바꾸는 게 한두 번인 줄 아니?"

그래니티는 소피가 대답하기도 전에 도약해서 사라져 버렸다.

비아나는 슬픈 표정으로 발만 내려다보았다. 소피는 그 기분이 어떨지 충분히 알았다.

소피가 제안했다.

"내 스파이볼로 아버지를 볼래? 말은 걸 수 없지만 어떻게 지내시는지는 볼 수 있어."

비아나가 물었다.

"잠깐만. 스파이볼로 지켜보면 그래니티의 진짜 모습을 볼 수 있을까?"

포클 씨는 한숨을 쉬었다.

"네 녀석들은 우리가 아마추어인 줄 아는구나. 네가 어떤 의견을 내도 답은 이렇다. 안 돼. 그건 그렇게 쉽지 않아. 게다가 오늘은 너희 모두가 해 줘야 할 일이 있다. 우린 에르메테가 살던 집에서 쌍둥이가 지낼 수 있도록 엔키 왕과 합의했단다. 에르메테는 에베레스트 산 전투에서 잃은 드워프들 중 하나인데, 재산을 물려받을 가족이 없어. 드워프가 사는 집은 우리가 사는 집과 다르지만 네 친구들은 잘 적응할 거야. 안전하게 지낼 수 있고 식량도 풍부할 거야."

"와. 정말…… 멋져요."

소피는 이렇게 말했지만 죽은 드워프의 집에서 산다는 게 조금 울적하게 느껴지기도 했다. 그러나 와일드우드에 사는 것보다는 나을 것이다.

"잘됐구나. 바로 네가 그 소식을 전해야 하거든."

포클 씨는 망토에서 특별한 패스파인더를 꺼냈다. 끝에 달린 노란색 크리스털은 지팡이 끝보다 크지 않고 단면도 몇 개밖에 없었다.

포클 씨가 크리스털을 조정하며 설명했다.

"이게 있으면 중립 지역에 갈 수 있지."

소피는 포클 씨의 손을 잡으려는 순간 자신의 실수를 깨달았다.

소피는 계단을 향해 뛰어가며 말했다.

"잠깐만요. 갈 거라면 *다 같이* 가야죠."

~ 53 ~

"멈춰!"

강 건너편에서 탐이 외쳤다. 탐은 두 팔을 뻗어 모든 그림자를 자기 손아귀로 끌어당기고 있었다.

맨 앞에서 달리는 소피가 약속했다.

"괜찮아! 나랑 같이 왔어."

탐은 손목을 까딱여 그림자들을 강물에 띄워 보냈다.

"누굴 데려와도 된다는 말은 한 적 없는데."

포클 씨가 침착하게 말했다.

"너희에게 해를 끼칠 생각은 없다. 네 어둠의 속임수는 필요 없거든."

탐이 말했다.

"이건 속임수가 아니에요. 당신의 변장과는 다르죠. 당신들을 모두 읽어 보기 전까지는 한 발짝도 다가오지 못해요."

키프가 그림자들을 허둥지둥 피하며 말했다.

"어, 그런 건 됐어."

소피가 키프에게 말했다.

"탐이 읽어도 아프지 않아요. 엄청 추울 뿐이에요."

키프가 우겼다.

"그러거나 말거나."

탐이 키프에게 말했다.

"읽히기를 거부하는 건 숨길 어둠이 있는 자들뿐이야."

키프가 받아쳤다.

"아니, 난 어떤 덩굴이 내 머릿속에 그림자를 드리우는 게 싫어. 특히나 앞머리 끝이 은색인 친구. 대체 무슨 짓을 한 거야? 엑실리움 교복의 버클을 녹여서 거기에 머리를 담그기라도 했나?"

"교복 버클이 아니라 내 등록 펜던트지. 크리스털을 뜯어내 아버지 얼굴에다 던지고 목걸이 체인은 녹여 버렸어. 혹시라도 다시 만나게 되면 아버지는 똑똑히 알게 되겠지. 내가 자기네 번쩍번쩍한 감옥에 사는 것이 하나도 그립지 않다는 걸."

키프는 눈길을 돌렸는데, 틱틱거리며 대꾸하지 않은 것은 처음이었다.

포클 씨가 말했다.

"본론에서 벗어난 것 같구나. 송 군의 경계심은 잘 봤네. 하지만……"

"이름은 어떻게 아세요?"

"진정해라. 나도 조심성이 많은 성격이라 네 이름을 알아 뒀지. 너랑 비슷해. 누군가 찾아갈 때는 반드시 미리 조사하거든."

탐이 코웃음을 쳤다.

"당신이 아는 건 다 의회의 거짓말이에요."

"장담하는데, 나는 기록보관소의 서류 이상의 것까지 철저히 조사했단다. 그래서 네 여동생이 아틀란티스의 일부를 침수시킨 뒤에 추방된 것을 알았지. 그것이 네 부모의 잘못인데도 말이야. 네 부모는 이제 막 날갯짓을 시작한 유체 운동 능력자를 바닷속 도시로 데려가지 말았어야 했어. 그건 돌풍 능력자를 허리케인 속에 데려다 놓고 바람을 가만히 내버려 두기를 바라는 것이나 마찬가지거든. 또 네 아버지는 남들에게 네가 린보다 한 살 더 많다고 말하고 다녔지. 하지만 너와 네 여동생은 거짓말에 따르길 거부했어. 또 넌 폭스파이어 입학시험에서 굉장한 점수를 받았고 여동생은 훨씬 더 높은 점수를 받았어. 하지만 엑실리움에서의 성적은 기껏해야 평범한 수준이지. 기술 수업 시간에 열심히 하지 않았고 조심성 없이 굴다가 뼈도 몇 개 부러졌어. 네 아버지도 몇 번 만났다. 인상이 좋다고는 할 수 없더구나."

탐은 입이 딱 벌어졌고, 팔을 내리자 그림자들이 흔적도 없이 사라졌다.

"누가 아빠를 나쁘게 말하는 건 처음 들어요."

포클 씨가 말했다.

"그렇다면 넌 제대로 된 자들과 이야기해 본 적이 없구나. 모든 어른이 네 아버지와 같을 거라고 여기는 실수는 하지 마라. 그런데 네 여동생은 어디 숨었지?"

탐은 잠시 머뭇거렸다. 그러고는 손을 흔들자 한 무리의 나무들 위에 있던 그림자들이 이동하면서 린의 모습이 드러났다.

비아나가 감탄했다.

"와, 명멸 능력의 반대 같아. 어떻게 하는 거지?"

포클 씨가 끼어들었다.

"능력의 비결을 나누는 건 다음에. 지금은 송 쌍둥이에게 제안할 게 있단다. 해도 될까?"

포클 씨는 그들 사이를 가로막고 있는 강을 가리켰다.

린은 팔을 휘두르더니 강물을 아치 모양으로 솟구치게 한 다음 오빠의 손을 잡고 앞으로 나왔다.

"우아!"

피츠의 입에서 감탄이 흘러나왔다. 소피는 피츠가 강물을 다루는 기술에 감탄한 것이길 바랐다. 하지만 피츠가 린을 바라보는 표정으로 봐서는 구별하기 어려웠다.

강을 건너온 다음 린이 강물을 원래대로 흐르게 하자 덱스도 똑같이 놀랐다. 시큰둥한 표정을 짓고 있는 소년은 키프뿐이었다. 아마도 탐을 노려보느라 바빴기 때문일 것이다.

"그래서 당신들은 누구예요?"

탐은 눈썹을 모은 채 포클 씨의 러클베리 주름을 찬찬히 살펴보았다.

소피가 말했다.

"이분은 포클 씨야. 포클 씨는…… 너희도 익숙해지는 데 시간이 좀 걸릴 거야. 얘들은 내 친구 덱스, 키프, 피츠, 비아나야."

린은 수줍게 고개를 숙이고 자신을 소개했다.

비아나가 말했다.

"네 머리카락이 진짜 마음에 들어."

린은 긴 머리카락을 잡아당겨 은색 끝부분을 손바닥에 비볐다.

"내 머리카락은 오빠처럼 반항으로 한 게 아니야. 통제력을 잃으면 어떻게 되는지 나 자신에게 일깨워 주려고 펜던트를 녹인 거야."

탐이 말했다.

"머리카락 이야기는 그만하죠. 당신들은 여기 왜 왔어요?"

"제안을 하나 하려고."

포클 씨가 소피를 돌아보자, 소피는 블랙스완이 드워프들과 맺은 협의에 대해 설명했다.

탐의 첫 질문은 "무슨 꿍꿍이죠?"였다.

포클 씨의 입가에 희미한 미소가 감돌았다.

"그런 건 없다. 엔키 왕과 내가 다 이야기했어. 엔키 왕이 요구하는 건 거기 사는 동안 드워프의 법을 존중하는 것뿐이야. 사실 엘프의 법과 다르지 않을 거야. 규제가 조금 덜하다는 것만 빼면.”

탐은 눈을 몇 번 깜박거렸다.

“왜 우리를 도와주는 거죠?”

포클 씨의 주름진 얼굴이 부드러워졌다.

“누군가는 *그래야 하니까*. 난 내 세계에서 잘못된 걸 보면 바로잡으려고 노력한단다.”

린이 눈물을 닦았다.

“우리가 예상한 것을 뛰어넘는군요.”

탐이 중얼거렸다.

“무슨 꿍꿍이가 있는 것 같은데.”

“그런 건 없어.”

소피가 약속했다.

린이 탐에게 속삭였다.

“오빠, 제발. 이젠 여기 살기 싫어.”

린은 죽어가는 와일드우드 숲을 보더니 다시 눈물을 글썽거렸다.

탐은 앞머리 끝을 잡아당기며 한숨을 쉬었다.

“한번 해 보죠, 뭐.”

포클 씨가 말했다.

“잘 결정했다. 우리가 마련해 놓은 곳이 불편하면 다른 곳을 찾아볼게. 텐트 챙기는 것 도와줄까?”

린은 고개를 저었다.

"우린 도망칠 때를 대비해 항상 짐을 꾸려 놓아요. 5분만 시간을 주세요."

린이 다시 강물을 치솟게 하고는 숲으로 달려가자 덱스와 피츠가 또 감탄했다.

탐이 포클 씨 주위를 빙 돌며 말했다.

"그러니까 제가 어제 말한 것을 소피가 다 말한 거죠?"

"그랬지. 그 말을 듣고 지난번 여기 왔을 때 너랑 네 여동생과 이야기해 볼 걸 하고 후회했단다."

탐은 그대로 얼어붙었다.

"그게 언제죠?"

"몇 주 전, 전염병을 조사하러 왔을 때지. 나도 의회 못지않게 서둘러 수색한 것 같아. 그 실수를 이제 바로잡으려고."

탐이 말했다.

"전 당신을 본 기억이 없어요."

"그건 내가 보이고 싶지 않았기 때문이지. 숨는 기술을 완벽하게 익히지 않고선 이런 삶을 살 수 없단다."

탐이 소피를 힐끗 보며 말했다.

"네 말이 맞다. 이 분은 익숙해지는 데 시간이 걸릴 것 같아."

소피가 말했다.

"시간을 들일 가치가 있어."

"그랬으면 좋겠네."

탐의 그림자가 소피 위로 드리워지더니 속삭였다.

"난 널 믿는 거야. 나는 아무래도 상관없지만 혹시 린에게 무슨 일이라도 생기면……."

소피가 송신했다.

약속할게. 우린 그냥 도우려는 것뿐이야.

키프가 신음에 가까운 한숨을 내쉬었다.

"비밀 텔레파시 대화는 최악이라고 생각해."

그러고는 탐에게 말했다.

"확실히 말해 두는데, 난 포스터 팬클럽 회장이야. 그리고 신입회원은 이제 받지 않아."

탐의 뺨이 붉어졌다.

"어…… 그게 무슨 소린지 모르겠지만…… 걱정 안 해도 될걸?"

그러고는 소피에게 말했다.

"기분 안 나쁘지?"

소피는 탐이 그렇게 말하고 비아나를 슬쩍 보는 것을 눈치챘다.

홀가분한 기분인지, 무안당한 기분인지 종잡을 수 없었다. 그때 강물이 다시 솟구치는 바람에 굳이 결정하지 않아도 되었다.

"와."

그 광경을 보자마자 덱스와 피츠가 나직이 감탄했다.

린은 작은 가방 두 개와 긴 막대들이 비죽비죽 튀어나와 있는 기다란 원통을 들고 강바닥을 건너왔다.

포클 씨가 말했다.

"텐트는 필요 없을 거야."

린이 말했다.

"그러면 좋죠. 하지만 대책이 있으면 안심이 돼요. 그리고 저희가 살았던 흔적을 하나도 남기지 않으려고요."

탐이 물었다.

"텐트 쳤던 곳을 쓸어 버리려는 거지?"

린은 고개를 끄덕이고 두 팔을 들어 방금 떠나 온 집 위로 폭풍을 모았다. 구름들이 제자리에 오자마자 린은 손뼉을 쳤고, 폭풍이 몰아쳐 나무들이 휠 정도로 비가 퍼부었다.

세찬 물줄기가 콸콸 강에 밀려들자, 린이 손을 흔들어 물이 넘치기 전에 폭풍을 없앴다.

포클 씨가 말했다.

"인상적이군. 넌 자신이 느끼는 것보다 더 많은 통제력을 보여 주는구나."

린이 말했다.

"어디다 고정해야 하는지 그 지점을 알게 됐어요. 혼돈 가운데서도 안정적인 작은 물방울들이죠. 그것들은 제가 집중할 것을 주고 단단히 붙잡을 수 있게 도와줘요. 하지만 물이 많을수록 통제를 벗어나 버리죠."

포클 씨가 말했다.

"그렇겠지. 물은 불이나 공기 못지않게 변덕스러운 원소니까. 넌 네가 잘하는 만큼만 기대해야 한다. 한계 안에서 승리를 거두는 거지. 너한테 도움이 될 만한 이를 알고 있는데."

소피가 물었다.

"누구예요?"

"그건 천천히 하자꾸나."

포클 씨는 주머니에서 작은 별 모양의 마그시디언이 달린 목걸이 두 개를 꺼냈다.

"드워프들이 준 거란다. 너희를 새로운 집으로 데려가고 그곳에 있도록 허가를 받았다는 표시가 될 거야. 안전하게 지키고 항상 착용하고 다녀라. 엔키 왕은 오늘 오후에 식량을 보낸다고 했어. 혹시 필요한 것이 있으면 엑실리움에서 포스터 양에게 알려 주렴. 그러면 구해다 줄게."

"우리랑 같이 가지 않아요?"

린이 목에 펜던트를 걸면서 물었다.

"아니. 이건 너희의 삶이야. 우린 간섭하지 않을 거다."

탐이 한시름 놓은 표정을 짓고 있는데, 포클 씨가 덧붙였다.

"하지만 가기 전에 송 군에게 부탁할 게 있단다."

탐은 드디어 제 생각이 들어맞았다는 듯이 말했다.

"봐요, 꿍꿍이가 *있잖아요!* 그리고 그 이름으로 부르지 마세요."

"**탐** 군이라 부르는 건 괜찮니? 난 격식을 차리는 걸 좋아한단다.

그리고 꿍꿍이 같은 건 *없다.* 원한다면 지금 당장 떠나도 돼. 네 선택에 달렸어. 하지만 내 부탁을 잘 생각해 보고 와일드우드 숲의 그림자 증기를 읽어 주면 좋겠구나."

탐이 천천히 말했다.

"병든 나무들을 읽어 보라고요……?"

포클 씨가 동의했다.

"네가 그럴 마음이 있다면."

탐이 말했다.

"수치가 엄청나게 높을 게 뻔해요. 알다시피 나무들이 죽어 가고 있으니까요."

"전염병이 있으면 누구나 *그렇게* 예상하겠지. 하지만 아까 말했듯이 난 이전에 조사한 내용을 보완할 계획이란다. 이번엔 아주 철저하게."

탐은 어깨를 으쓱하더니 그림자를 뻗어 어둠이 뿌연 담요처럼 숲을 뒤덮게 했다. 그러고는 몇 초가 지나자 말했다.

"읽을 수가 없어요."

포클 씨가 말했다.

"생각한 대로군. 고맙다. 큰 도움이 됐어."

포클 씨가 패스파인더를 꺼내자 탐이 말했다.

"잠깐만요. 그림자 증기가 없을 줄 어떻게 알았어요?"

"나도 몰랐다. 하지만 그런 결과가 나오길 바랐지."

소피가 물었다.

"왜요? 무슨 뜻이죠?"

"전염병이 그림자 증기를 먹는다는 뜻이란다. 치료제에 좀 더 가까이 갈 단서이기만 바라는 거지."

~ 54 ~

나무집으로 가는 계단을 올라갈 때 피츠가 말했다.

"네 말이 맞았어. 쌍둥이 *정말* 마음에 들어."

덱스도 맞장구쳤다.

"나도."

포클 씨는 루메나리아 의사들에게 전염병에 대해 새로 발견한 사실을 알려 주러 떠났다. 소피는 포클 씨의 낙관주의를 느껴 보려 애썼지만, 도저히 거기까진 닿지 못했다.

전염병이 어떻게 작용하는지 더 많이 아는 것은 *분명히* 좋은 일이었다. 하지만 그것으로는 *충분하지* 않다는 느낌이 들었다.

"아버지와 사이 나쁜 말썽꾼 역할은 임자가 따로 있다고 암흑 능력자 녀석에게 말해 줘."

키프의 투덜거림에 소피는 다시 친구들의 대화로 돌아왔다.

비아나가 제안했다.

"포스터 팬클럽에 못 들어온다고 경고할 때 그 말도 하지 그랬어?"

소피가 키프에게 물었다.

"진짜, 선배는 왜 탐을 싫어하는 거예요?"

"좋을 게 뭐 있어?"

키프는 앞머리를 휙 넘기는 시늉을 하며 목소리를 깔고 말했다.

"읽히기를 거부하는 건 숨길 어둠이 있는 자들뿐이야."

키프의 흉내는 너무나 똑같았다. 하지만 소피에게는 그 비아냥 뒤에 있는 더 깊은 무엇이 들렸다. 탐에게서 마음 읽히기를 거부했을 때 키프의 얼굴에서 본 것과 똑같은 것이었다.

키프는 부브리 친구의 텐트에 있던 소년으로 되돌아갔다. 두렵고 화가 나고 갈 곳을 잃은 소년.

소피가 말했다.

"탐을 알게 되면 마음이 바뀔 거예요. 둘은 공통점이 많은 것 같아요."

나무집에 도착하자 그래니티가 여학생 휴게실에서 기다리고 있었다. 프렌티스에게 다녀와서 맥이 풀린 델라도 함께 있었다.

그래니티가 소피에게 말했다.

"의회는 실베니의 임신을 비밀에 부치기로 결정했단다. 의사소통을 돕겠다는 네 제안도 받아들였어. 사실 오늘 네가 실베니에게 물어봤으면 하는 질문도 몇 가지 주었단다. 비카가 실베니를 방문하기 전에 준비할 수 있도록."

"비카 **헥스**요?"

그래니티가 고개를 끄덕이자 소피는 코를 찡그렸다.

비카는 지난번에 실베니를 찾아왔을 때 실베니를 묶어서 자기네 가족이 운영하는 유니콘 보호 구역으로 끌고 가려 했다. 그러나…… 정말 인정하긴 싫지만 비카의 도움이 필요할지도 모른다. 헥스 가족은 수백 년 동안 유니콘을 돌보며 살았으니까.

소피가 실베니를 부르자, 몇 초도 안 되어 실베니의 활기찬 인사가 마음속을 가득 채웠다. 실베니는 아기를 가진 사실을 아무에게도 말하지 않았다고 했다. 심지어 그레이펠에게도 말하지 않아서, 아기 아빠에게는 알려야 한다고 소피가 한바탕 잔소리를 해야 했다. 실베니는 임신한 지 2주 되었으며, 42주 후 블루문이 뜰 때 출산할 거라고 했다. 그러고는 이야기하는 내내 스위즐스파이스를 좀 더 달라고 조르고, 새로 옮긴 목초지가 마음에 안 든다고 투덜거렸다.

의회는 알리콘들을 말이 지내는 구역에서 뚝 떨어진 훨씬 작은 목초지로 옮긴 것 같았는데, 실베니는 그곳의 풀이 거칠고 신맛이 난다고 불평했다. 소피는 알리콘이 살 만한 다른 곳이 있는지 알아봐 주고 맛있는 풀도 두 배로 보내겠다고 약속했다. 그리고 실베니는 비카가 온다는 소식을 별로 좋아하지 않았지만 소피가 지난번처럼 비카를 진흙탕 속에서 끌고 다녀도 된다고 허락하자 신이 났다.

그다음 할 일은 오랄리 의원에게 연락해서 이 소식을 알리는 것이었다. 임파터에 오랄리 의원을 불러 달라고 지시할 때 소피는 속이 울렁거렸다.

오랄리 의원과 연락이 되었지만 혼자가 아니었다. 테릭 의원이 오랄리 의원 뒤에 있었는데, 자기는 반역 행위가 일어나지 않도록 대화를 감시하는 임무를 맡았다고 했다.

소피는 탐이 와일드우드에서 우연히 엿들은 대화의 주인공이 바로 그들이 아닐까 생각하며 두 의원의 얼굴을 살펴보았다. 그런 생각을 하니까 속이 더 울렁거리는 것 같았다.

"무슨 일 있니?"

오랄리 의원이 물었다.

소피는 고개를 끄덕이다가 문득 오랄리 의원이 모든 위험을 무릅쓰고 켄릭 의원의 캐시를 주던 그날 밤이 떠올랐다. 테릭 의원 또한 소피를 꾸준히 옹호해 주는 몇 안 되는 의원이었다.

소피가 말했다.

"그냥 노움들이 걱정돼서요. 어떻게 이런 일이 일어났는지 모르겠어요."

"우리도 그래."

테릭 의원이 웅얼거리듯 말했다. 그리고 바로 거기.

거기에 있었다.

아주 약간의 수치심과 함께 있는 두려움을 소피는 봤다.

그것은 일 초도 안 되어 사라져 버렸다.

하지만 분명 거기에 있었다.

이것은 의회가 진짜로 알고 있었다는 뜻이 틀림없었다. 소피가 증명할 수도 없고, 증명한다 해도 의회는 그래야만 하는 이유가 있었다고 발뺌할 게 뻔했다.

포클 씨도 같은 말을 했지만…… 노움들에게 알려 주지 않고 이런 일을 당하게 만든 것에 어떤 변명이 통할 수 있을까?

"내 말 듣고 있니?"

"죄송해요, 뭐라고 하셨죠?"

"엑실리움에서는 어떠냐고 물었다."

"아."

소피는 입술을 깨물었다.

"정말로 궁금하세요?"

"알아야 할 게 있다면."

테릭 의원의 말소리에 담긴 한숨을 듣자 소피는 인내심의 끈이 뚝 끊어졌다.

의회가 전염병을 비밀로 부치는 데는 이유가 있다 하더라도, 소피가 엑실리움에서 매일 보는 방치 상황에 대해서는 변명의 여지가 *전혀* 없었다. 그래서 소피는 그곳 사정을 조목조목 이야기했다. 의사한테는 의약품이 부족하고, 텐트와 깔개와 수건은 낡아서 너덜거리고, 점심 식사는 빈약하기 짝이 없으며, 코치들은 충분한 지원 없이 학생들을 통제하느라 겁 주기와 숨 막히는 규칙에 의존할 수밖에 없다고 말했다.

"의원님들은 온 도시를 보석으로 짓고 휘황찬란한 성에 살고 있어요. 그런데도 똑똑하고 재능 있고, 쓸모없는 존재라는 소리를 듣지 않으면 훨씬 더 열심히 노력할 아이들에게 제대로 된 약도 음식도 내주지 않았죠. 애초에 그 학교를 만든 이유가 뭐죠? 지원만 잘 하면 그곳은 귀중한 재활 센터가 될 수 있을 거예요. 하지만 당신들은 다 허사로 만들고 있다고요."

소피가 속엣말을 다 쏟아 내자 침묵이 흘렀다. 소피는 이제 지루한 설교를 듣겠거니 마음의 준비를 했다.

그러나 오랄리 의원이 나직이 말했다.

"네 말이 맞아. 엑실리움은 원래 대안 교육 기관으로 만들어졌어. 우리가 어쩌다가 그 사실을 잊어버렸는지 모르겠지만…… 이젠 아니야. 필요한 물품은 내가 다 구해 줄게. 약속하마."

소피는 얼떨떨했다.

"해 주신다고요?"

오랄리 의원이 고개를 끄덕였다.

"눈을 뜨게 해 줘서 고맙다. 켄릭 의원은 널 자랑스러워할 거야."

켄릭 의원의 이름을 듣자 따뜻해지고 긴장이 풀리고 맺혔던 응어리가 웬만큼 풀렸다. 켄릭 의원도 전염병에 대해 알고 있었을 것이다. 하지만 그는 좋은 분이기도 했다. 그 믿음에는 변함이 없었다.

그러니 진실을 찾는 일은 어쩌면 켄릭 의원이 어떻게 두 가지 면을 다 가질 수 있었는지 알려 줄 것이다.

다음 날 밖에 나와 있는 소피를 보고 칼라가 말했다.
"선조들이 남긴 유산에 대해 생각하고 있었어요."
그때 소피는 이기를 데리고 나와 몇 분간 벌레 사냥을 허락하고
있었다. 이기는 블랙스완이 비아나에게 준 단안경 펜던트를 망가뜨
릴 뻔했다. 그래서 그날은 소피가 이기 돌보기를 맡았다.
"유산."
소피는 그 말을 되풀이했는데, 입맛이 혓바닥에 따로 노는 느낌이
었다.
유산이란 누군가 죽었을 때 나오는 얘기 아닌가?
칼라가 말했다.
"걱정할까 봐 말하는데, 난 절망하지 않아요. 전염병에도 걸리지
않았고요. 그래도 최악의 상황이 왔을 때 나라면 무엇을 남기고 갈
지 자꾸만 고민이 돼요."
칼라의 눈이 문라크 핀에 머무르자, 소피는 목걸이가 바윗덩어리
처럼 무겁게 느껴졌다.
칼라가 나직이 말했다.
"당신한테 털어놓고 싶은 이야기가 있어요. 들어 볼래요?"
소피가 말했다.
"물론이죠. 하지만 별 의미 없는 이야기라고 약속해 주세요."

칼라가 말했다.

"미리 준비하는 게 결코 나쁜 생각은 아니에요. 이 세상에 영원히 존재하지는 못하겠지요. 그래서 내가 어떤 존재로 기억되고 싶은지 생각해 보면 두 가지로 결론이 나요. 하나는 당신. 또 하나는 내가 만든 스타크플라워 스튜. 그렇다면 그 둘을 결합하는 것보다 더 좋은 유산이 있을까요?"

소피가 물었다.

"지금 저한테 저녁 요리를 해 주려는 건 아니죠?"

칼라는 소리 내어 웃었고, 소피는 왜 키프가 농담 뒤에 숨는지 어렴풋이 이해가 갔다. 농담을 하니까 목에 걸린 덩어리가 조금 풀리는 것 같았다.

소피는 칼라를 따라 숲속으로 들어가 울퉁불퉁 옹이진 나무 한 그루에 다가갔다. 가지가 쫙 뻗어 나간 그 나무에는 상상할 수 있는 온갖 색깔의 꽃 핀 덩굴이 늘어져 있었다. 그리고 그 안에는 작은 요리 구역이 있었다.

"당신 여기 살아요?"

칼라가 둥그렇게 놓인 돌 안에다 불을 피우자 소피가 물었다.

"난 숲에서 *살아요*. 여긴 내가 쉬는 곳이죠."

칼라는 불 위에 은색 가마솥을 걸더니 소피에게 채소 한 바구니를 안겨 주었다. 채소 중 일부는 소피도 알지만 대부분은 모르는 것들이었다. 칼라는 채소를 칼로 써는 법과 솥에 넣는 순서를 가르쳐 주었다.

공기가 익숙한 냄새로 가득 찼다. 졸인 양파, 뭉근히 익은 마늘, 매콤한 후추 냄새와 더 깊은 땅의 향기에 소피는 군침이 돌았다.

칼라가 천천히 간격을 두고 국자로 국물을 퍼내며 말했다.

"노움은 많이 먹지 않아요. 하지만 먹을 때는 그것이 의미 있기를 바라죠."

칼라는 자기 집으로 사라졌다가 바구니 두 개를 들고 왔는데, 한 바구니에는 신선한 허브가 가득 담겨 있고, 다른 바구니에는 색색의 가루가 담긴 병이 들어 있었다. 칼라는 소피에게 하나하나의 이름과 넣는 순서도 외우게 했다. 다 외울 즈음 소피의 배가 꼬르륵거렸다.

칼라가 말했다.

"마지막 재료예요. 가장 중요한 것이죠."

스타크플라워는 바싹 말라 오그라든 검은색 꽃잎에 회색 반점까지 있어서 못생긴 꽃 선발대회가 있다면 우승하게 생겼다.

칼라가 말했다.

"수백 년 동안 우린 이 꽃을 그냥 지나쳤어요. 하지만 어느 날 꽃 한 송이가 내 냄비에 들어갔는데, 이런 일이 일어났지요."

칼라가 스타크플라워를 스튜에 넣자 모든 색깔이 빠져나오면서 윤기 나는 검은색 흐름을 이루었다.

"그림자 증기예요."

칼라는 설명하며 국자로 꽃을 건져 내 반짝이는 흰색으로 변한 것을 보여 주었다. 꽃잎들도 통통해져 꽃이 풍성하고 싱싱해 보였다.

그림자 증기가 빠져나간 더없이 깨끗한 꽃을 보니 소피는 역장 능력자가 보호하는 나무의 반짝이는 잎사귀들이 떠올랐다.

전염병이 그림자 증기를 먹고 있어서 그토록 선명하게 빛나고 건강해 보였던 것일까?

칼라가 말했다.

"얼굴이 창백해요. 괜찮아요?"

소피가 장담했다.

"괜찮아요. 배고파서 그래요."

칼라가 모두에게 스튜 한 그릇씩 푸짐하게 내주는 동안 소피는 애써 미소를 지었고, 칼라에게 저녁 식사를 같이 하자고 말하는 것도 잊지 않았다.

하지만 소피의 머릿속에는 한 가지 생각이 맴돌았다. 이 모든 고통을 역장 속에 가두어 놓은 자가 바로 앞에 있었다는 것.

그리고 소피가 그를 놓쳐 버렸다는 사실을.

~ 55 ~

"오늘은 엑실리움이 또 어떤 고문을 준비했는지 볼까?"

바람이 세차게 부는 언덕 꼭대기에 도착하자 키프가 말했다. 아래쪽 사막 분지에는 선인장과 관목뿐이었다. 전염병의 징후는 없었다.

소피 일행은 엑실리움 교정으로 갔는데, 딴 세상에 온 것 같았다.

새 텐트.

새 깔개.

반짝이는 새 테이블…….

"저게 아침 식사인가?"

피츠가 잼이 듬뿍 든 페이스트리가 쌓인 접시를 가리켰다.

"맞다."

뒤에서 들리는 목소리에 돌아보니 보라색 코치였다.

"이제부터는 아침을 먹으며 하루를 시작할 것이다. 점심 식사 또

한 대폭 좋아졌다. 우리를 도와줄 여섯 명의 새 코치가 선발되었다는 소식도 들었다. 안전을 위해 고블린 경호대도 함께 오고. 거기다 이것까지."

코치는 새로운 펜던트를 들어 보였다. 세 개의 반짝이는 단면이 있는 도약 크리스털이었다.

"우리는 잃어버린 도시로 가는 것이 제한되어 있지만, 코치들은 좀 더 원활한 의사소통을 위해서 완전히 추방되지는 않았다. 의회가 우리 프로그램에 더 많은 관심을 기울이기로 한 것 같다."

코치는 소피에게 몸을 기울이며 덧붙였다.

"네 덕분이라고 들었다, 포스터 양."

소피가 물었다.

"제 이름을 아세요?"

"의회에 친구들이 있는 골칫덩이 이름을 잊을 수는 없겠지. 특히나 이런 변화를 가져온 장본인이라면. 여기서 지낸 세월 동안 이런 경우는 처음 본다."

소피는 이 기회를 파고들었다.

"얼마나 오래 계셨는데요?"

"50년이 다 돼 가네. 너무 오래 아니니?"

코치가 안타까운 듯 한숨을 내쉬었다. 소피는 아무렇지 않은 척 물었다.

"그럼 몇 년 전에 역장 능력자를 쫓아낼 때도 계셨겠네요?"

코치가 등을 곧추세웠다.

"그건 왜?"

소피가 가까이 다가가 속삭였다.

"그를 찾아야 해요. 노움들에게 벌어지는 일과 관련 있거든요."

코치는 그대로 굳어 버렸다.

숨은 쉬고 있나 싶을 정도였다.

소피가 물었다.

"누구 이야기를 하는지 아시죠?"

코치가 나직이 말했다.

"글쎄. 하지만 그자는 쫓겨났다. 내가 아는 건 거기까지야."

"이름은요? 제 이름은 아시잖아요. 그의 이름도 아시겠죠?"

"미안하다. 널 도와줄 수 없어."

"그럼 누가 도와줄 수 있는지 아세요? 다른 코치들은 안 될까요?"

"물어봐 줄 수는 있어. 하지만 큰 기대는 하지 않는 게 좋을 거야."

소피가 말했다.

"전 기대를 걸어야 해요. 남은 건 희망뿐이거든요."

엑실리움에서 돌아온 소피는 오후 시간에 카시우스 경이 찾아낸 지도들을 살펴보았다. 그 지도들을 어디서 얻었는지 키프에게는 말하지 않았다. 그리고 키프가 너무 많은 것을 물어볼까 싶어 방에 숨어 바닥에 지도들을 펼쳐 놓았다.

중립 지역의 지도와 금지된 도시들과 잃어버린 도시들의 지도가 섞여 있었다. 네버씬은 분명 모든 곳을 눈여겨보고 있었다.

소피는 중립 지역에 초점을 맞추며 전염병 발생 지역의 유형을 찾으려 했다. 그러면 네버씬이 다음에 어디를 공격할지 짐작할 수 있을 것이다.

소피는 모든 것이 어떻게 연결돼 있는지 알 수 있도록 지도들의 위치를 다시 정리하고는, 와일드우드부터 살펴보았다. 거기서 역장 능력자의 나무가 있던 브래큰데일로 옮겨갔다. 그다음은 게텐이 다음 장소가 될 것이라 여겼던 메로우 습지였다. 소피가 알기로 거기서는 아무 일도 일어나지 않았지만 어쨌든 그곳까지 계산에 넣기로 했다. 블랙스완이 드워프 경비대를 세워 놓아서 네버씬이 계획을 변경했으리라 짐작했다. 그다음은 감염된 노움 가족이 발견된 스트릭시안 평원이었고, 그다음은 피직이 거래하는 약재상이 전염병 때문에 문을 닫은 스타크리얼 골짜기였다. 그다음은 소피가 병든 노움을 발견한 보스크 협곡이었다. 그곳에서부터 전염병은 퍼지는 속도가 빨라진 것 같았다. 그렇다면 네버씬은 거기서 뭔가 변경한 것이 아닐까? 어쩌면 메로우 습지에서 지체한 시간을 만회하려고?

아니면 엘윈은 노움이 화상도 입었다고 했다. 전염병을 좀 더 빨리 일으키려고 역장에다 무슨 짓을 한 것은 아닐까?

몇 시간 동안 지도에 표시하고 정리한 끝에 소피가 알아낸 사실은 전염병이 서쪽으로 향하는 것 같다는 것뿐이었다. 하지만 마지막 공격이 가해질 서쪽에는 중립 지역이 수십 곳 있어서 정확하게 예측하려면 더 많은 정보가 필요할 터였다.

"대단한 연구 과제로군요."

문가에서 칼라가 말했다. 칼라는 음식이 가득 담긴 접시를 들고 있었다.

"당신은 저녁 식사도 건너뛰었어요."

창밖을 보니 날이 거의 저물었다. 소피는 방이 어두침침해진 것도 알아차리지 못했다. 엑실리움의 야간 투시 훈련이 도움이 된 것 같았다.

"고마워요."

"좀 쉬어요. 몇 분 쉰다고 이게 다 없어지는 건 아니잖아요."

정말 다 없어져 버렸으면! 저절로 해결되어 사라지면 안 되나?

칼라는 숨을 삼키며 바닥에 펼쳐진 지도 하나를 가리켰다.

"세렌베일을 이렇게 가까이서 본 건 처음이에요."

칼라의 어깨너머로 보니 라바고그 지도인데, 들쭉날쭉한 윤곽선과 아무런 표시도 없는 빈 공간들이 있었다.

소피가 물었다.

"거기서 산 적은 없나요?"

"그러기엔 너무 어렸어요. 내가 태어날 때쯤 오거들이 이미 그 땅을 차지해 버렸죠. 하지만 언젠가는 꼭 가 보고 싶어요."

"정말요? 오거들이 그 땅을 얼마나 망쳐 놨는지 직접 보면 힘들지 않을까요?"

소피의 물음에 칼라가 대답했다.

"그렇겠죠. 하지만 분명 *뭔가* 남아 있을 거예요. 그래서 숨겨진 길을 찾으면 가 볼 거예요."

"전에도 그런 말을 했죠. 정말 라바고그로 가는 비밀 길이 있을까요?"

"물어보는 이들마다 다르게 대답할 거예요. 우리 노움들 사이에는 고국으로 돌아가는 비밀 터널에 관한 전설이 있어요. 그 터널은 '마음의 고통을 껴안는' 이들만 찾을 수 있다고 해요. 무슨 뜻인지는 모르지만, 언젠가 꼭 그 수수께끼를 풀겠다고 꿈꿨지요. 분명 그 길은 위험할 거예요. 슬픈 길이라는 것도 알아요. 하지만 나는 믿을 수밖에 없어요. 그 길이 땅속에 외롭게 둥지를 틀고 있다고. 내가 파나케를 찾기를 기다리면서요."

그 주의 나머지 나날은 변화로 가득했지만, 그 변화는 엑실리움에서만 일어났다. 코치들은 자기 이름을 사용하기 시작했다. 보라색 코치는 로하나 코치, 파란색 코치는 보라 코치, 빨간색 코치는 월다 코치로 불렸고, 골칫덩이들한테도 이름을 쓰라고 권했다. 학생들은 짝을 짓거나 여럿이 함께 수업하기 시작했고, 그 덕분에 수업은 관리하기 쉬워졌다. 금요일 수업이 끝났을 때는 가면과 후드를 벗는 것도 허용되었다.

골칫덩이들이 가면을 바다에 던지자 로하나 코치가 소피에게 중얼거리듯 말했다.

"이런 날이 올 줄은 몰랐다."

소피는 몸을 돌려 코치를 보았다. 피부는 우윳빛이 감도는 갈색이고 검은 머리카락엔 윤기가 흘렀다.

소피가 물었다.

"갑자기 모든 게 변하니까 불안하세요?"

"물론이지. 변화에는 항상 보상과 *희생*이 따르거든. 하지만 골칫덩이들과 더 많이 상호 작용하는 건 좋을 거야. 대부분의 경우에는."

"제가 말했던 역장 능력자에 대해선 아무것도 알아보지 않았죠?"

로하나 코치가 한숨을 내쉬었다.

"사실은 알아봤어. 그자의 위반 목록을 찾았는데, 내가 기억하는 것보다 훨씬 더 길더구나. 너도 별로 마주치고 싶지 않을 거야."

소피가 말했다.

"하지만 만나야 해요. 또 아는 게 있다면 알려 주세요……."

코치는 피로와 경계가 깃든 표정으로 먼 곳을 응시하며 나직이 말했다.

"이름은 루이 이그니스야."

~ 56 ~

"루이 이그니스."

덱스는 훔친 엑실리움 기록이 저장된 덱스표 임파터의 화면을 두드리며 말했다. 소피와 친구들은 역장 능력자에 대해 뭔가 알아낼 수 있는지 보려고 남학생 휴게실에 모여 있었다.

덱스가 임파터를 건네주자 소피는 루이의 파일을 모두 암기했다. 내용이 많지는 않았다. 루이의 부모는 둘 다 미스테리움에서 일했는데, 루이를 의회에 고발한 것이 부모였기 때문에 루이가 부모와 접촉할 가능성은 거의 없어 보였다. 그의 소재는 '추방과 퇴출' 명단으로 분류되어 있었다.

피츠가 소피의 어깨너머로 읽어 보며 말했다.

"우리 형이 알지도 모르겠네. 알바 형보다 한 살 더 많으니까 폭스파이어에서 한 학년 위였을지도 몰라. 체육 시간 같은 때 만났을 수도 있어."

"알바 선배에게 연락해서 물어볼 방법이 있을까요?"

"엄마는 가능할지도 몰라. 하, 4학년 때 능력이 발현된 지 얼마 안 되어 퇴학당한 것 같네."

자료에는 루이가 무슨 짓을 했는지 적혀 있지 않았고 그저 예전에 본 대로 '불안정하고 사회 부적응으로 판명됨'이라고만 적혀 있었다. 하지만 소피는 기록 마지막 부분에서 이전에는 본 적 없는 단어들을 발견했다.

구제 불능의 행위들.

덱스가 물었다.

"무슨 뜻인 것 같아?"

포클 씨가 문가에서 말했다.

"의회가 함부로 쓸 문구가 아닌데. 누구 이야기니?"

소피가 코치에게서 들은 말을 들려주자 포클 씨는 턱을 쓰다듬었다.

"정보를 모아 이그니스 군이 구체적으로 어떤 범죄를 저질렀는지 알아봐야겠다. 하지만 그의 과거를 안다고 해서 현재 어디 있는지 파악할 수는 없을 거야."

소피가 물었다.

"그래도 적에 대해 최대한 많이 아는 것이 중요하지 않아요?"

포클 씨가 동의했다.

"그렇지. 하지만 지금은 동족 훈련에 집중해야 한다. 이런 상황이 계속 드러나는 걸 보니 너희 둘이 잠재력을 최대한 끌어올리는 것이 그 어느 때보다 중요해. 그런데 지금 보면 너희는 기대했던 것보다 발전이 더디구나."

피츠가 반박했다.

"전 일주일간 죽을 뻔했잖아요! 신뢰 연습을 하는 데도 시간을 많이 썼고요."

포클 씨가 말했다.

"그랬지. 하지만 바로 거기에 문제가 있단다. 신뢰를 감정으로 여기는 이는 거의 없어. 보통은 스스로 통제할 수 있는 힘이라고 생각하지. 그러나 가장 근본적인 형태의 신뢰는 슬픔, 분노, 두려움처럼 자기도 모르게 생겨나는 거야. 갓 태어난 아이는 본능적으로 부모를 신뢰하지. 소피의 마음은 본능적으로 나를 신뢰해. 지금은 바커 군도 신뢰하고. 그렇다면 그건 뭘 말해 주는 것일까?"

키프가 어림짐작해서 말했다.

"포스터는 텔레파시 능력자들한테 취향이 있다, 이런 건가요?"

"아니다, 센센 군. 감정이 텔레파시에 강력하게 영향을 끼친다는 사실이지. 기쁨은 힘과 자신감을 준다. 사랑은 더 열심히 노력하게 하고 포기하지 않게 만들어. 두려움은 판단력을 흐리게 하거나 주저하게 하고. 슬픔은 에너지와 희망을 앗아 가지. 분노는 신중함을 잃게 하고 공격적으로 만들어. 이런 힘들을 우린 완전히 통제하지 못

해. 하지만 동족은 할 수 있다. 서로의 감정을 알아차리는 걸 배우면 할 수 있지."

키프가 코웃음 쳤다.

"확실히 소피츠 팀의 장기는 아니네요."

포클 씨가 말했다.

"그래서 새로운 훈련 방법을 만들었단다. 진작에 너희 수업을 다양화해서 신뢰 이상의 여러 감정도 포함해야 했어. 오늘은 허비한 시간을 메워야 한다."

포클 씨가 소피와 피츠를 데리고 계단 쪽으로 가자 비아나가 물었다.

"저희는 어떻게 해요?"

"한 시간 안에 레스가 와서 너와 훈련할 거야. 그리고 블러가 와서 디즈니 군의 데이터베이스 장치를 살펴보고 그 돌들을 내부적으로 통합할 방법이 있는지 찾아볼 거야. 그리고 센센 군은……."

키프가 툭 치고 나왔다.

"제가 맞혀 볼게요. 독서를 하면서 또 *신나*는 하루를 보내는 거죠?"

"포스터 양과 바커 군의 훈련을 도와줬으면 한다. 공감 능력자인 네 기술은 매우 유용할 거야."

비아나가 키득거렸다.

피츠가 물었다.

"왜 웃어?"

비아나가 말했다.

"아, 아무것도 아니야. 셋이서 함께 감정 훈련을 한다고? 별 탈은 없겠지."

포클 씨가 데려간 곳은 거대한 크기의 빛나는 푸른 버섯이 가득하고 온통 보랏빛으로 반짝이는 벽으로 둘러싸인 동굴이었다. 테이블만 한 독버섯 위에 앉아 있으려니 소피는 이상한 나라의 앨리스가 된 기분이었다.

소피가 물었다.

"여긴 어디예요?"

"고라와 유리가 가꾸는 곰팡이 정원이란다. 지금 풍기는 퀴퀴한 냄새는 동굴 벽에 있는 곰팡이에서 나오는 거야. 그 냄새를 맡으면 감정이 더욱 강력해진단다."

키프는 독버섯 위에서 방방 뛰며 말했다.

"곰팡이 흥분제라니 재미있을 것 같아요. 저는 왜 여기에 있어야 하죠?"

"소피와 피츠가 서로의 감정을 정확하게 해석하는지 확인해 주면 돼. 곰팡이는 은근한 효과만 줄 뿐이야. 정신을 흐트러뜨리는 것들을 없애 주지."

포클 씨는 피츠에게 몸을 돌려 물었다.

"포스터 양의 감정 중심을 어떻게 찾았는지 기억하니?"

"그런 것 같아요."

키프가 낄낄 웃었다.

"포스터는 기겁하기 시작하지."

"*기겁하지 않았어요.*"

하지만 소피의 말은 전혀 설득력 없이 소리만 빽 지르는 것처럼 들렸다.

소피는 키프의 웃음소리는 못 들은 척하고 피츠가 마음속으로 들어오도록 허락했다.

불편한 몇 초가 지난 뒤 피츠가 말했다.

"됐어, 들어온 것 같아. 와, 지난번보다 훨씬 더 압도적이야."

"미안해요."

소피는 지금 앉아 있는 거대한 버섯 밑으로 숨고 싶었다.

포클 씨가 말했다.

"강력한 감정은 자산이야. 특히나 이런 경우에는. 이제 내가 바커 군 의식의 같은 지점으로 널 인도할 거야. 따라오면서 그 자취를 외워 두렴."

그 '자취'란 피츠의 마음속 깊은 곳으로 구불구불 들어가는 한 가닥 온기였다. 그것이 끝나는 지점에 에너지가 윙윙거리는 어두운 곳이 있었다.

밀고 들어가렴. 포클 씨가 송신하자 소피는 그 말에 따르다가 혁

놀랐다. 이렇게 입체적인 형태에 둘러싸여 본 적은 없었다. 모든 색상, 모든 패턴, 모든 방식과 형태가 한데 엮여 숨이 막힐 듯 압도적인 광경을 이루고 있었다.

포클 씨가 말했다.

"익숙해지는 데 시간이 좀 걸린단다. 지금 보이는 것은 상대의 기분이 시각적으로 표현된 거야."

키프가 소피의 목을 간질이며 말했다.

"그럼 내가 이렇게 하면……."

피츠가 말했다.

"*세상에*…… 모든 것이 초음속으로 변했어."

키프가 다시 간질이려 하자 소피가 키프의 손목을 낚아챘다.

"그러기만 해 봐요."

피츠가 말했다.

"와, 이제 모든 것이 벌겋게 잔물결 치고 있어요. 화가 나서 그런 걸까요?"

"바로 그거야, 바커 군. 소피의 감정이 바뀔 때마다 무늬와 색깔이 바뀔 거야. 연습하면 보이는 것을 해석할 수 있게 된단다."

"그냥 자기 기분이 어떻다고 말하면 되지 않아요?"

키프가 묻자 포클 씨가 대답했다.

"다들 자기 감정에 항상 솔직하진 않단다. 심지어 자신도 속이지. 게다가 텔레파시에 관련된 많은 임무는 은밀함과 비밀 유지가 따르기 마련이야. 그러니 이 훈련을 할 때 너희 둘은 주변의 모든 것을 잊어버려야 해. 세상이 사라지고 오로지 둘만 남도록 말이야."

키프가 한숨을 쉬었다.

"그냥 서로의 눈을 들여다보라고 하면 잘될 거예요."

"절대 아니란다, 센센 군. 지금부터 자네에게는 한 가지 임무가 있어. 내가 불러일으키는 다양한 감정을 저 둘이 맞게 해석하는지 판단하는 거야."

소피가 물었다.

"감정을 어떻게 일으키는데요?"

"곧 보게 될 거야. 보고 나서 포스터 양은 일단 추측을 해 볼 거야. 이 훈련이 제대로 이루어지려면 바커 군이 겉으로 반응을 드러내지 않는 게 중요하단다. 소리를 지르거나 버둥거리거나 비명을 지르면 안 돼."

피츠가 물었다.

"어어어, 저에게 어떻게 하실 작정이에요?"

"다 견뎌 낼 수 있어. 자제력을 연습한다고 생각하렴. 그리고 포스터 양은 바커 군의 생각을 듣지 않도록 하렴. 감정의 중심이 어떻게 변하는지만 살펴보고 추론하는 거야. 이제 시작하자."

소피는 눈을 감고 피츠의 마음 중심에 만들어지는 색깔에 집중했다. 뭔가 놓친 것이 있는지 물어보려는 순간, 그 무늬가 폭발하면서 파르무레한 빛깔의 덩굴의 소용돌이가 되었다. 그 색깔은 슬프다기엔 너무 밝고, 평화롭다기엔 너무 격렬한 느낌이었다.

소피가 추측해 보았다.

"긴장?"

"조금 비슷해."

키프가 대답하는데 말소리에 웃음기가 섞여 있어서 소피는 가엾은 피츠에게 무슨 일이 일어났는지 의아했다.

피츠의 마음이 형형한 파란색을 띠자 소피는 다른 감정을 떠올려 보았다.

"충격인가?"

소피의 말에 키프가 대꾸했다.

"합격. 최상의 대답은 '놀람'이 되겠지만."

"그것도 감정인가요?"

소피의 물음에 포클 씨가 대답했다.

"그럼. 누군가의 마음을 탐색할 때 가장 흔히 경험하는 감정 가운데 하나란다. 그래서 그걸 출발점으로 골랐지."

피츠가 물었다.

"얘기 좀 해도 돼요? 이건 너무 역겨워요!"

소피가 눈을 떠 보니 피츠의 얼굴에 온통 붉은 과일이 으깨져 있었다. 소피는 웃음을 참으려고 애썼다. 피츠는 소매로 뺨을 닦았지만 과육이 더 번질 뿐이었다.

키프가 말했다.

"이 과제가 좋아지려고 해요. 피츠한테 더 던질 거 없나요?"

포클 씨가 말했다.

"지금은 없어. 이제 바커 군이 해석할 차례다. 둘 다 눈을 감으렴. 그리고 어떤 종류의 단서도 없다는 걸 기억해라, 포스터 양."

소피는 최악의 상황에 대비하면서 숫자를 셌다. 아무런 변화가 없자 눈을 떴더니 포클 씨가 '쉿' 신호로 손가락을 입술에 댔다.

피츠가 짐작해 보았다.

"음…… 혼란인가."

키프가 말했다.

"맞아. 기대로 시작했다가 나중에 바뀌었어."

포클 씨가 말했다.

"아주 좋아. 잘했네, 센센 군. 과연 자네가 혼란을 알아차릴까 싶었어. 공감 능력자가 파악하기 가장 어려운 감정 중 하나거든."

키프가 말했다.

"다른 이들의 감정은 어렵겠죠. 하지만 포스터는 쉬워요. 포스터의 감정은 왜 유난히 강렬할까요?"

포클 씨가 인정했다.

"솔직히 나도 잘 모르겠다. 타격 가하기 능력과 인간들 사이에서 자란 경험이 합쳐진 결과 같아. 어쨌거나 포스터 양의 성장 과정에서 있었던 놀라운 것 중 하나란다. 순간 이동 능력과 아주 비슷하지. 좋아, 포스터 양, 이제 네가 맞혀 볼 차례다."

소피는 눈을 감고 피츠의 마음속 색깔의 윤곽들이 보랏빛 눈송이로 피어나는 것을 지켜보았다.

소피가 맞혀 보았다.

"자부심?"

키프가 깔깔 웃었다.

"와, 소피츠에 낙제점 추가요."

"조용히."

포클 씨가 키프에게 말했다.

환하던 피츠의 마음이 어두워지더니 무늬가 스르르 녹으면서 칙칙한 회녹색 늪으로 변했다.

소피가 짐작해 보았다.

"실망?"

키프가 말했다.

"지금은 맞았어. 아까는 질투였고."

소피가 물었다.

"무엇에 대한 질투요?"

피츠가 화제를 돌렸다.

"이제 제가 추측할 차례인가요?"

피츠는 소피의 다음 감정을 추측했다. 포클 씨가 소피를 힘껏 안자 당황스러운 감정이 나타났다. 그다음에는 포클 씨가 털이 많은 거미를 피츠 무릎에 올려놓자 피츠가 기겁했고, 소피는 바로 맞혔다.

그다음 몇 가지도 서로 정확히 맞혔다. 스트레스, 기쁨, 용기 등. 연습을 하면 할수록 소피는 둘의 마음이 동시에 움직이는 것을 더 많이 감지했다. 마침내 소피는 피츠가 어떤 감정을 경험할 때 색깔과 무늬의 변화만 보는 것이 아니라 그 감정을 *실제*로 느낄 수 있었다.

"놀랍지 않니?"

포클 씨가 묻자 피츠가 대답했다.

"어느 정도는요. 소피의 감정을 저도 느끼는 것은 근사해요. 하지만 이게 텔레파시 능력에 어떤 도움이 되는지 모르겠어요."

포클 씨가 명령했다.

"이제 일어서거라. 둘 다. 그리고 내 관자놀이에 손을 대렴. 생각하지 마. 내 방어막을 뚫고 들어와."

둘은 의식을 뻗었고, 피츠의 의식이 소피의 의식과 합쳐지는 것 같더니 거의 춤을 추듯이 움직이면서 포클 씨의 장벽들을 휩쓸고 방어막을 피했다. 소피가 부글부글 끓어오르면 피츠의 차분함이 소피를 진정시켜 함정에 빠지는 것을 막았다. 피츠가 조급해지면 잘못된 방향으로 돌진하기 전에 소피가 그 곁에서 진정시켜 주었다. 둘은 능수능란하게 피하고 종종걸음을 치다가 어느덧 차가운 물살 앞에 이르렀다. 물살이 둘을 끌어당기자 소피의 뇌는 계속 싸워서 이기라고 부추겼다.

피츠도 소피와 힘겹게 싸웠고, 거의 다 헤쳐 나왔을 때 소피에게 문득 떠오르는 생각이 있었다. 예전에 포클 씨의 마음을 읽으려 했을 때 포클 씨는 소피의 능력을 **속였다**고 말했었다.

아마도 피츠의 자신감 덕분에 소피가 더욱 대담해졌는지도 모른다. 아니면 정신이 나갔는지도. 아무튼 소피는 피츠에게 본능을 거슬러 그 차가운 물살에 그냥 끌려가자고 했다. 그렇게 하자 가시투성이 장벽과 쾅 부딪치면서…….

…… 포클 씨의 생각이 그들의 마음을 가득 채웠다.

"우리 해냈어!"

피츠가 외치자 포클 씨는 허둥지둥 차단했다.

소피는 축하하고 싶지 않았다.

다음 순간 피츠의 미소가 사라졌다. 둘이서 본 장면을 뇌가 처리하면서.

소피는 아무 말도 하지 말라고 경고하려 했다. 그러나 피츠는 이미 포클 씨를 보며 묻고 있었다.

"왜 카시우스 경을 만나고 있었죠?"

~ 57 ~

"우리 아빠랑 이야기하고 있었다고요?"

키프의 외침이 동굴에 울려 퍼졌다.

포클 씨는 훈련을 더 세심하게 계획하지 못했다고 중얼거리고는 키프에게 말했다.

"네 아버지가 우리한테 연락을 해 왔다. 네 어머니 물건에서 지도들을 발견하고……."

"잠깐만요. 그게 엄마 거였어요?"

키프는 눈을 가늘게 뜨고 소피를 보았다.

"왜 말 안 했어?"

포클 씨가 끼어들었다.

"내가 만나겠다고 했어. 네 아버지가 또 다른 것을 발견했거나 너의 새로운 소식을 듣고 싶어할 것 같아서."

키프가 중얼거렸다.

"예, 아빠가 퍽이나 제 걱정을 했겠죠."

포클 씨가 장담했다.

"정말이야. 네가 안전하다는 것을 알고 엄청나게 안도했어."

키프는 고개를 저으며 다시 소피를 돌아보았다.

"넌 알고 있었다니 믿을 수 없어."

소피가 말했다.

"조금만 알 뿐이에요. 두 분이 만난 줄은 몰랐어요."

포클 씨가 말했다.

"그 부분은 말해 주지 않았지. 네 기분이 어떨지 아니까."

키프가 물었다.

"왜죠? 아빠가 원하는 게 뭐였어요?"

소피는 나쁜 소식이 다가오고 있음을 알 수 있었다. 배 속이 부글거리고 울렁거렸다.

그래도 포클 씨의 입에서 이런 말이 나올 줄은 짐작도 못 했다.

"네 아버지가 블랙스완에 가입하고 싶다고 했단다."

"*예?*"

셋의 입에서 같은 말이 튀어나왔다.

키프가 간절히 말했다.

"제발 말해 주세요. 배꼽 잡고 웃으면서 아빠를 문밖으로 쫓아냈다고."

"네 아버지한테 말했어. 과연 믿을 수 있느냐는 점에서 우려가 많다고."

거절했다는 말은 아니었다. 키프도 그 점을 파고들었다.

키프가 물었다.

"아빠가 들어오는 걸 진지하게 고민하려는 건 아니죠? 멍청한 결정들의 역사에서도 가장 멍청한 결정이 될 테니까요."

"센센 군 아버지가 까다로운 분이라는 건 안다. 그의 양육 방식에도 동의하지 *않고*. 하지만 도움이 될 만한 점이……."

키프가 소리쳤다.

"말도 안 돼요! 제발 그런 일은 없다고 말씀해 주세요."

"아직 아무 일도 일어나지 않았어. 결정을 내린 건 절대 아니야. 하지만…… 있을 수 없는 일도 아니란다."

키프의 입에서 웃음이 흘러나왔다. 분노에 찬 음울한 웃음소리였다.

"있을 수 없는 일이 *뭔지* 아세요? 아빠가 들어왔는데도 제가 여기서 지내는 거예요."

"네 아버지가 여기서 살진 않을 거야. 잃어버린 도시에서 신분을 유지할 거야."

"*어떻든요!*"

"키프."

소피가 말을 걸어 보았다.

키프는 소피가 내민 손을 뿌리쳤다.

"아니, 아니. 아무것도 숨기지 않겠다고 약속했잖아."

"정말 미안해요."

소피는 지금 하려는 말이 상황을 훨씬 악화시킬 것을 알고 포클 씨를 힐끗 보았다. 하지만 지금 말하지 않으면 앞으로도 말하지 못할 것이다.

"말을 꺼내면 선배 어머니 쪽지도 보여 줘야 할 것 같아서 두려웠어요. 어떤 쪽지냐면 지도들과 엑실리움에서 쓰는 도약 크리스털을 만드는 장비와 함께 발견됐대요. 포클 씨가 그걸 나한테 주었고, 난 선배 어머니에게 무슨 일이 일어났는지 더 명확히 알게 될 때까지 간직하고 있었어요."

키프가 쏘아붙였다.

"약속은 그게 아니었잖아."

"알아요. 하지만 선배가 걱정됐어요. 우린 다들 너무 많은 일을 겪었잖아요."

"그래서 나한테 거짓말하는 게 더 낫다고?"

키프는 두 손을 들어 머리를 세게 문질렀다.

"이게 대체 뭐냐고!"

포클 씨가 제안했다.

"이 동굴을 나가야겠다. 곰팡이의 영향에서 벗어나야지."

피츠가 분노가 가시지 않은 목소리로 말했다.

"제가 화난 건 곰팡이 때문이 아니에요. 나한테 거짓말했기 때문이죠."

소피는 발끝만 내려다볼 수밖에 없었다.

피츠가 소피에게 속삭였다.

"나한텐 왜 말 안 했어?"

키프가 피츠에게 말했다.

"친구, 그런 건 묻지 마."

소피가 키프에게 말했다.

"쪽지를 읽고 싶으면 당장 가요. 내 방에 숨겨 뒀어요."

키프가 고개를 흔들었다.

"그냥 뭐라고 쓰여 있는지만 말해 줘."

소피가 망설이자 포클 씨가 말했다.

"이렇게 쓰여 있었다. '키프, 난 널 위해 이 일을 하고 있단다. 사랑하는 엄마가.'"

키프는 그 말을 입 모양으로 몇 번이고 되뇌었다.

마침내 키프가 물었다.

"날 위해 **뭘** 한다는 거죠?"

"그건 안 나와 있어."

소피가 다시 키프의 손을 잡으려 했지만 키프는 물러나 독버섯에서 벌떡 일어났다.

"싫어. 넌 나한테 거짓말했어."

소피가 조용히 말했다.

"알아요. 미안해요."

"미안하다고만 하면 다야!"

피츠가 말했다.

"진정해. 넌 소피에게 화난 게 아니잖아. 알아. 나도 그런 적 있어."

"그랬어? 기억나는 것도 같네. 네가 몇 주 동안 실망스러운 일을 겪고 나서 곧바로 모든 것이 완벽한 바커 나라로 돌아갔던 거. 그런데 나한테 완벽한 해결책은 어디 있지? 왜 자꾸만 추락하고 또 추락하는 거냐고?"

키프가 두 손으로 얼굴을 가리자 소피가 물었다.

"우리가 어떻게 도와주면 좋을까요?"

"날 그냥 내버려 두면 돼."

키프는 돌아서서 성큼성큼 가 버렸다.

반득반득한 버섯이 소피의 눈에 흐릿하게 보였다.

차가운 눈물이 느껴졌다.

모든 것이 차갑게 느껴졌다.

"자."

피츠가 소피의 어깨에 팔을 두르며 말했다. 그제야 소피는 자신이 떨고 있음을 깨달았다.

소피는 피츠에 이끌려 몇 걸음 가다 멈추어 포클 씨를 돌아보았다.

"카시우스 경이 블랙스완에 들어오면 저도 나갈래요."

"저도요."

피츠가 말했다.

포클 씨가 말했다.

"누구랑 같이 일하고 *싫냐, 아니냐* 문제가 아니란다. 더 큰 도움을 얻으려면 차이점을 제쳐 두어야 해."

"아무래도 상관없어요!"

"네 분노는 이해한다, 포스터 양. 나도 바커 부인이 프렌티스의 침대 곁을 지키고 있는 모습을 볼 때마다 같은 기분이란다. 그래도 그냥 앉아 있게 하는 거지."

"우리 엄마는 프렌티스에게 일어난 일과 아무 관련이 없잖아요."

"머리로는 알지만 마음은 그렇지가 않아. 감정은 논리적이지 않은 법이야. 내가 통제할 수 있는 건 행동뿐이야. 우리 조직에 들어올 때 맹세한 것 기억나니? 너희는 이 세계를 돕기 위해서라면 힘닿는 데까지 모든 것을 다하겠다고 맹세했다. 거기에는 우리에게 필요한 일을 도와줄 수 있다면 싫은 이들에게 의지하는 것도 포함된단다."

소피는 키프 엄마의 쪽지를 피츠에게 주었다. 피츠는 키프가 문을 열어 주지 않으면 문 밑으로 밀어 넣고 오겠다고 약속했다. 잠이 도저히 안 올 것 같아서 소피는 실베니가 잘 있는지 연락해 보았다. 실베니가 그레이펠에게 아빠가 될 거라고 말해 주었을 때의 기억들을 소피는 지켜보았다.

그레이펠의 눈에서 반짝이는 기쁨은 지금까지 본 순수하고 아름다운 모습 가운데 하나였다. 그 모습을 바라보니 레이디 지셀라가 키프를 임신한 사실을 알았을 때 카시우스 경은 어떤 표정이었을지 궁금해졌다.

아주 작은 기쁨이라도 반짝였을까?

소피는 그러기를 바랐다.

한 시간 더 이리저리 뒤척이다가 창가로 갔다. 키프가 이야기할 마음이 없는 걸 알면서도 키프의 창문에 불이 켜져 있는 것을 보니 창가를 떠날 수가 없었다.

관심을 끌려고 신발 세 켤레를 던졌지만 키프는 끝내 창문을 열지 않았다. 다행히 그런 일에 대비해 이미 만들어 둔 표지판이 있었다.

난 여기 있어요.

키프가 표지판을 응시하는 동안 시간은 더디게 흘러갔다.

키프가 소피를 보지도 않고 돌아서 가자 소피의 마음이 돌멩이처럼 부서졌다. 하지만 잠시 뒤 키프는 담요와 베개를 들고 왔다. 웃음은 없었지만 그래도 초대였다.

소피도 얼른 담요와 베개를 가져왔고, 둘 다 또다시 창가 파자마 파티를 준비하고 유리창에 기댔다.

둘 사이의 거리가 그렇게 멀게 느껴진 적은 없었다.

하지만 소피는 충분히 가깝다며 기꺼이 만족했다.

~ 58 ~

키프는 아침 식사 때도 말이 없었고, 침울한 분위기에 식사 분위기도 어색해졌다. 덱스와 비아나는 눈치 빠르게 무슨 일인지 묻지 않았다.

키프는 식사를 마치자마자 자기 방으로 사라졌다. 다른 아이들은 남학생 휴게실로 가서 각자 할 일을 했다. 덱스는 작은 돌 바퀴에 대고 망치질을 했는데, 덱스와 블러는 트위글러에 돌 바퀴를 다는 방법이 가장 좋겠다고 결정한 것 같았다. 창가에서 비아나는 칼라와 함께 칼라의 눈을 얼마나 오랫동안 속일 수 있는지 시험했다. 피츠와 소피는 다시 동족 훈련을 하려고 빈백 의자에 털썩 앉았다.

이번 과제는 '신호 찾아내기'라는 것으로, 기억 탐색의 효율성을 높이는 기술이었다. 엘프의 정신은 작은 실 같은 자취로 가득 차 있는 것 같았고, 텔레파시 능력자들은 그 자취를 따라 '신호'라 불리는 것으로 가는 법을 배울 수 있었다.

그 자취를 찾아가는 것이 쉽지 않을수록 당사자는 그 끝에 진실을 숨겨 놓기 위해 많은 노력을 기울였다. 소피와 피츠의 과제는 어려운 길을 따라가다가 큰 소리로 신호를 말하는 것이었다. 그 말을 들을 때의 충격이 어떤 종류의 정신적 반응을 촉발하여 비밀을 드러내 주었다.

피츠가 먼저 시작하라고 해서 소피는 어떤 길을 선택했는데, 간지러운 털 스웨터를 뚫고 기어가는 느낌이었다. 마지막에 기다리고 있는 것은 두 단어였다. 스페인 바르셀로나. 소피가 그것을 말하자 피츠의 마음속에 한 남자아이의 놀란 얼굴이 떠올랐다. 입은 옷을 보니 분명 인간 소년이었다. 소년은 "말도 안 돼!" 하고 소리치고는 북적이는 거리에서 피츠를 쫓아왔다.

피츠가 송신했다.

널 찾아다니던 시절에 있었던 일이야. 확인하러 갔던 여자아이는 아니라고 결론 내리고 떠나려는데 아이들이 비둘기들을 걷어차고 있는 걸 봤어. 비둘기 한 마리가 날개를 다쳤는데, 난 그 애들이 죽일까 봐 걱정돼서 염력을 이용해 비둘기를 안전한 곳으로 들어 올렸지. 근처에 누가 있는지도 몰랐어. 하지만 그 아이가 날 봤고, 내가 도망치자 모르는 말을 외치면서 쫓아왔어.

와, 날 찾아다니면서 별별 일을 겪었군요.

그만한 가치가 있었지.

소피의 뺨이 불타오르는데, 하필 그때 키프가 방에서 나왔다. 키프는 아는 척도 하지 않고 소피 근처의 빈백 의자에 털썩 앉았지만, 소피는 분명 키프가 소피츠 어쩌고 구시렁거리는 소리를 들었다.

피츠가 물었다.

"내 차례지?"

소피는 고개를 끄덕이면서 가장 부끄러운 비밀들로 이어지는 길들에 안전하고 예쁜 것들을 줄줄이 늘어놓아 피츠가 그런 길을 택하지 않으리라 생각했다. 그 수법이 효과가 있었는지 피츠가 알아낸 신호는 부끄러운 비밀이 아니었다. 하지만 그것은 소피가 훨씬 더 열심히 *지켰어야 하는* 비밀이었다.

피츠가 말했다.

"베이커가 221B번지."

그러자 소피의 마음이 검은 진공 속의 유리구슬을 보여 주었다.

"아, 그게 캐시를 가져오는 방법이야?"

피츠는 묻다가 제 입을 막았다.

"미안, 큰 소리로 말할 생각은 아니었어. 내가 말해 버려서 뭔가 망치진 않았겠지?"

"응, 내 목소리로 불러야 가져올 수 있어요."

그때 덱스가 벌떡 일어나 **"성공했어!"** 하고 외치는 바람에 대화는 끝났다.

소피가 서둘러 덱스 옆으로 가면서 물었다.

"트위글러가 작동해? 이제 키워드로 검색할 수 있는 거야?"

덱스가 말했다.

"온갖 것도 다 할 수 있어. 예를 들어 *이렇게* 하면……."

덱스는 손잡이처럼 붙여 놓은 돌 바퀴를 돌렸다.

"검게 지워진 문서도 다 불러올 수 있어. 그리고 바로 여기."

덱스는 바퀴를 돌려 두루마리 중간 부분을 띄웠다.

"드라코스톰이 뭔지 나와 있어. 동식물에 기생하는 선충이야!"

비아나가 물었다.

"선충?"

칼라가 설명해 주었다.

"기생충의 하나예요. 회충하고 비슷하죠. 난 여러 숲에서 많은 종류의 회충을 치료했어요."

다섯 친구들은 그것이 무엇을 의미하는지 깨닫고 서로를 바라보았다.

칼라가 홀로그램에 다가가며 물었다.

"이건 뭐죠? 꼭 고대의 두루마리 같네요."

덱스는 소피와 똑같은 순간에 실수를 깨닫고 천천히 고개를 끄덕였다.

소피가 말을 시작했다.

"어쩌면 우린……."

하지만 너무 늦었다.

칼라가 물었다.

"이건 오거 조약 협상의 녹취록인가요? 왜 선충 이야기가 나오죠? 대체 무슨 말인지……."

깨달음이 확 밀려오자 칼라의 무릎이 아래로 떨어졌다.

"그들은 알고 있었어요?"

칼라가 나직이 말했다. 그러고는 소피를 똑바로 바라보았다.

"**당신도** 알고 있었어요?"

소피가 장담했다.

"확실히는 몰랐어요. 이제야 알았죠."

칼라는 비틀비틀 뒤로 물러나더니 계단을 향해 달려갔다.

소피가 쫓아가며 소리쳤다.

"잠깐만요. 이게 **엄청난** 일이라는 건 알지만, 철저히 생각해 보고 이야기해야 하잖아요. 일단 그 소식이 전해지면 혼란이 일어날 테니까요."

칼라는 텅 빈 눈빛만큼이나 공허한 목소리로 속삭였다.

"의회는 시간을 너무 많이 낭비했어요. 이제 우린 늦었어요."

"칼라한테 말했다고?"

포클 씨가 여학생 휴게실을 쿵쾅쿵쾅 돌아다니며 소리쳤다.

피츠가 말했다.

"일부러 그런 건 아니에요. 텍스가 성공했을 때 마침 칼라가 있었어요."

"아, 그럼 내 탓이야?"

덱스의 말에 피츠가 대답했다.

"그렇다는 게 아니고 어떻게 된 상황인지 말한 것뿐이야."

소피가 물었다.

"칼라는 알 권리가 있지 않아요?"

소피는 칼라의 눈에 어린 배신감이 자꾸만 떠올랐다.

포클 씨는 관자놀이를 문질렀다.

"그래도 의회는 나름대로 타당한 이유가 있었을 거야. 그걸 잊지 않아야 해."

소피는 궁금했다.

"타당한 이유라면 뭐요?"

포클 씨가 말했다.

"노움들이 끊임없이 두려움 속에서 살아갈까 봐 걱정했는지도 모르지. 아니면 오거들이 이런 강력한 무기를 가지고 있다는 사실을 다른 종들이 알면 어떻게 될지 걱정했을지도 모르고. 다른 누군가 드라코스톰을 손에 넣으려고 할지도 모른다는 생각은 들지 않니? 그렇게 되면 노움들이 위험에 빠질 확률은 기하급수적으로 커지는 거야."

소피는 어떻게 생각해야 할지 몰라 한숨을 쉬었다.

포클 씨가 말했다.

"콜렉티브와 의논해야겠다. 반발이 있을 것에 *대비라도* 해야 해."

소피가 물었다.

"어떤 반발이 있을까요?"

"한 번도 본 적 없는 반발이겠지."

소피가 더 물을 겨를도 없이 포클 씨는 도약해서 떠났다. 그러고는 몇 시간 뒤 돌아왔는데 포클 씨의 얼굴이 그렇게 창백한 것은 처음 보았다.

포클 씨는 의자에 털썩 앉으며 말했다.

"노움들이 항의하려고 이터널리아에 모이고 있단다. 잃어버린 도시는 지금 혼란에 빠졌어."

비아나가 물었다.

"그럼 이제 어떻게 해요?"

"의회의 대답을 기다려야지."

끝없이 길게만 느껴지는 사흘이 지나는 동안 모든 이들은 노움이 없는 잃어버린 도시의 삶을 맛보게 되었다. 시들어 가는 나무에서 열매가 떨어지고 덤불은 축 늘어지고 풀은 시들고 정원은 누렇게 변했다.

나흘째 날 아침, 의회는 모두에게 두루마리를 보내 그날 오후 이터널리아에서 성명을 발표한다는 소식을 알렸다.

소피가 포클 씨에게 물었다.

"우리도 가도 될까요?"

포클 씨가 물었다.

"너희는 추방된 상태라는 걸 다시 알려 줘야 하니?"

덱스가 말했다.

"제가 후루룩꺼억에 5분만 갔다 오면 모두를 못 알아보게 변신시킬 수 있어요."

"너희가 내 명령에 복종해 여기 남아 있을 확률은 얼마나 되지?"

키프가 말했다.

"그럴 일은 없죠."

나머지 아이들이 고개를 끄덕였다. 델라도 마찬가지였다.

포클 씨는 "네 녀석들"로 시작해서 뭐라고 구시렁거렸다. 하지만 결국 검은색 크리스털이 달린 패스파인더를 꺼내 단면을 맞춘 뒤 피츠에게 건넸다.

"내가 미리 가서 케슬러를 돕고 있을 테니 15분 후에 그걸로 나를 찾아와라."

~ 59 ~

소피와 친구들이 도착해 보니 엘프의 노동 계급 도시 중 하나인 미스테리엄의 거리는 이상하리만큼 조용했다.

작고 평범하게 생긴 똑같은 건물들은 불이 꺼진 채 닫혀 있고, 음식 가판대와 노점상 손수레는 텅 비었다. 모두는 덱스를 따라 이 도시에서 딱 하나 별나게 생긴 건물로 갔다. 델라와 비아나는 모습을 감춘 채였고, 소피와 키프, 피츠는 망토의 후드를 눌러써 얼굴을 가린 채였다.

곡면 벽과 스무 가지 색상의 페인트로 칠해진 디즈니 집안의 가게는 옛날 이야기에서 튀어나온 것처럼 보였다. 반짝이는 표지판에는 다음과 같이 적혀 있었다. *후루룩꺼억: 당신의 유쾌한 약국.*

소피 일행이 들어가자 문이 꺼억 트림을 했고, 소피의 뱃속도 울렁거렸다.

입구에는 덱스의 아버지가 기다리고 있었다. 그리고······.

"아빠?"

그래디가 덥석 끌어안자 소피는 그의 어깨에 얼굴을 묻었고, 10초 동안 포옹을 만끽하다가 몸을 뒤로 젖히고 아빠의 얼굴을 보았다. 그래디의 금발 머리는 예전보다 길고 조각 같은 이목구비는 조금 더 날카로워졌다. 하지만 그래디의 눈은 가슴 아플 만큼 많은 감정을 담은 채 환하게 빛나고 있었다.

소피가 속삭였다.

"사랑해요, 아빠."

그래디도 속삭였다.

"나도 사랑한다. 미칠 듯이 보고 싶었어."

곁눈으로 보니 덱스도 자기 아빠를 한껏 안아 주고 있었다.

이윽고 덱스는 아빠를 놓고, 아버지와 아들은 보랏빛 눈을 닦았다. 소피는 이 둘이 얼마나 닮았는지 잠시 잊고 있었다.

케슬러가 하얀 실험실 가운을 매만지며 말했다.

"음, 정말 굉장한 깜짝 만남이구나."

소피가 그래디에게 물었다.

"우리가 여기 올 줄 어떻게 아셨어요?"

"케슬러가 포클 씨의 연락을 받고 내게 알려 줬지."

케슬러가 덱스에게 말했다.

"네 엄마한테도 연락했는데, 짬이 날지 모르겠대. 네가 오래 있지 못하니까 세쌍둥이를 데려오고 싶지도 않았고. 엄마가 너한테 이걸 해 주라고 했어."

케슬러는 다시 덱스를 끌어당겨 꼭 안았다. 소피가 보니까 키프는 팔짱을 낀 채 슬슬 자리를 피하고 있었다. 케슬러는 덱스의 머리를 헝클어뜨리더니 찬찬히 보며 뒤로 물러났다.

"키가 더 컸네!"

"그래요?"

소피는 고개를 갸우뚱했다.

"와…… 정말요."

덱스는 소피보다 키가 작았는데, 이제는 같았다. 지난 몇 주 동안 급성장을 한 게 틀림없었다.

케슬러가 덱스에게 말했다.

"떠나 있는 동안 너무 쑥 크진 마라, 알았지? 그리고 시간이 중요하니까 가장 효과가 좋을 만한 비약들을 미리 가져왔단다."

케슬러가 약병들이 담긴 은색 주머니를 한 명 한 명에게 주었다.

그러고는 소피에게 말했다.

"걱정할까 봐 말하는데, 네 약에는 림비움이 안 들어 있단다."

엄밀히 따지면 케슬러는 소피의 이모부였다. 하지만 소피는 그렇게 생각한 적이 없었다. 덱스를 사촌으로 생각하지도 않았다. 혼인과 입양으로만 이루어진 관계라서 진짜 친척 같지가 않았다. 그래도 케슬러는 소피를 가족처럼 대했다.

케슬러가 델라에게 말했다.

"당신 것은 가져오지 않았어요. 하지만 원하면 갖다 줄 수 있어요."

델라가 모습을 감추며 말했다.

"아니요. 난 안 보이는 쪽이 더 좋아요."

비아나가 중얼거렸다.

"나도 오래 사라질 수 있었으면 좋겠어. 이 약은 발 고린내가 나."

키프가 물약 한 병을 꿀꺽 마시며 말했다.

"넌 운이 좋다. 이건 겨드랑이 맛인데."

케슬러가 말했다.

"일부러 고약한 맛을 넣었지. 외모를 바꾸는 데 중독되지 말라고."

소피는 코를 막고 약을 마셨다. 소피가 받은 약은 *바다 풍경, 완전 적갈색, 주근깨 주스와 구릿빛 엉덩이*라는 이름이었다. 마지막 약의 이름은 별로 마음에 들지 않았다. 맛도 진짜 싫었다. 햇볕 아래서 일주일 썩은 쓰레기를 마시는 것 같았다.

비아나가 주머니에서 거울을 꺼내며 물었다.

"이제 변화가 나타나야 하지 않아요?"

"보통 3분 걸려."

덱스가 말하고는 선반의 미로 속으로 뛰어 들어갔다.

케슬러가 큰 소리로 물었다.

"뭘 찾니?"

"아빠가 준 건 재미없는 것들이라서요!"

덱스는 병 일곱 개를 가져와 단숨에 들이켰다.

케슬러가 고개를 절레절레 저었다.

"후회할걸?"

소피가 물었다.

"왜요?"

"외모를 바꾸는 비약을 한꺼번에 너무 많이 쓰면 나중에 배설할 때 불쾌할 거라고만 말해 두지."

비아나가 거울을 이리저리 기울여 보며 말했다.

"어휴, 아직도 안 변했네…… 어머나!"

검은 머리카락이 빨갛고 빠글빠글한 곱슬머리가 되자 비아나는 휘청거리며 뒤로 물러났다. 청록색 눈은 연푸른색 눈이 되고, 피부는 더욱 창백해져 투명할 정도로 빛났다.

"와."

거의 알아볼 수 없게 바뀐 친구를 보고 소피는 탄성을 토했다.

피츠는 더욱 이상해 보였다. 눈은 하늘색으로 변하고 머리카락은 칙칙한 금발이었다.

피츠가 고개를 휙 젖혀 이마에 붙은 머리카락을 넘기면서 물었다.

"나 어때?"

키프가 말했다.

"나를 닮고 싶은 것처럼 보여."

키프의 말투가 삐딱해서 농담인데도 웃음이 나오지 않았다.

키프가 뭔가 더 말하려다가 재채기를 했다. 다음 순간 텁수룩한 검은 털이 키프의 윗입술을 뒤덮었다.

"나한테 콧수염을 준 거야?"

키프가 웃음을 터뜨렸다. 콧수염 끝이 뾰족하게 말리고, 머리카락과 눈썹은 똑같은 어두운 색에다 피부는 짙은 황갈색을 띠었다.

비아나가 소피에게 말했다.

"너 좀 봐. 나랑 좀 비슷해."

"엑, 비아나 말이 맞아."

피츠가 흠칫 떨며 말했다.

소피는 거울로 확인하면서 그 '엑'이라는 감탄사를 기분 나쁘게 받아들이지 않으려 애썼다. 머리카락은 검은색으로 부드럽게 물결치고 눈은 아콰마린 색으로 변했다. 콧등과 뺨에 주근깨가 뿌려져 있고 피부는 키프처럼 짙은 황갈색이었다.

소피가 물었다.

"언제까지 이런 모습이죠?"

케슬러가 미리 알려 주었다.

"최대 두 시간이야. 마지막 20분은 네 몸의 신진대사에 따라 예측하기 어렵단다. 그래서 나라면 시간을 봐서 남의 눈에 띄지 않게 미리 피할 거야."

그래디가 물었다.

"아이들끼리만 가는 건 아니죠?"

문이 또 꺼억 트림을 했다.

"아니, 나와 함께 갈 거요."

모두의 시선이 출입구에 서 있는 아스틴을 향했다.

덱스가 말했다.

"와, 그분이군요. 말은 들었지만 설마 했는데."

그래디가 물었다.

"그분이라니?"

소피가 말했다.

"포클 씨요. 여러 신분 가운데 하나예요."

다들 실눈을 뜨고 눈앞의 창백한 금발의 엘프에게서 포클 씨의 흔적을 찾으려고 애썼다.

아스틴 선생 모습의 포클 씨가 말했다.

"두 무리로 나누자."

소피의 기억보다 훨씬 높은 톤의 속삭임으로 바뀌어 있었다.

"우리 일행의 수가 예상했던 것과 다르면 변장한 것을 알아차릴 가능성도 줄어들죠."

델라가 말했다.

"내가 피츠와 비아나를 데리고 갈게요."

"그게 좋겠네요. 무슨 문제가 생기면 아드님에게 나나 포스터 양에게 송신하라고 하세요."

알바를 만나면 루이에 대해 물어보세요.

소피는 바커 가족끼리 남몰래 만나기를 바라며 피츠에게 송신했다.

아스틴이 "준비됐나요?" 하고 묻자 피츠는 고개를 끄덕였다.

"거의 다 됐어요."

덱스는 대답하고 나서 뱃살이 떨릴 만큼 엄청난 트림을 했다. 이기는 저리 가라 할 트림이었다. 덱스가 "실례했어요." 하고 사과하는 동안에도 피부와 머리카락의 색조가 다섯 단계는 더 어두워졌다. 덱스의 보랏빛 눈동자는 검푸른색으로 변하고, 팔과 어깨의 근육이 부풀어 올라 셔츠가 팽팽해졌다.

"좋아, 준비됐어요."

덱스의 목소리가 한 옥타브는 더 낮아졌다.

아스틴이 눈을 굴렸다.

"이제 곧 의회의 연설이 시작될 거야. 델라, 아이들과 함께 먼저 가세요."

델라는 피츠와 비아나의 손을 잡고 아스틴이 만들어 준 길을 따라 반짝이며 사라졌다.

"소피는 어디로 데려가죠?"

그래디의 물음에 아스틴이 대답했다.

"의회는 다이아몬드 광장에 무대를 마련할 거예요. 안전하게 숨어 지켜보기엔 루비 아치가 좋겠다는 생각이오."

그래디가 고개를 끄덕였다.

"난 경비대를 지켜볼게요."

"고맙습니다. 그리고 도와주셔서 감사합니다, 디즈니 씨. 베푸신 친절은 잊지 않을 겁니다."

"우리 아들만 안전하게 지켜 주시면 그걸로 충분합니다."

케슬러는 마지막으로 덱스를 끌어안았다.

소피도 그래디를 숨 막히도록 끌어안았다. 10분만 더 함께 있고 싶었다.

그런 그들을 키프는 가만히 지켜보았다.

소피가 몸을 떼자 그래디가 약속했다.

"곧 다시 만날 거야."

소피는 그 말을 믿으려 애쓰면서 마지막으로 미소를 보냈다. 그러고는 아스틴 경의 손을 잡고 이터널리아로 도약했다.

~ 60 ~

켄릭 의원이 죽던 날 반짝이는 보석의 도시가 에버블레이즈에 녹
아내리는 것을 지켜본 이후로 소피가 이터널리아에 온 것은 처음이
었다. 도시가 다시 건설되었다는 말을 들었을 때는 군데군데 짜깁기
했을 줄 알았다. 하지만 막상 보니까 예전보다 더 환하게 빛나는 새
로운 도시가 펼쳐져 있었다.

새 건물들은 저마다 갖가지 보석들로 장식되고, 색상도 예술 작품
처럼 멋졌다. 스테인드글라스로 이루어진 세상을 거니는 느낌이라고
할까! 하지만 숨 막힐 듯한 아름다움이 왠지 *찜찜하게* 느껴졌다. 너
무나 많은 비극으로 뒤덮인 곳이 이렇게 화려하게 빛나면 안 될 것
같았다.

소피는 검은 머리카락으로 얼굴을 가린 채 북적거리는 광장으로
들어섰다. 다채로운 색상의 물줄기를 내뿜는 분수 주위에 엘프들이

모여 쉬고 있었다. 분수 한복판에는 조각상이 있는데 그 조각상의 얼굴을 보는 순간 소피는 숨이 막혔다.

켄릭 의원이 이를 드러내고 웃는 미소와 반짝이는 눈은 잘 표현되어 있었다. 하지만 조각상의 재료인 돌덩이는 켄릭 의원이 내뿜는 따뜻함을 결코 담지 못했다.

소피는 조각상의 이목구비를 찬찬히 살펴보며 켄릭 의원과 자기의 닮은 점을 찾아보았다. 짐작을 증명할, 또는 반증할 것이 있을까? 콧날과 눈꼬리가 어디서 많이 본 듯했지만 딱히 의미를 찾을 수는 없었다.

아스틴이 말했다.

"어서 가자. 시위대는 이쪽이야."

강이 이터널리아를 둘로 나누는데, 한쪽엔 도심이 있고 다른 한쪽엔 의원들이 사는 크리스털성 열두 개가 있었다. 강변에는 공기를 정화하는 퓨어 나무들이 날씬한 그림자를 드리웠다. 이 날 나무 그림자들은 더 넓게 펼쳐져 있었다. 노움 수백 명이 나무줄기에 매달려 있거나 부채 모양의 잎들 위에 균형을 잡고 앉아 있었던 것이다.

강변에는 더 많은 노움들이 모여 있는데, 줄지어 앉아 한 목소리로 정의를 요구하며 노래를 불렀다. 대지와도 같은 목소리들이 보석으로 된 벽들에 부딪혀 메아리쳤다.

노움들 앞에는 고블린들이 한 줄로 서서 바위 같은 근육으로 된 바리케이드 모습을 연출하고 있었다. 고블린들의 역할이 노움을 보호하는 것인지, 아니면 무대가 설치된 다이아몬드 안뜰에 들어가지 못하게 막는 것인지 알 수 없었다. 어느 쪽이든 간에 줄 한가운데 선 덩치가 가장 크고 잿빛이고 고블린다운 고블린의 모습에 소피는 눈이 번쩍 뜨였다.

"산도르."

소피는 군중을 헤치고 다가가 산도르를 와락 껴안고 싶었다. 하지만 그것은 산도르가 평생을 두고 잔소리할 만큼 정신 나간 짓이 될 것이다.

산도르는 상처 하나 보이지 않았고, 움직일 때 보니 절뚝거리는 기색도 없었다. 절벽에서 떨어졌는데 다치지 않고 살아남기를 바라는 것은 과한 욕심 같았다. 하지만 엘윈이 *그만큼* 훌륭한 의사였던 모양이다.

엘프 구경꾼 무리는 고블린들로부터 안전한 거리를 둔 채 도시 쪽으로 뻗어가고 보석 건물들 사이로 흩어졌다. 아스틴 선생은 외곽의 루비 타워로 갔는데, 그곳 맨 아래층에는 우아한 아치들이 있어 숨을 곳이 되면서도 무대가 한눈에 보였다.

소피는 군중 속에서 피츠를 찾아보았다. 하지만 바커 가족은 한 명도 보이지 않았다. 소피가 아는 얼굴은 젠시뿐이었다. 젠시는 소피가 처음 보는 부모님과 형과 함께 서 있었다. 기름진 말총머리를 한 몇몇 남자애들이 젠시 옆에 서 있었다. 그 모습을 보고 소피는 예전에 마렐라가 '군침 도는 남자애들'이라고 별명을 붙인 무리와 젠시가 다시 어울리는 게 아닐까 생각했다. 소피는 젠시와 눈이 마주치면 손이라도 살짝 흔들어 주고 싶었지만, 젠시는 소피를 알아보지 못할 것이다.

"저기 우리 엄마야."

덱스가 호박색 머리카락을 가진 여자를 가리키며 말했다. 덱스의 엄마는 에덜린과 무척이나 닮아서, 소피는 조금 뒤에야 그 옆에 에덜린이 서 있는 것을 알아차렸다.

"세쌍둥이도 데려오다니 믿어지지 않아."

머리가 제멋대로 뻗친 세 아이가 줄린과 에덜린 주위에서 빙글빙글 뛰어다니는 것을 보고 덱스가 까르르 웃으며 말했다.

키프가 중얼거렸다.

"다 온 것 같군. *그분까지 왔으니.*"

소피가 키프의 시선을 따라가 보니 키프 아버지가 고블린 경비대와 함께 서 있는데, 몇몇 경비병들을 따로 나누어 무대를 지키라고 명령하고 있었다.

"그래서 다시 보안 책임자로 돌아왔군요."

키프가 자신의 콧수염만큼이나 어두운 목소리로 말했다.

아스틴이 설명했다.

"직함을 되찾은 지 얼마 안 됐지. 그 지도들을 찾아낸 것도 있고, 네 아버지가 추천한 경비병들이 최근에 알리콘들을 잡아가려는 네 버씬을 막아 냈거든."

"네? 뭐라고요?"

키프가 묻자 소피는 아는 대로 말해 줄 수밖에 없었다.

키프가 툴툴댔다.

"대단해. 엄마가 '나를 위해' 하고 있다는 멋진 일 목록에 이것도 추가해야겠네. 아니면 예전부터 하던 일이었나? 뭐가 됐든 간에."

소피는 키프가 뿌리치지 않기를 바라며 손을 잡았다. 키프는 피가 통하지 않을 정도로 소피의 손을 꼭 잡았다.

덱스가 속삭였다.

"지금은 보지 마. 스티나가 있어."

소피는 덱스의 머리가 가리키는 쪽을 보았다.

"으…… 지금 장난하는 거지?"

많고 많은 군중 속에서 *하필이면* 헥스 가족 바로 옆에 서다니! 스티나는 곱슬머리를 느슨하게 땋아 넘기고 헐렁한 드레스를 입고 있어서 멀대보다는 동상처럼 보였다. 찌푸린 표정은 변함이 없었다.

"저거 마렐라 아냐?"

덱스가 스티나 옆에 있는 키 작은 여자아이를 가리키며 속삭였다. 그 아이는 아치에 기댄 채 긴 금발 머리 가운데 가늘게 땋은 머리 카락을 풀고 있었다.

마렐라는 소피와 사이가 틀어지고 얼마 안 돼 스티나와 친구가 되었고, 소피는 마렐라가 자기를 괴롭히려는 심산으로 그렇게 했다고 굳게 믿었다.

소피는 덱스와 키프를 아치 통로의 그늘 속으로 깊숙이 끌고 가며
말했다.

"조심. 쟤들이 우릴 알아보면 분명 고자질할 거예요."

아스틴이 소리 죽여 말했다.

"난 그렇게 성급하게 헥스 가족을 판단하지 않겠다. 레덱 양도 마
찬가지고. 헥스 가족은 우리가 예전에 생각했던 것과는 다르다는 걸
증명했어. 레덱 양의 경우는, 부모님 이야기를 들어 본 적 있니?"

"아니요."

소피가 인정했다. 덱스도 고개를 저었다.

마렐라는 모든 이의 소문을 이야기하고 다녔지만 자기 이야기는
하지 않았다.

소피는 마렐라와 함께 선 부부를 훔쳐보았다. 마렐라의 아버지는
딸처럼 커다란 연푸른색 눈을 가졌고, 엄마는 마렐라와 똑같이 머
리가 제멋대로 뻗쳤다. 너무도 평범해 보이는 모습이었다.

아스틴 선생이 몸을 가까이 기울였다.

"레덱 양이 걸음마를 시작하기도 전에 어머니가 외상성 뇌 손상을
입었단다. 정확히 어떤 일이 있었는지는 확실하지 않아. 하지만 많은
이들은 피즐베리 술을 많이 마셔서 그렇다고 생각했어. 우리가 아는
건 레덱 부인이 집 발코니에서 떨어져 두개골에 금이 갔다는 것뿐이
야. 엘윈이 최선을 다했지만 일부 상처는 완전히 치유되지 않았단다.
때때로 레덱 부인은 감정이 지나치게 격해질 때가 있어. 예전에 한

번 대화를 나눴던 게 기억난다. 레덱 부인은 몇 분마다 깔깔깔 웃다
가 울다가 소리를 질러댔단다. 그 증상을 낮게 하려고 비약을 마셨
지만 여전히 가족에게 해를 끼치고 있지. 사실 어린 레덱 양은 어머
니가 더 많은 통제력을 얻는 데 도움이 되기를 바라는 마음에 공감
능력이 발현되도록 노력하고 있단다. 두어 달 전 마침내 그 노력이
보답을 얻은 줄 알았지만 오해였지."

"두어 달 전요?"

소피는 비아나가 명멸 능력자가 된 시점과 딱 들어맞는 것을 깨달
았다.

그날 처음으로 소피는 마렐라가 평소와 다르다고 느꼈다. 얼마 지
나지 않아 소피와 마렐라는 크게 말다툼을 했다. 소피는 마렐라가
자기도 명멸 능력자가 되고 싶다고 한 적이 있기 때문에 샘이 난 게
아닐까 생각했다. 하지만 이제 보니 마렐라가 비밀을 감추려고 지어
낸 말이었다. 소피는 당장이라도 달려가서 그때 이해해 주지 못한 것
을 사과하고 싶었다. 아니면 다시 과거로 돌아가 더 좋은 친구가 되
고 싶었다.

우렁찬 팡파르 소리에 소피는 자신이 왜 그 자리에 와 있는지 깨
달았다. 의원 열두 명이 무대 위에 반짝이며 나타나자 소피의 맥박
이 빨라졌다. 의원들이 걸친 보석 장식 망토와 관이 햇빛을 받아 반
짝였지만, 이번에는 제왕처럼 위엄 있게 보이지 않았다. 작업복과 풀
로 엮은 드레스를 입은 노움들과 비교하니 의회가 오히려 경박하고

차가워 보였다.

오랄리 의원은 브론테 의원과 테릭 의원 사이에 서 있는데 자세가 왠지 불안해 보였다. 심지어 알리너 의원도 자신감 넘치는 미소를 보이지 않았다.

에머리 의원이 노움들에게 시선을 집중하며 말했다.

"오늘 와 주셔서 감사합니다. 약속한 대로 여러분의 많은 질문에 답하려고 이 자리에 왔습니다. 중요한 질문부터 시작하겠습니다. *왜* 여러분은 전염병에 대해 아무것도 모르고 있었을까요? 우리에겐 이유가 있었습니다. 사실 그것은 *우리가* 선택한 것이 아닙니다. 여러분의 고대 지도자들이 말하지 말라고 당부해서 비밀을 지킨 것입니다. 사실 그것은 그들의 마지막 소원이었죠."

에머리 의원은 그 말이 군중 속으로 수런수런 퍼져 나가도록 잠시 멈추었다. 아스틴조차 그 말에 놀란 것 같았고, 다들 어떻게 받아들여야 할지 모르는 것 같았다.

에머리 의원이 말을 이었다.

"약속을 지키는 것은 우리가 맞닥뜨린 가장 큰 도전 중 하나였습니다. 하지만 우리가 한 약속을 지키는 것이 중요했습니다. 지금도 여전히 중요하다고 느끼며, 그렇기 때문에 이 문제는 여기서 접어 두고 우리가 여러분 지도자들의 바람을 따르고 있다는 것을 믿고 여러분의 삶으로 돌아가 달라고 부탁할 수밖에 없습니다."

노움들 사이에서 웅성거림을 넘어 성난 고함이 터져 나오자 에머리 의원이 두 손을 들었다.

"여러분이 그렇게 반응할 줄 짐작했습니다. 그렇다면 좋습니다. 자초지종을 말하겠습니다. 즐거운 이야기는 아닐지라도요. 5000년 전, 여러분이 고향을 잃은 때로 거슬러 올라갑니다."

브론테 의원이 앞으로 나섰다.

"세렌베일이 무너졌을 때 저는 새로 임명된 특사였습니다. 사실 그 당시 우리 세계에서 특사라는 직위는 새로 생겼습니다. 여러분이 생각하기에는 그게 무슨 상관인가 싶을 겁니다. 하지만 정말 *중요한* 것은 여러분의 피난민들이 잃어버린 도시에 도착했을 때 우리가 안타까워했다는 사실입니다. 기근과 유혈 사태가 벌어졌다는 소식을 듣고 우리는 당장 행동에 나섰고, 저는 오거들과 접촉해 전쟁을 피할 유일한 방법은 조약 체결임을 확실히 전하라는 명령을 받았지요. 처음에 오거들은 협력했고, 휴전 상태에서 만나기로 합의했습니다. 당시 오거 왕이었던 고우그 왕은 우리를 세렌베일로 초대하기도 했지요. 팰런 바커 의원이 저를 대동하고 갔고, 노움 지도자들도 함께 갔습니다. 그러나 막상 도착해서 보니 이러지도 저러지도 못할 상황이었습니다. 세렌베일은 파괴되었어요. 이벤타이드 강에는 오염된 물이 흐르고 나무들은 모두 뽑혔지요. 오거들이 그 땅을 돌려준다 해도 여러분이 돌아갈 곳은 없었습니다."

노움들 사이에서 분노의 함성이 터져 나왔고, 브론테 의원은 그들이 화를 터뜨리도록 잠시 멈추었다가 이야기를 계속했다.

"우리의 목표는 여전히 평화 협상이었습니다. 이런 일이 다시 일어나지 않으려면 평화 협상밖에 없었지요. 그래서 여러분의 지도자들에게 허락을 받아 협상을 계속했습니다. 그러나 오거들은 우리의 요구들을 고려하지 않겠다고 했습니다. 그래서 잃어버린 도시로 돌아갈 준비를 하고 있는데, 고우그 왕이 식사에 초대했지요. 서로를 잘 이해할 기회가 될 거라면서요. 그때 동의한 것을 제가 얼마나 후회하는지 말로 다 할 수 없습니다. 대화는 음식만큼이나 끔찍했고, 고우그 왕은 만찬을 마치면서 최후통첩을 날렸지요. 3주 안에 자신이 이 협상에서 우위를 점하는 걸 보게 될 거라면서요. 우리는 잃어버린 도시로 돌아가 공격에 대비했지요. 그러나 아무런 변화도 없었고 3주라는 시한은 별일 없이 지나갔습니다. 그래서 우리는 다음에 어떤 조치를 취할지 의논하고 있는데, 여러분의 지도자들이 병에 걸렸다는 소식이 날아왔습니다."

브론테 의원의 목소리가 갈라졌다. 그래서 몇 번이나 목을 가다듬어야 했다.

"그들의 증상을 설명할 필요는 없을 겁니다. 지금 우리가 직면하고 있는 것과 똑같은 재앙이었지요. 그 재앙은 지도자들의 배우자뿐만 아니라 살고 있던 나무에도 퍼졌습니다. 처음에는 무슨 관련이 있는지 몰랐습니다. 우리는 노움 지도자들이 우리 세계에서 신종 병원체에 감염된 줄 알고 공포에 휩싸이지 않도록 조용히 격려했지요. 노움 중에 이 사실을 아는 이들은 우리 의사들과 협력해 치료법을 찾던 치유자들뿐이었습니다. 그들 중 누구도 수수께끼의 기생충을 찾지 못했습니다. 그러다가 고우그 왕이 루메나리아를 방문했지요. 그때 처음으로 우리는 '드라코스톰'이라는 단어를 들었습니다."

브론테 의원이 입에 올린 그 단어는 더없이 무겁게 들렸다. 마치 오랫동안 짊어지고 온 짐 같았다.

"드라코스톰은 자연의 우연한 산물입니다."

브론테 의원의 목소리는 나직했지만 빌딩들 사이에 울려 퍼졌다.

"절대로 풀려날 일이 없었던 힘이지요. 여러분이 세렌베일을 잃지 않았다면 그 전염병은 등장하지 않았을 겁니다. 하지만 오거들이 여러분의 고향을 빼앗고 여러분이 사랑하는 파나케를 뿌리째 뽑고 나무껍질을 찢어발겼지요."

헉 놀라는 소리가 군중 속에 울려 퍼졌다.

브론테 의원이 말했다.

"그렇습니다. 전설에 나오는 나무는 실제로 존재했습니다. 그 나무들이 쓰러지면서 여러분이 맞닥뜨렸던 것 중에서 가장 큰 위험이 터져 나온 거지요. 우리는 오거들이 그 기생충을 어떻게 발견했는지, 어떻게 여러분의 지도자들을 감염시켰는지는 모르지만, 고우그 왕은 전체 노움 인구를 감염시킬 만큼 충분한 양을 거두어들였다고 큰소리쳤습니다. 치료제도 없다고 주장했고요."

군중은 폭발했고, 엘프와 노움 모두 분노와 슬픔과 충격으로 아우성쳤다.

브론테 의원이 말했다.

"우리의 반응도 지금 여러분과 똑같았습니다. 하지만 고우그 왕이 주장하기로는 드라코스톰에 저항할 수 있는 유일한 물질은 한때 드라코스톰을 감싸고 있던 파나케 나무껍질뿐이라고 했습니다. 그리고 기생충들을 거두어들이려고 파나케를 남김없이 태워 버렸다면서 즐거워했지요."

브론테 의원은 그 말이 이해가 되도록 기다렸다가 덧붙였다.

"바로 그때 고우그 왕은 우리에게 최후통첩을 보냈습니다. 우리가 그의 요구를 들어주면 전염병을 퍼뜨리지 않겠다고요. 그러지 않으면 노움 전체를 희생시킬 수도 있었지요."

에머리 의원이 거들고 나섰다.

"중요한 것은 고우그 왕의 요구 사항이 다행히 감당할 수 있는 수준이었다는 점입니다. 아마 고우그 왕도 전쟁을 두려워했기 때문일 겁니다. 우리를 너무 세게 밀어붙이면 패배할 게 뻔하다는 걸 알았던 거지요. 그래서 자신에게 유리하면서도 우리가 받아들일 만한 요구를 한 것입니다. 선택의 여지가 없었습니다. 이렇게 오랜 세월이 흘러 우리를 고통스럽게 할지라도 말입니다."

브론테 의원이 덧붙였다.

"병든 노움 지도자들의 전폭적인 지지를 받아 내린 결정입니다. 노움 지도자들의 요구는 단 하나, 나머지 노움들을 보호해 달라는 것이었지요. 잃어버린 도시는 오거들이 감히 쳐들어올 수 없는 유일한 곳이니 우리 국경 안에서 노움들이 살아갈 수 있게 해 달라고 부탁했습니다. 우리는 우리와 함께 사는 노움은 저마다 원하는 방식으로 살아갈 수 있다고 약속했습니다. 여러분이 이곳에 거주하는 동안 우리를 도와주고 농산물을 나눠 준 것에 더없이 감사합니다. 그러나 여러분이 꼭 그래야 할 필요는 없었습니다. 앞으로도 그렇고요. 우리의 소망은 여러분에게 살 곳을 마련해 주고 보호해 주는 것뿐입니다."

군중 위로 불안감이 내려앉았고, 다들 뭐라 말해야 할지 몰랐다.

이윽고 한 노움이 용기를 내어 차마 누구도 묻지 못하는 질문을 했다.

"감염된 이들은 어떻게 됐나요?"

의원들은 서로 손을 잡았고 잠시 침묵이 흘렀다.

브론테 의원이 약속했다.

"우리 의사들은 잠시도 멈추지 않고 치료제를 찾았습니다. 하지만 치료제를 내놓지 못했어요. 마지막 숨을 거두면서, 여러분의 지도자들은 우리더러 자신들이 무엇 때문에 죽었는지 말하지 않겠다고 맹세하게 했습니다. 오거의 위협 때문에 여러분의 삶이 어두워지는 것을 원하지 않았죠. 다른 종족이 드라코스톰의 존재를 발견하는 것도 원하지 않았고요. 드라코스톰을 퍼뜨릴 방법을 찾을까 봐 두려웠으니까요. 노움 지도자들이 유일하게 요구한 것은 루메나리아로 데려가 달라는 것이었어요. 오거들의 잔혹함에 대한 말 없는 증언으로 남고자 했지요. 여러분도 이미 아는 것입니다. 아직은 깨닫지 못했을 테지만요. 노움 지도자들은 자신들을 사계절 나무라 불러 달라고 했습니다."

이 말을 접한 군중은 충격과 공포와 분노로 뒤범벅이 되었다. 하지만 그들의 외침은 곧 애도의 울음으로 잦아들었다.

소피는 아스틴에게 속삭였다.

"그럼 사계절 나무도 원더링 같은 건가요? 지도자들이 죽은 뒤 유전자 일부가 어떻게 씨앗 속에 들어갔죠?"

"아니, 노움은 마지막 순간이 다가오면 최후의 안식처에 서서 뿌리를 내린단다. 노움들은 살아 있을 때는 식물과 비슷하고 죽으면 정말로 식물이 되지."

소피는 간절히 말했다.

"모든 나무가 죽은 노움은 아니라고 말해 주세요."

"모든 나무는 아니야. 하지만 가장 화려하고 멋진 나무는 대부분 그렇지."

소피는 이제 숲속을 걸을 때마다 슬플 것 같았다. 그러는 사이 군중의 슬픔은 하나의 외침으로 바뀌고 있는 듯했다. 정의를 요구하는 함성이 어찌나 큰지 퓨어 나무들이 흔들릴 정도였다. 에머리 의원이 진정시키려고 애썼지만, 군중은 점차 광란의 도가니에 빠졌다. 뿌리들이 땅에서 뻗어 나와 쿵쿵거리는 리듬으로 고동치며 노움들의 분노에 찬 구호에 기름을 부었다.

마침내 또 다른 의원이 앞으로 나섰다. 텁수룩한 검은 머리카락을 하나로 묶은 남자 의원이었다. 그는 손을 입에 갖다 대고 소리를 냈는데, 끼익 하는 타이어와 꺅꺅거리는 어린아이들과 냐옹거리는 고양이들이 누가 가장 시끄러운지 경쟁하는 것처럼 들렸다. 그 소리가 공기 속으로 퍼져 나가자, 지나는 자리마다 망연자실한 침묵만 남았다.

놀랜드 의원이 물러나자 에머리 의원이 말했다.

"고맙습니다, 놀랜드 의원. 목소리 능력자가 있으면 도움이 되지요. 여러분의 분노를 이해합니다. 행동을 촉구하는 외침을 듣고 있습니다. 하지만 현실은, 아직까지 치료제가 발견되지 않았다는 것입니다. 오랜 세월 우리는 나무에 영향을 미치는 모든 기생충을 연구해 왔습니다. 또 파나케 나무가 혹시 남아 있는지 샅샅이 찾았습니다. 안타깝게도 두 가지 노력 모두 실패했지요. 전염병의 진행을 늦추고 증상을 완화하는 약은 만들어 냈습니다. 하지만 그것만으로는 충분치 않아서 섣불리 행동에 나섰다가는 추가 감염으로 이어질 위험이 있지요."

"그럼 감염자들은 희망이 없습니까? 오거들은 살인을 저지르고도 그냥 넘어가나요?"

누군가 외쳤는데, 소피가 듣기에 분명 칼라의 목소리였다.

에머리 의원이 슬프게 말했다.

"현재로서는 그렇다고밖에 대답할 수 없습니다. 이 무기를 사용한 오거들을 처벌했다가는 이곳 잃어버린 도시에 있는 여러분이 공격당

할 수 있으니까요. 보안은 강화하겠지만 그자들이 어떻게 전염병을 퍼뜨리는지는 아직 잘 모릅니다. 게다가 딱 한 번의 사건으로도 전염병이 발생할 수 있지요."

분노에 찬 고함이 크게 뒤따르자, 소피는 놀랜드 의원이 다시 한 번 음파로 날카로운 소음을 낼 것에 대비했다. 하지만 그러기 전에 무대 앞 땅이 우르릉거렸다.

고블린들이 서둘러 집결해 땅에서 기어 나오는 거대한 갈색 야수를 둘러쌌다.

오거 왕 디미타르였다.

~ 61 ~

대갈못이 박힌 금속 기저귀 하며 털 없는 고릴라 같은 몸집 등 디미타르 왕의 모습은 소피가 기억하는 그대로 여전히 우스꽝스러웠다.

하지만 유독 무시무시해 보이기도 했다.

디미타르 왕은 망토나 왕관도 걸치지 않았다. 소용돌이 모양의 문신이 이마에 새겨져 있고 귓불에 노란색 보석이 박혀 있을 뿐이었다. 하지만 그 모든 것이 그가 왕임을 뚜렷이 보여 주었다. 디미타르 왕은 살벌해 보이는 검이 없어도 자기보다 훨씬 체격이 큰 고블린들을 물리칠 수 있다는 듯 권위와 자신감을 가지고 움직였다.

디미타르 왕의 머리카락만큼 굵은 가시철사를 뾰족하게 갈아 놓은 것이 있다면 그것은 디미타르 왕의 칼날과 아주 비슷할 것이다. 그 칼을 한 번만 휘둘러도 상대의 내장까지 빠져나올 것이다.

고블린들이 휘어진 검을 가슴에 겨누자 디미타르 왕은 괴로울 정도로 익숙한 목소리로 말했다.

"오, 진정하게. 내가 마음만 먹었으면 너흰 이미 죽었을 거야."

에머리 의원이 대꾸했다.

"당신이 환영받는 존재라면 우리도 당신을 초대했을 것이오."

디미타르 왕은 이빨을 드러내며 잔인하게 웃었다. 이빨이 뾰족뾰족해서 입술이 들쭉날쭉한 곡선을 그렸다.

"날 *비난하는*군. 그것도 충분히 초대라 할 수 있지. 이 전염병의 배후에 우리 백성이 있다고 은근히 말하는 것 같은데?"

에머리 의원이 끼어들었다.

"아니라는 건가요?"

"드라코스톰의 존재는 부정하지 않겠소. 내가 가장 좋아하는 소유물이라는 것도. 하지만 말해 보시오. 감염 현장에서 오거의 흔적을 발견한 적이 있소?"

의원들이 침묵하자 디미타르 왕은 한층 더 싱글거렸다.

"생각한 대로군."

노움들은 다시 울부짖으며 모욕과 비난을 퍼부었다.

에머리 의원은 노움들을 조용히 시키고 왕에게 말했다.

"증거야 놓칠 수도 있지요."

"아니면 애초에 증거가 남을 리 없거나."

디미타르 왕은 고블린 경호원들에게 성큼성큼 다가갔다. 고블린들이 한 걸음 뒤로 물러나자 그는 다시 군중을 향해 돌아섰다.

266

"당신네 반란 세력이 지배권을 장악하기 위해 이 원대한 계획을 들고 나를 찾아왔다. 나는 그저 가만히 앉아서 그 계획이 차차 전개되는 것을 구경했을 뿐이야."

"그 말이 맞소."

저 위 높은 곳 어딘가에서 새로운 목소리가 외쳤다.

검은 망토를 입은 형체가 자수정과 에메랄드 타워의 지붕에서 손을 흔들자 헉 놀라는 소리가 도시 전체에 퍼졌다. 그렇게 높은 곳인데도 소매에 달린 흰색 눈의 상징이 그들을 비웃는 것이 보였다.

"내가 너희라면 가만히 있을 거야."

그자는 자기를 체포하려고 벽을 기어오르는 고블린들에게 말했다. 그러고는 손가락을 튕기자 왼손 끝에서 형광 노란색의 둥그런 에버블레이즈가 타올랐다.

그자가 의원들에게 물었다.

"이 도시를 재건한 지 얼마 안 됐지? 처음부터 다시 시작하고 싶진 않을 텐데. 더군다나 이제부터는 노움들의 도움도 기대할 수 없을 테고."

디미타르 왕이 자기 칼의 들쭉날쭉한 날에서 소피가 알고 싶지 않은 부스러기를 집어내며 껄껄 웃었다.

"이제 내 새로운 전략을 알겠소? 난 엘프들을 물리칠 필요 없소. 당신들끼리 싸울 테니까."

에머리 의원이 지붕 위의 네버씬을 찬찬히 보며 물었다.

"왜지? 왜 무고한 노움들에게 해를 끼치려는 거지?"

"때로는 모든 것을 태워야 잿더미에서 더 좋은 것이 나오니까."

그자는 불덩이를 위로 던졌다가 건물에 불이 붙기 직전에 다른 손으로 잡았다.

"그리고 당신들이 해 온 역할을 무시하지 말자고. 우리는 당신들이 나서서 그동안 숨겨 온 비밀을 고백하길 기다렸어. 우리는 시기를 맞춰 세심하게 전염병을 확산시켰지. 그리고 오늘 우리가 여기 오기까지 얼마나 많은 단계들이 필요했는지 봐. 지금도 당신들이 거기 서 있는 것은 노움들이 퍼즐을 맞춘 덕분이야. 비밀과 거짓말, 그것이 엘프의 방식이 되었고 그러는 사이 당신들한테 의지하는 이들은 아무것도 모르고 고통받았지. 하지만 이제 그런 식으론 안 돼!"

소피는 생각하려고 애썼지만, 에버블레이즈 불꽃이 깜박일 때마다 보석 건물들이 용암으로 녹아내리던 기억이 떠올라 머리가 마비되었다.

소피가 과거의 기억에 빠져 정신을 못 차리는데, 덱스가 질문을 던졌다. 모든 것을 바꿔 놓을 질문이었다.

"손이 다시 자라날 순 없잖아, 안 그래?"

논리적으로 따져 보는 순간 소피가 사로잡혔던 두려움이 산산이 부서졌고, 정신이 또렷해진 짧은 몇 초 동안 소피는 깨달았다.

"저건 브랜트가 아냐."

이제 소피는 상황을 제대로 이해하면서 그자의 쉰 목소리가 누구

것인지 알아차렸다.

소피가 속삭였다.

"아니야, 아니야…… 그럴 리가 없어."

하지만 그자가 검은 후드를 젖히기 전에 소피는 알았다.

그자가 말했다.

"변장도 지긋지긋해. 숨길 게 있는 자처럼 사는 것도 지긋지긋하고. 당신들을 두려워하는 척하는 것도 지긋지긋해. 이제 나는 막을 수 없는 내 불꽃처럼 막을 수 없는 우리 세계의 미래로서 당신들 앞에 선다."

소피는 생생히 나타난 그 얼굴을 공포에 질려 바라보았다.

금발 머리.

갸름한 얼굴.

차가운 파란 눈.

"깜짝 놀랐지?"

그의 말에 오랄리 의원이 비명을 지르고 테릭 의원이 오랄리 의원을 다독였다.

혼돈의 와중에 어디선가 디미타르 왕의 웃음소리가 울려 퍼졌다. 하지만 소피는 충격에 휩싸여 아무것도 느끼지 못했다.

핀탄이 에버블레이즈에서 살아 나왔다.

~ 62 ~

"어떻게 살아났죠? 화염에 휩싸이는 모습을 알든 아저씨가 봤는데."

소피의 물음에 아스틴이 나직이 말했다.

"속임수가 있었던 게 분명해."

"그럼 혹시……."

"아니."

아스틴은 소피가 묻기도 전에 말을 잘랐다.

"켄릭 의원은 숨을 거뒀어."

"핀탄도 그랬어요!"

"그래. 하지만 켄릭 의원이 살아 있다면 우리가 자신의 죽음을 애도하게 둘 것 같니? 그 생각은 버리렴. 진짜 문제로부터 멀어지게 할 뿐이야."

아스틴은 핀탄이 딛고 선 지붕을 가리켰다. 핀탄은 에버블레이즈 가 뿜어내는 연기가 애완동물이라도 되는 듯이 쓰다듬고 있었다.

불공평했다. 핀탄이 소피 앞에 나타났다면 켄릭 의원은 왜 안 되 는가?

하지만 아스틴 말이 옳았다. 켄릭 의원이라면 오랄리 의원이 고통 받도록 놓아두지 않았을 것이다. 오랄리 의원이 몸부림치며 흐느끼 는 모습을 보는 것만으로도 소피는 가슴이 찢어졌다.

핀탄은 작전을 세우려고 모여든 고블린들 쪽을 돌아보았다.

"이 불꽃이 이 건물을 삼키지 않는 건 오로지 내가 막고 있기 때 문임을 잊지 마시오. 나에게 무슨 일이라도 생기면 이 도시 전체에 불이 붙을 거야."

테릭 의원이 핀탄에게 소리쳤다.

"미친 짓."

핀탄이 맞받아쳤다.

"아니. 이런 걸 두고 행동 개시라고 하지. 그러고 보니 당신들한텐 새로운 개념이겠군. 내가 의원이었을 때가 기억나. 늘 더 많은 시간 과 더 많은 정보와 더 철저한 고려가 필요하다면서 가만히 앉아만 있었지. 그것이 우리가 탁월한 지혜를 가진 증거라고 주장했어. 하지 만 과연 그럴까? 우린 겁쟁이였어. 힘든 선택을 하고 필요한 일을 하 는 걸 두려워했지."

에머리 의원이 버럭 소리쳤다.

"그럼 당신이 무고한 노움을 죽여서 얻는 게 뭐요?"

"그런 걸 관심 끌기라고 하지. 우린 계획이 있어. 내가 공을 차지하고 싶지만 그건 우리의 이전 지도자 몫이지. 그 여자가 여기 와서 자신의 비전이 실현되는 걸 못 보는 게 유감스럽군. 결국 그 여자도 겁쟁이었어. 생각을 더 해 보자더군. 그래서 난 로드스타 계획을 관철하고자 그 여자를 제거했지."

소피의 손을 잡고 있던 키프의 손에서 힘이 쓱 빠졌다. 카시우스 경이 "대체 내 아내한테 무슨 짓을 한 거야?" 하고 고함쳤을 때는 덱스의 도움을 받아 키프를 부축해야 했다.

디미타르 왕은 자신도 핀탄 못지않은 괴물임을 일깨워 주었다.

"그 여자는 마땅한 대가를 치른 거요. 당신들에게도 기꺼이 똑같이 할 거고."

브론테 의원이 소리쳤다.

"협박이요?"

디미타르 왕이 브론테 의원에게 말했다.

"이제 우스꽝스러운 가식은 그만 떨지 그래. 당신도 나만큼 피곤하지 않나? 우리가 당신들을 경멸하는 것과 똑같이 당신들도 우릴 경멸하잖소. 그렇게 한심할 정도로 마음이 약하지 않았다면 이미 우릴 공격했겠지."

에머리 의원이 치고 나왔다.

"당신도 우리에게 질 게 뻔하니까 우릴 공격하지 않았겠지."

디미타르 왕이 동의했다.

"지금 당장은 그렇지. 하지만 우리가 당신들의 자원을 끊으면 어떻게 되는지 두고 보자고."

"그래, 해 보자고요."

핀탄은 맞장구치고는 노움들을 돌아보았다.

"의회가 드라코스톰에 대해 말한 건 모두 사실이오. 한 가지 중요한 사항을 빼면."

그러고는 잠시 말을 멈추고 모든 눈과 귀가 자신에게 쏠린 것을 확인하고 덧붙였다.

"치료제는 *있소이다.*"

디미타르 왕은 금속 기저귀 안에 손을 넣어 탁한 액체가 담긴 가느다란 시험관을 꺼냈다. 소피는 어느 쪽이 더 역겨운지 갈피가 서지 않았다. 시험관을 꺼낸 곳 때문인지 아니면 오거가 그동안 치료제가 있으면서도 주지 않고 있었다는 사실 때문인지.

디미타르 왕이 의원들에게 물었다.

"우리가 파나케 껍질을 하나도 남겨 두지 않았다는 걸 곧이곧대로 믿지 않았겠지?"

핀탄이 노움들에게 말했다.

"그러니 이제 어떻게 할지 알려 주겠소. 우리의 거래에 동의하면 병든 친척들을 구할 치유법을 주겠소. 그들을 구할 시간은 충분할 것이오. 의회가 속도를 늦춰 준 덕분은 아니지."

에머리 의원이 물었다.

"그럼 당신이 원하는 건 뭐요?"

"당신에게 하는 이야기가 아니오. 이 결정은 전적으로 노움들에게 달려 있지. 듣고 있소?"

핀탄이 노움들에게 물었다.

"딱 한 번만 말하겠소. 한 가지 조건만 받아들이면 치료제를 나누어 주겠소. 잃어버린 도시를 떠나 라바고그에서 섬기는 거지."

자리나 의원이 소리쳤다.

"노움들은 우릴 *섬기는 게 아니에요.*"

"그렇게 오랜 세월이 흘렀는데도 그런 거짓말을 믿고 있다니 재미있군. 당신들은 온갖 허드렛일을 노움들의 재량에 맡기겠지. 노움들에게 언제든지 떠날 수 있다고 말할 테고. 하지만 노움들은 자신들의 무지에 갇혔고, 대담하게도 잃어버린 도시 너머에서 살던 자들은 자기 처지가 얼마나 위험한지 전혀 몰랐지. 또한 노움들이 나라가 없는 채로 살아가는 건 노움들의 선택이 아니라 당신들의 선택이야. 그러고서는 *하는 말이* 노움 지도자들이 요구했다고 둘러대지."

브론테 의원이 소리쳤다.

"그렇지 않아! 우리가 내린 모든 결정은 노움들을 보호하기 위한 것이었소. 이제 우리의 판단에 결함이 있었다는 건 알고 있소. 그렇다고 상황을 혼동하진 마시오. 이렇게 밝혀진 진실로부터 여러분을 보호한 자들은 악당이 아닙니다. 조약을 깨뜨리고 전염병을 퍼뜨린

자들이 악당이지요. 지금 여러분 앞에 서서 여러분을 구해 주는 게
아니라 노예로 만들려는 자들이오."

핀탄이 노움들에게 말했다.

"그건 사실이지. 우리가 제안하는 건 자유가 아니오. 여러분은 라
바고그에서 오거들을 섬기게 *될 것이오.* 하지만 사랑하는 이들은 이
전염병에서 살아남겠지."

디미타르 왕이 덧붙였다.

"여러분을 위한 프로젝트가 있소. 여러분의 특별한 재능이 필요한
프로젝트지. 날 잘 섬기면 두 번 다시 드라코스톰을 퍼트리지 않겠
다고 약속하겠소."

"우리가 당신을 왜 믿어야 하죠? 치료제가 진짜인지 어떻게 압니
까?"

누군가 소리쳤는데, 소피는 칼라의 목소리가 아닐까 생각했다.

"기꺼이 증명해 보이겠소."

핀탄이 디미타르 왕에게 고개를 끄덕이며 말했다.

디미타르 왕이 시험관을 퓨어 나무 쪽으로 던졌다. 노움들은 시험
관이 깨지기 전에 허둥지둥 붙잡았다.

핀탄이 말했다.

"시험해 보시오. 효과가 나타나는 걸 보면 반드시 기억하시오. 의
회는 5000년 가까이 비슷한 치료제를 만들려고 애썼소. 하지만 여
러분에게 치료제를 내놓지 못했지. 여러분도 스스로 치유하지 못했

고. 도울 수 있는 건 우리뿐이오."

디미타르 왕이 덧붙였다.

"선택할 시간을 일주일 주겠소. 여러분이 우리를 섬길 준비를 하고 라바고그 성문 앞에 나타나거나 아니면 전염병을 퍼뜨리거나 둘 중 하나요. 나는 엘프들의 보호에 기대지 않을 거요. 치료제 배급 체계는 이미 갖춰져 있소. 여기에 숨어만 있으면 드라코스톰은 잃어버린 도시를 오염시킬 것이오."

오랄리 의원이 노움들에게 외쳤다.

"오거의 종이 되는 건 사는 게 아닙니다."

핀탄이 고쳐 말했다.

"재미있군. 병들어 죽는 것이야말로 삶과 거리가 먼 것 아닌가? 어쨌든 말했듯이 여러분의 선택에 달렸소. 기한은 일주일이오."

그 말과 함께 핀탄은 도약해서 떠났다. 하지만 그 전에 에버블레이즈를 의원들에게 던졌다. 은색 무대는 불길에 휩싸였고, 고블린 경호원들이 뿔뿔이 흩어진 의원들을 서둘러 안전한 곳으로 대피시켰다. 다른 이들은 비축해 놓은 프리신을 가져오라고 외쳤다. 혼란의 도가니 속에서 소피는 디미타르 왕이 껄껄 웃으며 땅속으로 사라지는 모습을 보았다.

"이것이 엄마의 비전이었어."

키프의 몸이 떨리며 금방이라도 쓰러질 것 같았다. 만져 보니 피부가 차디차고 눈은 유리알처럼 초점이 없었다.

덱스가 물었다.

"어떻게 된 거야?"

"충격을 받은 것 같아."

소피는 단지 그것만이기를 바랐지만, 알든이 유배지에서 프렌티스를 처음 본 뒤 정신이 부서지기 시작했을 때의 모습이 떠올랐다.

키프는 조금 전에 자기 아버지를 보았다. 디미타르 왕은 키프의 어머니가 죽었다는 것을 거의 확인해 준 것이나 다름없었다. 그리고 핀탄은 이 끔찍한 혼란이 레이디 지셀라의 계획이었다고 주장했다. 레이디 지셀라가 남긴 쪽지는 이 모든 일이 아들 키프를 위한 것이라고 했다.

소피는 아스틴에게 말했다.

"키프에게 도움이 필요해요."

"그래. 네 변장 효과도 거의 사라졌다. 하지만 알루베테르로 곧장 가는 건 현명하지 못해. 오거들은 어떤 도약이라도 추적할 수 있으니까."

덱스가 물었다.

"그럼 어디로 가야 하죠?"

뒤에서 날카로운 목소리가 말했다.

"나랑 가면 돼. 스틸링 게이블스에 숨겨 줄 수 있어."

소피가 돌아보니 팀킨 헥스가 서 있었다. 아스틴이 고개를 끄덕일 때 소피의 혼란스러운 감정은 불신으로 바뀌었다.

팀킨이 키프를 부축하려고 하자 소피가 말했다.

"잠깐만요."

아스틴은 크리스털을 들어 올려 햇빛에 비추며 약속했다.

"괜찮을 거야. 콜렉티브와 이야기하는 대로 너희를 만나러 가마."

그러고는 소피가 뭐라고 대꾸하기도 전에 떠나 버렸다.

"빨리 가자."

팀킨이 소피와 덱스와 키프를 자기 아내 쪽으로 끌고 가며 말했다.
팀킨의 아내는 이미 길을 만들어 놓고 있었다.

소피가 우겼다.

"피츠와 비아나를 두고 갈 순 없어요."

팀킨이 말했다.

"알든이 이미 데려갔어."

덱스가 무릎에 힘을 주고 버티며 말했다.

"당신 말을 어떻게 믿어요?"

"포클 씨만 이름이 여러 개인 건 아니거든."

조금 뒤에야 소피는 그 말이 무슨 뜻인지 알아차렸다. 그리고 그
가 누구인지도.

소피는 실눈을 뜨고 팀킨을 보면서 곱슬곱슬한 흰 털을 머리부터
발끝까지 뒤집어쓴 모습을 떠올렸다.

"크와페?"

"그래. 이제 빨리 가자."

~ 63 ~

팀킨이 데려온 곳은 은과 크리스털로 지은 드넓은 저택이었다. 저택을 둘러싼 푸른 목초지에서는 유니콘들이 풀을 뜯고 있었다.

"여기 사는군요."

소피는 이렇게 말하면서도 스티나의 집에 와 있는 것이 놀라운지, 그 집이 무척이나 환하고 사랑스러운 것이 놀라운지 갈피를 잡지 못했다. 헥스 가족이 사는 집이라면 창문은 시커멓고 벽은 무너져 가고 뜰에는 괴물 석상과 울퉁불퉁한 나무와 으르렁거리는 짐승이 있을 것 같았다.

팀킨이 키프를 집으로 이끌며 말했다.

"더 창백해지기 전에 눕혀야 해."

덱스가 소피의 팔을 잡았다.

"믿어도 될까?"

"그분은 크와페야."

소피는 자신도 받아들이려 애쓰며 말했다.

"하지만 **헥스** 가족이잖아."

"알아. 하지만······ 핀탄이 살아 있어. 네버씬과 오거는 노움을 노예로 만들려고 하고. 세상이 미쳤다는 걸 이제 인정해야 할 것 같아."

덱스도 그 말에 반박하지 못했다.

그래서 그들은 적을 따라 집 안으로 들어갔다. 집은 풀빛과 하늘빛으로 장식되어 있었다. 플러시 천 가구들은 고급스럽고, 크리스털 벽에는 가족 초상화가 걸려 있었다. 에버글렌처럼 웅장하거나 헤이븐필드처럼 티 없이 깨끗하지는 않았지만 소피가 잃어버린 도시에서 가 본 집 중에 가장 아늑하고 편안했다.

팀킨이 키프를 소파로 데려가며 물었다.

"혹시 임파터 있니?"

"알루베테르에 두고 왔어요."

"좋아, 여기서 기다리렴. 아무것도 만지지 마라."

소피는 키프 옆에 앉아 키프의 땀에 젖은 손을 잡으며 말했다.

"괜찮을 거예요."

키프는 눈도 깜빡이지 않았다.

덱스는 벽에 걸린 스티나의 큼지막한 초상화를 보며 말했다.

"왠지 오싹한걸. 다 말도 안 돼."

"*너야말로 말도 안 돼.*"

등 뒤에서 거만한 목소리가 들려왔다.

소피는 움찔해서 숨을 내쉬고는 몸을 돌려 스티나를 마주 보았다. 그리고 그 어색한 순간에 케이크 위의 체리처럼 재미있는 보너스를 발견했다.

마렐라가 소피는 보지 않고 물었다.

"키프 선배한테 무슨 일?"

"아직 몰라."

소피가 인정했다.

키프는 두통이 있는 것 같지는 않았다. 그것은 좋은 징조였다. 알든은 정신이 부서졌을 때 머리를 움켜쥐고 고통에 찬 비명을 질렀다.

그러나 죄책감으로 받는 영향이 다 같지는 않을 것이다.

"엘윈이 곧 올 거다."

팀킨이 담요를 들고 성큼성큼 오며 말했다. 그러다가 딸을 발견하고 멈췄다.

"엄마는 어디 계시니?"

"아직 거기 계세요. 아빠가 쟤들을 데려가는 걸 아무도 눈치채지 못하도록 하려고요."

"잘했군."

팀킨은 키프에게 담요를 덮어 주고 이마를 짚어 체온을 확인했다.

"너도 엄마하고 계속 있지 그랬니? 이런 일에 휘말리면……."

"왜 안 돼요? *쟤*도 하는데……."

팀킨이 말을 잘랐다.

"블랙스완의 다른 회원들은 몰라도 난 아이들은 위험에 빠뜨리지 않아. 특히 *내* 아이라면."

스티나의 얼굴에 소피가 자주 보았던 표정이 떠올랐다. 이제 곧 소리를 지르고 난리를 칠 게 뻔했다. 하지만 다음 순간 스티나는 머리를 휙 젖히고는 쿵쾅거리며 위층으로 올라갔다. 마렐라도 돌아서려고 하자, 소피는 예전 친구가 가 버리기 전에 서둘러 다가갔다.

"떠나기 전에 한 말 다 미안해."

마렐라가 눈살을 찌푸렸다.

"하. 나만 두고 떠난 걸 사과할 줄 알았는데."

소피는 할 말을 찾지 못했다. 마렐라가 소피와 함께 블랙스완에게 가고 싶어 할 줄은 꿈에도 몰랐다. 솔직히 말하면 마렐라까지 데려갈 생각은 하지도 않았다.

마렐라를 좋아하기는 했다. 하지만 마렐라를 *그 정도로* 잘 알지는 못했다.

그래서 소피는 마렐라가 스티나를 따라 위층으로 가는 것을 보면서 스티나가 자신보다 더 좋은 친구가 되어 주기를 바랐다.

팀킨이 소피의 마음을 안다는 듯이 말했다.

"그 애는 더 좋아졌어."

소피가 물었다.

"블랙스완을 싫어하시면서 어떻게 그들과 함께하는 거죠?"

"난 블랙스완을 싫어하지 않아."

"블랙스완에 대해 끔찍한 말만 하셨잖아요."

덱스가 덧붙였다.

"전 아저씨가 언젠가 네버씬에 합류할 줄 알았어요. 이미 네버씬이었을 수도 있고요."

그 말에 팀킨은 미소를 지었다.

"넌 포스터 양을 좋아하지 않는 자들은 무조건 악의 편이라고 생각하겠지? 솔직히 말하면 난 지금도 문라크 프로젝트가 무슨 가치가 있나 싶다. 하지만 우리 세계는 변화가 필요해. 블랙스완의 정치적 견해에 다 동의하진 않지만 우리가 살아남을 수 있는 최고의 기회가 그들에게 달렸다는 점에는 *동의해*. 블랙스완의 어리석은 기대에 부응하지 못할 게 뻔한 아이들한테 맞추다가 시간이 간다 해도 어쩔 수 없지. 내 생각이 틀렸다는 게 증명되기만 바랄 뿐이다."

소피는 자신을 깔아뭉개면서도 타당한 말처럼 들리게 만드는 팀킨의 재능에 감탄하며 숨을 내쉬었다. 소피의 능력을 의심하는 팀킨을 비난할 수는 없었다. 소피 자신도 종종 의심스러웠다. 게다가 포클 씨가 우리 세계에는 견제와 균형이 필요하다고 했던 말이 생각났다. 블랙스완에 반대 목소리가 있어서는 안 될 이유가 있겠는가?

친숙한 목소리가 들려오자 소피는 이런저런 생각에서 빠져나왔다.

"잃어버린 도시로 돌아오자마자 의사의 방문이 필요한 분이 누군지 볼까!"

소피는 정다운 그 얼굴을 다시 볼 수 있는 데 감사하며 얼른 달려가 엘윈을 안았다. 엘윈이 어깨를 토닥여 주자 소피는 응어리진 두려움이 스르르 풀리는 것 같았다. 엘윈이 키프를 고쳐 줄 것이다. 모든 것이 잘될 것이다. 네버씬과 노움과 그 밖의 수많은 재앙만 빼면.

"자, 최다 방문 환자상 준우승자를 살펴보자."

엘윈이 키프에게 눈길을 돌리며 말했다. 엘윈은 키프의 얼굴에 여러 빛깔의 구체를 비추며 진찰했다.

시간이 길어지자 소피는 품고 있던 걱정을 털어놓을 수밖에 없었다.

"정신이 부서질 수도 있나요?"

"모르겠다. 그건 증상이 나타나지 않거든."

"그럼 제가 확인해 봐야겠어요."

덱스가 물었다.

"그래도 괜찮을까?"

"난 유배지의 광기 속에서도 살아남았어. 이것도 할 수 있을 거야."

키프의 관자놀이로 향하는 소피의 손이 떨렸다.

소피는 뒤죽박죽된 혼란, 기억의 파편, 텅 빈 구멍을 만날 것이라 생각하고 마음을 단단히 먹었다. 하지만 키프의 마음은 하나의 기억으로 이어지는 길고 어두운 복도 같았다.

억압되거나 훼손된 기억처럼 금 가고 일그러진 영상이 보였다. 키프는 대여섯 살짜리 어린아이였다. 그는 어머니의 목소리를 따라 캔들셰이드의 끝없는 계단을 올라가고 있었다. 키프는 지붕 위에서 어머니를 발견했다. 어머니는 달빛 아래서 후드 달린 검은 망토를 입은 두 형체와 이야기하고 있었다. 키 큰 자가 말할 때 키프는 그 목소리가 누구 것인지 알지 못했다. 하지만 소피는 알아차렸다.

브랜트였다.

브랜트가 소곤거렸다.

"로드스타 계획의 일정을 앞당겨야 합니다."

레이디 지셀라가 다른 하나를 돌아보며 말했다.

"왜지? 당신은 그 소녀가 갈색 눈을 가졌다고 했지."

소피의 가슴이 두방망이질했다. 지금 보고 있는 것은 바로 사라진 소년이었다.

브랜트가 끼어들었다.

"하지만 진짜 아이는 저 밖에 있어요. 만약 알든이 먼저 찾아내면……"

레이디 지셀라가 말을 잘랐다.

"알든은 우리가 밀착 감시 중이야."

"그걸론 부족해요."

소년이 두 손을 번쩍 들었다. 기억이 손상되어 말소리가 잘 들리지 않았지만 소피는 소년이 이렇게 말했다고 확신했다.

"폭스파이어를 나오는 게 쉽지 않아요."

레이디 지셀라가 말했다.

"그럼 엑실리움으로 가야 할 것 같군. 루이는 거기서 별 문제가 없거든."

소년이 나직이 말했다.

"당신도 알잖아요. 내가 떠나면 너무 많은 관심을 끌 거예요."

기억이 지직거리는 바람에 레이디 지셀라의 대답이 들리지 않았다. 브랜트도 뭐라 말했지만 말들이 뒤섞였다. 소피의 뇌가 방금 알아낸 것을 이해하려고 애쓰느라 그렇게 보였는지도 모른다.

장면이 다시 깨끗해지고 레이디 지셀라가 말했다.

"피츠가 내 아들과 나이가 비슷해서 다행이야. 둘이 함께 더 많은 시간을 보내야 할 것 같군."

자기 이야기가 나오자 키프가 앞으로 나왔다.

"엄마? 무슨 일이에요?"

레이디 지셀라는 깜짝 놀랐지만 시치미를 뗐다.

그러고는 아들을 안으려고 두 팔을 벌리며 말했다.

"아무것도 아니란다, 아가. 왜 자다 깼니?"

소피는 어느 쪽이 더 슬픈지 알 수 없었다. 키프가 엄마에게 꼭 안겨 있는 모습인지, 레이디 지셀라가 브랜트를 돌아보며 "워셔를 데려와."라고 속삭이는 모습인지.

워셔는 기억을 지울 수 있는 텔레파시 능력자였다. 그 기억에 흠집이 있는 이유가 납득이 되었다. 레이디 지셀라는 키프의 마음에서 그 기억을 지워 버린 것이다.

하지만 지워진 기억은 다시 돌아올 수 있다. 어떤 것이 그 기억을 촉발하기만 하면 된다. 핀탄이 로드스타 계획을 언급한 것으로 충분했고, 이제 키프의 마음은 그 기억을 응시하고 있었다.

기억이 다시 시작되었고, 소피는 기억이 펼쳐지는 것을 지켜보며 놓친 단서가 있는지 찾았다. 한 가지는 확실했다. 역장 능력자인 루이는 사라진 소년이 아니었다.

하지만 지금은 그것이 중요하지 않았다. 키프부터 다시 데려와야 했다.

소피는 의식을 거두어들이고 엘윈에게 말했다.

"키프는 어머니가 지운 어떤 기억을 떠올렸어요. 지금 정신이 거기 붙들려 있어요."

팀킨이 물었다.

"어떤 기억이지?"

소피는 입을 다물었다. 팀킨 헥스에 대한 신뢰는 거기까지였다.

"그렇다면 정말로 필요한 것은 키프의 마음이 다시 시작할 수 있을 만큼 충분히 쉬는 거야."

엘윈이 가방에서 보랏빛 물약이 든 약병을 꺼내며 말했다.

"이걸 마시면 스물네 시간 기절할 텐데 그 정도면 충분할 거야. 키프가 깨어날 때까지는 도약시키지 않을 거야. 벌써 약간 빛이 바랬네. 그것도 치료하마. 걱정 마라."

팀킨이 말했다.

"키프는 여기 있어도 돼요."

소피가 팀킨에게 말했다.

"저도 함께 있을래요."

소피는 엘윈을 도와 키프의 목을 받치며 비약을 먹였다. 다행히 키프는 거부하지 않고 잘 삼켰다.

"방으로 옮겨야겠다."

팀킨이 말하더니 키프를 안아 올려 계단으로 향했다.

소피도 따라가려 했지만 엘윈이 막으며 몇 가지 약을 마시게 했고, 그사이 덱스는 전체적으로 검진을 받았다.

소피가 덱스에게 물었다.

"피츠와 비아나는 에버글렌에 무사히 있을까?"

뒤에서 엄격한 여자 목소리가 들려왔다.

"물론이지. 의회는 가출한 십 대 말고도 큰 문제가 많으니까."

비카는 소피와 덱스를 침입자인 양 바라보며 성큼성큼 들어왔다. 비카는 딸 스티나처럼 키가 크고, 검은 머리카락을 매끈하게 넘겨 자신의 표정만큼이나 빡빡하게 묶고 있었다.

소피는 허리를 펴고 일어섰다.

"노움들은 어떻게 하고 있나요?"

"치료제가 효과 있는지 확인하고 있어. 그다음은 누가 알겠니?"

비카가 묶었던 머리를 풀자 부스스한 머리카락이 얼굴 위로 흘러내렸다.

"라바고그로 가는 건 노움들에게 사형 선고야. 하지만 여기 남는 것도 마찬가지지."

엘윈이 물었다.

"오거들이 정말 잃어버린 도시에 전염병을 퍼뜨릴 수 있을까요?"

"아직 퍼뜨리지 않았다고 가정하면요. 오거들은 모두가 지켜보는 가운데 바로 오늘 전염병을 퍼뜨릴 수도 있었어요. 아주 멋지게 우리를 바보로 만들어 놨지요."

소피는 비카의 말이 맞다는 것을 깨닫고 몸서리쳤다. 모든 노움이 이터널리아에 모였다. 전염병을 퍼뜨릴 절호의 기회였을 것이다.

하지만 역장 능력자의 흔적은 어디에도 보이지 않았다.

한편 핀탄의 말을 들어 보면 역장이 쳐진 나무들은 그들의 계획표 중 일부에 지나지 않았다.

엘윈이 소피의 어깨에 듬직한 손을 얹으며 말했다.

"그냥 내 생각일 뿐이지만, 오거들은 노움이 필요한 것 같아. 오거들이 노리는 진짜 목표지. 디미타르 왕이 노움들을 위한 프로젝트가 있다고 했지? 그러니까 아직은 노움들을 감염시키지 않았을 거야. 그 치료제는 꼭 내 손에 넣고 싶지만."

덱스가 물었다.

"오거가 준 치료제를 샘플 삼아 약을 더 만들 수도 있어요?"

엘윈이 말했다.

"치유사들은 샘플을 조금 남겼다가 시도해 보겠지. 하지만 네버썬은 그 대비책이 분명 있을 거야. 난 여길 떠나 루메나리아에 들러 어떤 상황인지 알아보마. 진정제 약효가 가실 때쯤 키프를 확인하러 돌아올게."

엘윈이 막 도약하려는 순간, 소피가 달려와 속삭였다.

엘윈이 미소를 지었다.

"걱정 마라."

엘윈이 가고 나자 덱스가 물었다.

"뭐라고 했어?"

"그냥…… 키프가 깨어났을 때 도움 될 만한 거."

좀 더 지나자 포클 씨가 덱스를 알루베테르로 데려가려고 나타났다. 콜렉티브는 사계절 나무에 대한 정보를 찾기 위해 루메나리아 기록보관소를 샅샅이 뒤지는 일에 덱스가 필요했다. 포클 씨는 새로운 소식이 많지 않았지만 노움들 대부분은 치료제가 효과 있다면 라바고그로 떠나기로 결정했다고 전했다.

소피가 조용히 말했다.

"하지만 노예가 되는 거잖아요."

"우리도 대책을 찾고 있단다."

그러고 나서 포클 씨는 덱스를 데리고 도약해 떠났고, 소피는 스털링 게이블스에 헥스 가족과 마렐라, 의식을 잃은 키프와 덩그러니 남게 되었다. 소피는 어느 쪽이 더 안 좋은 상황인지 알 수 없었다.

소피는 키프 곁에 머물렀다. 밤이 가고 아침이 오자 소피는 스물네 시간이 얼마나 길게 **느껴질** 수 있는지 실감했다. 비카가 아침 식사로 얇게 썬 열매를 가져왔다. 그 설익은 신맛은 잃어버린 도시에 노움이 없으면 모든 것이 얼마나 달라질지 일깨워 주었다.

소피가 점심 때 키프를 확인하고 있는데, 스티나가 물었다.

"그 이상한 텔레파시 기술로 고쳐 줄 순 없나 보지?"

"키프의 정신은 부서지지 않았어. 하지만 꿈을 계속 확인하고는 있어."

"웩, 소름 끼쳐."

"그만 가 봐."

스티나는 쿵쿵거리며 가 버렸고, 소피는 스티나가 다시는 오지 않을 줄 알았다. 하지만 스티나는 저녁 식사를 가져왔다.

소피가 물컹한 보라색 뿌리를 꾸역꾸역 씹고 있는데, 스티나가 물었다.

"너무 오래가는 건 아니지, 그렇지?"

소피는 시간을 확인했다.

"두 시간쯤 남았어. 노움에 관한 소식은 없어?"

"아빠가 그러는데 치료제가 효과 있대. 그럼 잘된 거지?"

"응."

다만 그것은 노움들이 라바고그로 향할 것이라는 뜻이었다. 소피는 칼라가 나무도 없는 땅에 갇혀 디미타르 왕을 섬기는 모습을 상상해 보았다.

스티나는 긴 다리를 접고 바닥에 앉았다.

소피가 잠시의 정적을 깨며 물었다.

"마렐라는 어디 있어?"

"집에 갔어. 몇 시간 전에. 이제 알아차렸니?"

"음, 좀 바빠서."

"그래, 넌 언제나 그렇지. 그 애가 너한테 왜 질린 것 같아?"

"이러지 말자. 날 미워하는 건 알아. *이유*는 모르겠지만."

스티나가 고개를 저으며 말을 낚아챘다.

"정말 몰라? 처음 만났을 때 넌 날 비웃었어. 후루룩꺼억에서 기억 안 나? 넌 그때 날 알지도 못했어. 덱스도 몰랐고. 그런데도 그애 편을 들었어. 걔가 *날* 대머리로 만들었는데도."

그렇게 단순하지는 않았다. 그때 스티나와 그 엄마 비카는 덱스와 케슬러에게 엄청나게 무례하게 굴었다. 그래도 스티나 말이 옳았다. 누군가 괴로워하는데 비웃는 것은 잘한 일이 아니었다.

소피가 스티나에게 말했다.

"미안해. 정말이야. 미안."

어색한 침묵이 흐르다가 이윽고 스티나가 일어섰다.

"난 아직도 네가 마음에 안 들어. 하지만…… 네가 골치 아픈 노움 문제를 해결한다면 마음이 *바뀔 수도 있어.*"

"윽, 부담 주지 마."

스티나는 어깨를 으쓱하고는 문을 나서다가 이렇게 덧붙였다.

"네가 못하면 누가 하겠니? 난 모르겠다."

~ 64 ~

키프가 안정제에서 깨어난 것을 보고 엘윈은 훨씬 나아졌다고 했다. 키프의 뺨에 다시 혈색이 돌았고, 눈에는 초점이 돌아왔으며, 포클 씨의 질문에도 다 대답했다.

그러나 *아니었다.*

포클 씨를 따라 알루베테르로 돌아온 다음에 소피가 말을 시켜 보았지만 키프는 방에 틀어박혔다.

키프가 문틈으로 소리쳤다.

"나와 이야기하는 건 안전하지 않아. 난 오랫동안 친구들 동향을 보고해 왔던 것 같아."

소피가 장담했다.

"그건 중요하지 않아요."

"아니, 중요해. 내가 알기로 피츠가 널 찾았다고 네버씬에게 말한 건 바로 나야. 게텐이 어떻게 알고 널 납치하려고 개와 함께 나타났는지 너도 이상하다고 했었지?"

문밖에 있는 소피 옆에 피츠도 와서 말했다.

"내가 소피를 찾았다는 사실은 우리 아빠밖에 몰랐어. 너한테 말한 적 없어."

"그래, 알았어. 하지만 엄마 때문에 스파이 노릇을 한 적이 분명 있을 거야."

"스파이는 그럴 마음이 있어야 해요. 선배는 이용당한 것뿐이에요."

"훌륭하군. *이용당한 게* 더 낫다니."

키프는 문가에서 떠났고, 불러도 대답이 없었다. 소피가 엘윈에게 사 달라고 부탁한 선물을 주려고 했을 때도 마찬가지였다. 결국 소피는 문 앞에 두고 갈 수밖에 없었다. 키프가 나중에라도 발견해서 그 폭신한 초록색 굴론 인형을 안고 쉽게 잠들 수 있기만 바랐다.

소피가 시무룩하게 방으로 돌아가는데 포클 씨가 말했다.

"어제 밝혀진 일들 때문에 깊은 상처를 입었나 보다."

아무리 시간이 흘러도 치유되지 않는 커다란 상처를 입었을까 봐 소피는 더욱 두려웠다.

죄책감에 대해 알게 된 것들, 엘프들은 어떻게 다르게 반응했는지를 마음속에 되새겨 보았다.

소피가 아는 키프라면 *무모한* 반응을 보일 확률이 높았다.

"어디 가요?"

키프가 살금살금 계단을 내려오는데 정자의 그림자 속에서 소피가 물었다.

한밤중인 이 시각, 소피는 자신의 생각이 맞는지 확인하려고 몇 시간 전부터 대기하고 있었다.

아니나 다를까 키프는 옷을 차려입고 가방까지 멘 채 나타났다.

"그럼 우리 갈까요?"

소피는 자신도 옷을 차려입고 있음을 보여 주려고 일어섰다.

키프가 말했다.

"넌 자러 가야지."

"선배가 자러 가면 나도 자러 갈게요."

키프는 고개를 저었다.

"난 이 일을 해야 해."

"혼자 몰래 라바고그에 들어갈 생각은 아니라고 해 줘요."

"누군가는 치료제를 훔쳐야 해. 전염병을 막고 또 노움들이 노예가 되는 걸 막을 방법은 이것뿐이야."

"알아요. 하지만 혼자서는 못 해요. 도시 안으로 어떻게 들어가죠? 들어간다 해도 그다음엔요? 어디로 가야 할지도 모르잖아요."

"알아낼 거야."

"잡힐 수도 있어요, 죽을 수도 있고요. 무턱대고 떠나면 안 돼요."

"계획 세우고 할 시간이 없어! 일주일 남았다고."

"그럼 빨리 세우면 되겠네요."

소피는 키프에게 다가가 가방끈을 붙잡았다. 가방을 벗기는데 생각보다 가볍게 느껴졌다.

"네버씬은 오랫동안 이 일을 계획했어요. 아무 생각 없이 그들을 이기진 못하죠……."

소피는 가방을 열어 안을 보았다. 그 순간 웃음이 나왔다. 복실복실한 굴론 인형이 소피를 빤히 보고 있었다.

"뿡뿡이 부인은 잠자는 데 도움이 될 텐데요. 오거를 물리치는 데가 아니라."

"알아."

키프가 중얼거렸다.

소피는 키프가 미소 짓거나 농담을 던지거나 뭔가 키프다운 행동을 했으면 싶었다. 엘윈이 굴론 인형에다 지어 준 이름을 들었으면 그래야 했다.

그러나 키프는 이렇게만 말했다.

"가방에 멜더도 있어. 유배지에서 덱스가 사용했던 큐브도 있고."

"그걸로는 부족해요. *오거라고요.* 디미타르 왕이 산도르에게 어떻게 했는지 기억 안 나요?"

"겁 안 나."

"무서울 거예요. 난 무서워요."

"그래서 나 혼자 가려는 거야."

"아니, 혼자서는 못 가요. 우린 한 팀이에요. 함께하면 더 강해지니까."

키프가 가방을 빼앗으려 했지만 소피는 내놓지 않았다.

소피가 간절히 말했다.

"하루라도 시간을 줘요. 더 좋은 계획이 나올 거예요."

키프는 고통스러울 정도로 길게 한숨을 쉬었다.

"알았어. 내일 밤까지 기다릴게. 그러고는 곧바로 떠날 거야."

"안내자가 필요해요."

소피는 '라바고그 잠입' 아이디어 회의를 위해 아침 식탁에 친구들을 모아 놓고 말했다.

"텔레파시를 이용한 안내자 말고 도시의 길을 잘 아는 실질적인 안내자. 우린 길을 잃으면 안 되니까요."

그들이 알기로 라바고그에 가 본 이는 둘뿐이었다. 소피의 언어학 멘토였던 레이디 케이던스, 그리고 피츠의 형이자 비아나의 오빠인 알바.

키프가 말했다.

"알바 형이 맡아야 해. 레이디 케이던스는 오거보다도 무서워."

소피도 생각이 같았다.

소피가 피츠와 비아나에게 물었다.

"알바한테 연락할 방법을 찾았어요?"

"내가 찾았다."

델라가 정자 한구석, 아이들이 아침 식사로 따온 덜 익은 과일 무더기 옆에 나타났다.

"알바는 네가 물어 본 그 소년을 기억하지 못하더구나. 깜박 잊고 너한테 말을 안 했다."

비아나가 말했다.

"엄마는 프렌티스와 함께 있는 줄 알았는데?"

"거기서 돌아오는 길이야. 그러다가 이 세상에서 가장 아끼는 다섯 아이가 오거의 수도에 잠입하겠다고 의논하는 소리를 들었지. 그래서 너희들이 미친 짓을 못 하도록 옆에 딱 붙어 있어야겠다고 생각했단다. 너희가 따지기 전에 할 말이 있어."

델라는 두 손을 내밀어 조용히 시켰다.

"말리진 않겠다. 너희를 따라 블랙스완에 들어왔을 때부터 알았어. 너희가 엄청난 위험을 무릅쓰는 걸 지금처럼 옆에서 지켜볼 날이 있을 거라고. 쉬운 일이 아니지. 마음 한구석에서는 문마다 바리케이드를 치고 너희가 300살은 될 때까지 안전하게 가둬 두고 싶어. 하지만 난 믿는다, 너희 모두를."

델라의 시선이 키프에게 머물렀다.

"너희 다섯이 놀라운 일을 할 수 있다는 거 알아. 그러니 이 일을 하지 말라고 설득하진 않겠다. 알바에게 도와 달라고 부탁도 해 볼 거야. 하지만 콜렉티브와 계획을 논의할 때까지는 떠나지 않겠다고 약속해 다오. 다 같이 힘을 합칠 때 너흰 가장 강하니까."

키프는 미지근하게 반응했지만 어쨌든 모두 동의했다. 그러자 델라는 떠났고, 소피는 아직 해결하지 못한 문제 목록을 살펴보았다.

"좋아, 그럼 알바가 안내자라 치고, 어떻게 숨어 다닐지 생각해 봐요."

"그건 쉬워."

비아나가 사라지면서 말했다.

피츠가 눈을 굴렸다.

"우린 어떡하고?"

소피가 비아나에게 물었다.

"오거들이 노움과 달리 널 볼 수 있을지 어떻게 알아? 보지 못한다 해도 오거는 마크체인이 없는 걸 냄새로 알아."

마크체인은 작은 박테리아 생태계를 담은 은목걸이로, 엘프의 등록 펜던트와 드워프의 마그시디언을 합친 역할을 했다. 오거들은 그 냄새를 맡아서 마크체인을 착용한 이가 도시에 들어오도록 허가받았음을 알았다.

피츠가 말했다.

"레이디 케이던스가 혹시 빌려 주지 않을까?"

소피는 레이디 케이던스가 허락하는 모습이 상상도 안 됐지만 그 제안을 메모해 두었다.

"변장도 해야 해요. 눈에 띌 경우에 대비해서. 우리가 게텐을 방문

할 때 입었던 네버씬 복장이 난 아직 있어요."

"나도 있어."

키프가 말했다. 목소리가 살짝 떨렸다.

"좋아요, 그럼 두 벌이에요. 세 벌 더 구해야겠네. 게텐은 팔에도 네버씬 표지가 있었어요. 그것도 추가하고. 사실 게텐이 입었던 걸 다 그대로 만들어야 할지도 몰라요. 게텐은 군인 스타일의 꼭 맞는 조끼를 입고 있었어요. 오거들은 네버씬 멤버를 다 알지 못할 수도 있어요. 그러니 세세한 데까지 똑같이 만들수록 오거들이 우릴 제지했을 때 놓아줄 가능성이 더 커질 거예요."

소피는 메모하고는 게텐이 입었던 조끼를 그려 보았다. 키프의 그림 실력이 탐나는 순간이었다.

덱스는 고치고 있던 장치를 내려놓으며 말했다.

"그럼 요약하자면, 안내자를 *구할 수 있을 것이다.* 마크체인 하나를 *얻을 수 있을 것이다.* 변장할 방법이 *있을 것이다.* 그리고 내가 앞으로, 약 다섯 시간 안에 무기를 충분히 *만들어 낼 수 있을 것이다.* 뭐가 문제인지 보이는 분 나 말고 또 있나요?"

키프가 말했다.

"그래, 이래서 나 혼자 가야 해."

이구동성으로 "안 돼!"가 울려 퍼졌다. 하지만 키프는 말려도 듣지 않을 것이다. 뭔가 좋은 생각을 떠올리지 않으면 *기어이* 혼자 가고 말 것이다.

덱스가 말했다.

"**문제**는 도시로 들어가는 방법을 우리가 아직 모른다는 거야. 순간 이동은 안 되겠지?"

피츠가 말했다.

"알바 형이 그러는데, 도시가 역장으로 둘러싸여 있대. 우리가 들어가려 할 때 역장이 무슨 역할을 할지 누가 알겠어."

비아나가 제안했다.

"알바 오빠가 비밀 입구를 알지도 몰라."

"그런가?"

소피는 맞장구쳤지만 과연 그럴까 싶었다.

"내가 길을 알아요."

계단에서 칼라의 목소리가 들리는 순간, 소피는 메모하던 펜을 떨어뜨렸다. 칼라가 다른 노움들에게 드라코스톰에 대한 진실을 말하러 떠난 뒤로 처음 보았다.

칼라는 소피 곁으로 다가오면서 안심하라는 듯 미소 지었다. 칼라의 잿빛 눈자위가 불그죽죽했는데, 피곤해서 그런지 울어서 그런지 알 수 없었다.

하지만 칼라는 확신에 찬 목소리로 말했다.

"도시로 들어가는 방법을 내가 알아요."

"어떻게요?"

칼라는 대답하려다가 아이들이 따 놓은 설익은 과일 더미를 발견했다. 칼라는 과일 하나를 집어 안타까운 듯 껍질을 만져 보더니 고개를 저으며 도로 내려놓았다.

칼라는 나직이 중얼거렸다.

"한 번에 한 문제씩만."

덱스는 원래 하던 이야기로 돌아갔다.

"길을 안다니 무슨 뜻이죠?"

칼라가 대답했다.

"라바고그로 들어가는 비밀 통로가 있다는 뜻이에요. 드디어 수수께끼를 풀었어요. 모든 옛 노래에는 '아픈 마음을 껴안고'라는 노랫말이 있는데, 과거의 진실을 알고 보니 그 말이 무슨 뜻인지 알겠어요. 우리 지도자들은 우리가 절대로 고국을 포기하지 않으리란 걸 알았을 거예요. 그래서 우리가 돌아올 길을 만들어 놓았죠. 내가 사계절 나무의 노래를 부르며 그들의 아픈 마음을 껴안으면 그 뿌리가 오거 도시로 가는 터널을 열어 줄 거예요."

비아나가 물었다.

"그럼 당신도 함께 가야 한다는 뜻이네요?"

"*가야 하는* 게 아니에요. 가고 싶어요."

소피가 경고했다.

"하지만 위험해요. 특히 당신한테는요."

"위험한 건 알아요. 하지만 내 고국을 보고 싶어요. 지금은 사라졌다 해도. 그리고 우리 노움들에게 자유를 되찾아 줄 거예요."

그 점은 반박할 여지가 없었다. 그래서 소피는 칼라가 입을 네버
씬 복장도 필요하다고 메모했다.

소피가 말했다.

"좋아요, 진전이 있군요. 하지만 숨는 방법에서는 더 좋은 계획이
필요한 것 같아요."

"그건 내가 도와줄 수 있겠구나."

포클 씨가 아이들이 있는 테이블로 오면서 말했다.

"메모지 숨길 필요 없다, 포스터 양. 너희가 무슨 계획을 짜고 있
는지 다 알아."

피츠가 물었다.

"말리진 않으실 거죠?"

"말린다고 말릴 수 있겠니? 난 유배지에서 배운 게 있어."

포클 씨의 눈이 피츠를 향했다.

"노력을 합칠 때 훨씬 낫다는 교훈이지."

포클 씨는 소피의 메모를 받아 훑어보며 피츠에게 물었다.

"어머니가 바커 군한테 연락하는 거지?"

피츠가 고개를 끄덕였다.

"좋아. 그래니티가 레이디 케이던스와 마크체인 문제를 이야기할
거야. 레이디 케이던스는 그 냄새를 증폭시키는 방법을 알지도 몰라.
아홉 명을 잘 보호해야 하니까."

"아홉 명이요?"

소피가 머릿속으로 인원을 세며 물었다.

알바와 칼라가 간다 해도 일곱 명이었다.

"나머지 둘은 누구예요?"

"어마어마한 능력을 지닌 엘프 둘. 너희가 씨름하는 문제 중 많은 걸 해결해 줄 거야."

"누구요?"

피츠가 물었지만 소피는 짐작이 갔다.

이제 탐과 린까지 위험에 끌어들이게 된 것 같았다.

~ 65 ~

"5분 만에 너무 많은 정보네요."

굴 속의 둥근 천장을 바라보며 탐이 말했다.

탐과 린이 사는 드워프 집은 땅속에 비눗방울들이 모여 있는 것처럼 자그마한 둥근 방들로 이루어져 있는데, 답답하지 않고 아늑한 느낌을 주었다. 벽에 점점이 박힌 루메나이트 조각에서 은은한 빛이 나와서 그럴까? 아니면 선과 점의 복잡한 무늬를 직접 손으로 그려 넣은 석조 가구들 때문인가? 포클 씨의 커다란 몸집이 많은 자리를 차지해서 비좁은 느낌인데도 소피는 계속 머물러 있고 싶었다.

친구들은 알루베테르에서 필요한 물건들을 칼라와 함께 준비하고 있었다. 탐과 린이 합류하기로 동의하면 그날 저녁 모두 함께 라바고그로 출발할 예정이었다.

소피의 마음 한구석에서는 모두를 안전하게 가두어 놓고 싶었다.

하지만 가만히 있으면 노움들은 전염병으로 죽거나 디미타르 왕의 노예가 될 것이다. 그리고 키프는 혼자 몰래 빠져나갈 게 뻔했다.

힘을 합쳐 대응하는 것만이 최선의 선택이었다. 소피는 어떤 위험이 따를지 탐과 린에게 솔직하게 알려야 한다고 포클 씨를 독려했다.

탐이 말했다.

"그러니까…… 우리가 비밀 터널을 통해 라바고그로 들어가서 왕한테서 치료제를 훔쳐 온다는 거죠?"

"치료제는 디미타르 왕이 갖고 있지 않을 수도 있어. 사실 치료제를 어디 뒀는지, 어떤 용기에 담았는지도 모른다."

"아, 잘됐네요. 그럼 어차피 불가능하겠네요."

"팀을 제대로 꾸리면 불가능이란 없다. 그래서 너희 도움이 필요해. 네 그림자는 모두를 숨겨 줄 수 있으니까."

"자신 없는데요? 둘 이상은 해 본 적 없어요."

린이 상기시켰다.

"내가 안개를 몰아서 그림자가 더 짙어지게 할 순 있지. 멀리서라면 우리가 잘 안 보일 거야."

소피가 조용히 덧붙였다.

"어떤 일도 조금씩은 다 위험해. 그래도 해야 할 일이 있어."

탐은 앞머리를 쓸어 넘기며 방 끝까지 열 걸음을 걸었다.

"이해 안 되는 게 있어요. 노움들은 치료제에 효과가 있다고 벌써 말했다고 했죠? 그런데 왜 오거들은 결정할 시간을 일주일 줬을까요?"

포클 씨가 말했다.

"나도 그 문제를 생각해 봤어. 데드라인은 아무래도 전략인 것 같
다. 디미타르 왕은 의회가 고블린 군대를 보내서 전쟁을 일으키길 바
랄 수도 있어. 하지만 네버씬은 우리가 이런 것을 시도하기를 바라고
있을 가능성이 높아."

"이것이 함정이라고 생각하시나요?"

작은 공간에서 소피의 목소리가 크게 울렸다.

포클 씨가 말했다.

"간단히 말해…… 그렇지."

"그렇다면 왜 함정으로 걸어 들어가려는 거죠?"

탐이 물었고, 소피는 새로운 걱정거리로 머리가 터질 것 같았다.

포클 씨가 말했다.

"그건 아냐. 그자들의 허를 찌르는 거지. 그자들은 우리가 어떻게
할 거라고 *추정하고* 거기에 집중한 나머지 다른 길엔 대비하지 못했
을 거야. 그래서 너와 네 여동생이 우리 팀에 들어오는 게 중요해. 예
상치 못한 너희의 능력은 우리 전략에 필요한 이점이 될 테니까."

"그래요, 하지만……."

탐이 반박하려는데 린이 앞으로 나섰다.

"오빠는 몰라도 저는 갈게요. 와일드우드에 사는 노옴들은 오랫동
안 저희를 돌봐 줬어요. 저희도 도울 기회가 생겨서 영광이에요."

"그럼 저도 들어가죠."

탐은 이렇게 말하더니 소피를 응시하며 덧붙였다.

"이 결정을 후회하지 않게 해 주세요."

"앞머리 소년도 함께라고? 잘됐군."

다 같이 여학생 나무집에 돌아왔을 때 키프가 빈정거렸다.

덱스가 서커 펀치를 의자에 대고 시험할 때 나뭇잎들이 사방으로 날리는 바람에 탐은 키프의 비아냥을 알아차리지 못한 것 같았다.

한편 소피 눈에 친숙한 얼굴이 들어왔다.

"알바!"

소피는 달려가 알바를 안았다. 바커 남매의 형이자 오빠인 알바를 반갑다고 안아 줄 만큼 친한 사이가 아니라는 생각이 중간에 들었지만, 머쓱하게 멈출 수는 없었다.

다행히도 알바는 읽던 두루마리를 내려놓고 활짝 웃으며 힘껏 소피를 안아 주었다.

"유명한 소피 포스터를 만나는 건 언제나 반가운 일이지!"

알바는 바커 집안의 억양과 바커 집안의 훌륭한 외모를 가졌는데 유난히 깔끔했다. 검은 머리카락에는 완벽하게 젤을 발랐고, 옷에는 주름 하나 없었다. 또 아버지의 청록색 눈이 아니라 어머니의 짙푸른색 눈을 그대로 물려받았다.

소피가 알바에게 말했다.

"고마워요. 이렇게 와 줘서."

"어떻게 안 올 수 있겠니? 우리 가족 중 블랙스완을 돕지 않는 건 나뿐인 것 같은데."

비아나가 오빠에게 물었다.

"블랙스완 따윈 없다고 생각했던 때 기억나? 오빠랑 아빠는 그 문제로 만날 싸웠잖아."

비아나의 말을 듣고 보니 소피도 생각이 났다.

"잠깐만. 피츠는 알바 선배가 날 찾으러 다녔다고 했어요. 블랙스완 같은 건 없다고 생각했는데 왜 그랬어요?"

알바가 깔깔 웃었다.

"그렇잖아도 너희가 그걸 언제 따질지 궁금했어. 솔직히 말해? 소피 찾기를 한 건 그냥 아버지를 기쁘게 하려고 그랬어. 금지된 도시로 몰래 숨어 들어가는 것도 재미있고. 피츠가 맡게 되어 다행일지도 몰라. 내 편견이 널 찾는 데 영향을 미쳤을 테니까. 난 여자애를 방문했을 때 엘프를 찾을 거라는 기대는 안 했어. 내가 옳다는 증거를 뭐 하나만 발견해도 바로 떠났지. 네 눈 색깔을 봤으면 당연히 널 제외했을 거야."

피츠가 인정했다.

"나도 그럴 뻔했어. 갈색 눈을 보자마자 돌아가야겠다고 생각했지. 그런데 뭔가 달랐어. 혼자 떨어져 있는 것. 선생님보다도 훨씬 똑똑한 것. 그리고 외모도 눈만 빼면 확실히 엘프 같았어."

소피는 피츠가 예쁘다는 뜻으로 말한 거라고 확신했다. 그래서 웃음이 나오는 걸 감추려고 고개를 돌려야 했다.

탐이 물었다.

"그럼 넌 진짜 인간들이랑 살았니?"

소피는 고개를 끄덕였다.

"이야기하자면 길어요."

포클 씨도 덧붙였다.

"지금은 그럴 시간이 *없단다*."

알바가 탐과 린을 돌아보며 말했다.

"처음 보는 것 같은데…… 신입?"

포클 씨는 정정했다.

"임시 조수에 가깝지. 자네와 비슷하네. 여러분이 그렇게 적은 정보만 알고도 충성 서약을 할 거라고는 기대하지 않으니까."

알바가 놀렸다.

"하지만 우린 당신네 비밀 은신처를 봤는걸요. 어떻게 우리를 멀리할 수 있어요?"

포클 씨는 같이 웃지 않았다.

"다시 찾아와 보시지."

"가입하고 *싶으면* 어떡하죠?"

탐이 팔꿈치로 쿡 치는데도 모른 척하고 린이 물었다.

포클 씨가 말했다.

"그건 의논해 볼 수 있는 문제다. 이번 임무를 마친 후에. 지금은 집중해야 해. 진행 상황은 어떤가?"

덱스가 유배지에서 썼던 큐브 모양의 장치를 들어 보이며 말했다.

"서커 펀치가 거의 완성됐고, 이걸 최대한 많이 만들 거예요."

칼라가 검은색 옷더미를 가리키며 말했다.

"망토도 완성됐어요. 나머지 의상은 아직 만드는 중이에요."

린이 물었다.

"변장도 해요?"

포클 씨가 동의했다.

"미리 조심하자는 거지. 너희 남매가 모두를 숨겨 주지 못하는 순간이 오면, 주위에 섞여 들어가는 게 가장 좋으니까."

알바가 물었다.

"저 애들이 우릴 숨겨 준다고요? 무슨 능력이 있는데요?"

린이 말했다.

"난 유체 운동 능력자예요. 오빠는 암흑 능력자고."

알바는 뒤통수를 긁적거렸다.

"하. 그럼 확실히 달라지겠군."

키프가 물었다.

"왜요? 암흑 기술 좀 있다고 효과가 있을지 어떻게 알죠? 칼라가 명멸 능력자를 볼 수 있듯이 오거도 볼 수 있다면요?"

알바가 말했다.

"오거는 못 봐. 난 라바고그를 몰래 돌아다니곤 했어. 그런데 잠깐, 노움은 우리를 볼 수 있다고? 완전 충격인데?"

알바는 사라졌다가 손가락 몇 개 들고 있는지 알아맞히기 테스트를 해 보았다.

비아나가 의기양양하게 말했다.

"난 방법 찾았어."

비아나가 증명하듯이 사라지자 알바가 물었다.

"비결이 뭐야?"

비아나는 오빠를 밀치면서 다시 나타났다.

"내가 가르쳐 줄 것 같아? 솔직히 말하자면 오빠 스스로 알아내야 해. 엄마한테 가르쳐 줬는데, 아직도 못 하셔."

"탐이 보여요?"

소피는 다시 걱정에 싸여 칼라에게 물었다.

탐은 그림자들을 모아 시야에서 사라졌다. 희미한 윤곽은 남았지만 소피가 애써 찾아야 보였다.

칼라가 말했다.

"당신의 눈 말고는 아무것도 안 보여요. 생명의 반짝임들은 그를 못 본 척해요."

키프가 코웃음을 쳤다.

"먼지한테도 거부당하는 기분이 어때?"

탐이 날카롭게 쏘아붙였다.

"사실 아주 좋아. 이 임무에서 살아남을 수 있다는 뜻이니까. 넌 할 수 있어?"

포클 씨가 끼어들었다.

"할 수 있지. 네가 도와주면."

포클 씨는 두 소년을 보았다.

"둘이 의견 차이가 있다면 당장 해결해야 한다. 너흰 이제 한 팀이야. 그렇게 행동해야 해."

"내가 저 애를 읽어 보게 해 주면 훨씬 더 쉬워질 거예요."

탐이 말했다. 그리고는 알바를 가리켰다.

"저쪽도요."

키프가 눈을 굴렸다.

"됐네, 친구."

탐이 물었다.

"넌 두 번이나 거절했어. 그렇게 숨길 게 많아?"

알바가 끼어들었다.

"이봐, 나도 하고 싶지 않지만 숨기는 것도 없어. 우리를 알고 싶으면 물어봐."

탐이 알바를 노려보며 말했다.

"됐어요, 내가 왜 당신을 믿어야 하죠?"

"도시의 뒷길을 아는 건 여기서 나밖에 없으니까. 어디로 갈지 정확히 알면 더 쉽겠지만. 치료제를 보관할 만한 곳이 몇 군데 떠오르기는 해."

포클 씨가 말했다.

"가장 확실할 것 같은 곳을 골라 봐."

소피가 설명했다.

"포클 씨는 이게 함정이라고 생각해요."

소피는 포클 씨가 오히려 그 상황을 잘됐다고 생각한다고 열심히 설득했지만 다들 더 안절부절못하는 표정이었고, 그런 친구들을 탓할 수는 없었다.

"그럼…… 일이 복잡해지네."

알바는 중얼거리더니 한쪽에 치워 두었던 두루마리를 다시 살펴보았다. 가만 보니 레디 지셀라가 가지고 있던 라바고그 지도였다.

"이 비밀 터널로 가면 라바고그의 두 구역 중 어느 쪽으로 나오려나?"

알바가 말하자 린이 물었다.

"두 구역이 있어요?"

피츠가 설명해 주었다.

"라바고그는 이벤타이드 강으로 둘로 나뉘지. 도시 절반은 지하에 있고, 나머지 절반은 산속에 있어."

"내가 가르쳐 준 걸 마치 전문가인 양 떠드는 게 귀엽지 않아?"

알바가 놀렸다. 그 농담이 마음에 든 덱스는 공식적으로 알바 팀에 합류했다. 심지어 키프도 씩 웃었다.

314

탐은 여전히 경계하는 표정이었고, 소피는 탐의 그림자가 슬금슬금 알바에게 다가가는 것을 보았다.

알바가 의자에서 일어나며 말했다.

"분명히 말하는데, 남의 경계선을 존중해 줘. 텔레파시 능력자들이 아무 머릿속이나 돌아다니는 거 봤어?"

포클 씨가 동의했다.

"그건 그래. 하지만 암흑 능력자가 읽는 건 텔레파시보다 덜 거슬린단다."

키프가 말했다.

"뭐가 됐든 거슬려요. 우리 이제 가나요? 시간만 흘러가잖아요."

탐이 물었다.

"오늘 밤 떠나요? 야밤에 잠입하는 건 그자들도 예상하고 있지 않을까요?"

키프가 반박했다.

"그래도 훤한 대낮보다는 안전해."

탐이 말했다.

"나한테는 아니야. 난 그림자를 언제든지 통제할 수 있으니까. 그자들이 경계를 풀고 있을 때 가는 게 더 안전해."

한참 후에 포클 씨가 말했다.

"나도 사실은 송 군과 의견이 같아. 그러면 너희는 긴 하루를 시작하기 전에 몇 시간 쉴 수 있을 테고."

소피는 키프의 눈에 어린 분노를 보고 살며시 다가가 속삭였다.

"몇 시간만 있으면 돼요. 우리랑 같이 기다려요."

"너희가 자는 동안 난 치료제를 갖고 돌아올 수도 있어."

"아니면 거기서 잡혀 죽을 수도 있겠죠. 더 애원해야 해요?"

키프는 한숨을 내쉬었다.

"알았어. 새벽까지 기다릴게."

키프는 소피와 눈을 마주치고는 *"널 위해."* 하고 속삭였다.

소피는 마지막 말을 어떻게 생각해야 할지 몰랐지만 가슴이 웅웅거렸다.

포클 씨가 목을 가다듬었다.

"다들 잠자리로 가렴. 방을 같이 쓸 수 있니?"

소피가 말했다.

"*린*은 저와 있으면 돼요."

피츠가 말했다.

"전 알바 형이랑 잘게요."

"사실 난 키프랑 자는 게 더 좋은데."

알바는 아이들을 한번 돌아보더니 이렇게 속삭였다.

"피츠는 엉겨 붙거든."

덱스가 탐에게 말했다.

"넌 내 방에서 자. 난 이 큐브들의 배선을 조정할 테니……."

포클 씨가 끼어들었다.

"안 돼, 디즈니 군. 자야 해. *모두 다*."

포클 씨는 칼라에게도 말했다.

"당신도요. 몇 분이라도 쉬세요."

칼라가 반박했다.

"우리 종족이 고통받고 있는데 쉴 순 없어요."

포클 씨는 더 따지지 않고, 칼라를 뺀 모두를 방으로 쫓아 보냈다.

린은 베개에 머리가 닿자마자 잠이 들었다. 하지만 소피는 뒤척이고 또 뒤척였다.

소피가 살금살금 걸어 나오자 칼라가 말했다.

"잠을 자야죠."

소피는 칼라 맞은편 의자에 앉았다.

"알아요. 하지만 당신네 종족이 고통받고 있는데 잠이 와야죠."

칼라는 바느질하던 조끼를 내려놓았다. 게텐이 입고 있던 조끼와 똑같았다. 여덟 벌이 더 있고, 그중 하나는 보라색에 주름 장식이 있었다.

칼라가 설명했다.

"비아나가 직접 디자인했어요. 비아나는 언제든 모습을 감출 수 있으니까 말리지 않았어요. 디자인이 꽤 기발해요."

칼라는 주름 장식을 들추어 조심스럽게 숨겨진 한 줄짜리 고블린 표창을 보여 주었다.

소피는 번득이는 표창 날을 쓰다듬었다.

칼라가 조용히 말했다.

"두려워하는군요."

소피가 물었다.

"당신은요?"

"내 두려움은 다른 종류예요. 나는 어떻게 되든 상관없어요. 하지
만 내가 아끼는 사람들 때문에 두려워요. 특히 당신이. 당신도 필요
한 휴식을 취했으면 좋겠어요."

칼라는 소피 뒤로 가서 손가락으로 소피의 머리카락을 빗겼다.

"이건 내가 어렸을 때 어머니가 사용했던 방법이에요. 노움 아이
들은 어두워지면 반드시 잠을 자야 하는데, 난 잠을 잘 못 이루는
아이였어요. 숲이 필요로 하는 것을 너무 진지하게 생각했죠. 그래
서 어머니는 밤마다 머리를 땋아 주셨어요. 머릿속의 두려움을 끄집
어내 머리카락과 함께 땋는다고 상상하게 했죠. 그런 식으로 걱정거
리를 밤 동안 다독였어요. 아침에 머리를 풀면 다시 튀어나왔지만요.
그래서 난 아직도 머리를 땋아요. 지금은 어머니를 기억하려고 땋
고."

소피는 눈을 감고 걱정거리들이 칼라의 꼼꼼한 손길 속에서 땋아
지는 걸 상상했다.

칼라가 다 마쳤을 무렵 소피는 잠이 들었다.

~ 66 ~

"뿌리가 우리를 데려가지 않는 이유가 있나요? 걷는 것보다 훨씬 빠를 텐데요."

비좁은 터널을 통과하면서 키프가 물었다.

"유배지로 데려갈 뿌리가 없는 것과 같은 이유예요."

칼라가 말했다. 칼라의 노래가 잠깐 멈추자 터널이 더 좁아졌다.

터널이 계속 좁아지자 칼라가 덧붙여 말했다.

"이렇게 늙은 뿌리들은 한 번 데려갈 힘밖에 없는데, 나중에 탈출하는 게 훨씬 더 중요하니까요."

칼라는 터널을 다시 넓히려고 힘차게 노래를 불렀고, 소피는 애처로운 노랫말을 들으며 망토 소매로 눈물을 닦았다. 아픈 마음을 껴안으라고 한 전설이 마음에 와닿았다.

모두들 엑실리움에서 기술을 배운 덕분에 어두운 곳에서도 볼 수 있고 후텁지근한 터널 속에서도 시원함을 유지할 수 있었다. 소피는 에너지의 초점을 근육에 맞춰 전진했지만 가파른 오르막길에서는 힘이 달렸다.

오래 걸을수록 뿌리들은 더 가늘어져 사계절 나무가 한껏 멀리 뻗치고 있는 것 같았다. 뿌리가 거미줄처럼 가늘어지자 칼라는 바로 위가 지표면이라면서 출구를 여는 노래를 불러도 되느냐고 물었다.

알바가 속삭였다.

"내가 먼저 나갔다 올게요. 여기가 어딘지 봐야겠어요. 안전하다 싶으면 데리러 올게요."

비아나가 제안했다.

"나도 갈게."

알바가 말했다.

"넌 에너지를 아껴야 해. 냄새를 가리려면 마크체인을 가져가야겠다."

소피는 목에 건 은 펜던트를 풀어 알바에게 건넸다. 레이디 케이던스가 마크체인을 빌려 준 것이 아직도 믿기지 않았다.

탐은 마크체인을 가져가서는 안 된다며, 그 냄새 때문에 자신의 은폐 효과가 사라질까 봐 걱정했다. 하지만 알바는 겉모습뿐만 아니라 냄새도 위장해야 한다고 주장했다.

칼라가 노래를 나직이 읊조리자 땅이 조금씩 열리며 녹색 빛이 흘러들었다.

"최대한 빨리 돌아올게요."

알바는 이렇게 말하고 터널을 빠져나갔다. 알바 뒤로 흙먼지가 일었고, 칼라는 다시 땅을 닫았다.

피츠는 포클 씨가 준 마그시디안 물병을 주며 모두에게 마시라고 했다. 키프가 한 번에 꿀꺽꿀꺽 마셔 버렸지만, 다행히 물병은 공기에서 수분을 끌어와 다시 채워지게 되어 있었다.

"난 그거 안 마실래. 물이 이상해."

린은 물을 더 모아 동그랗게 만들더니 손 위에 띄웠다. 물이 살짝 녹색으로 빛났다.

"미안해. 알았다면 아껴 뒀을 텐데."

키프가 말했다.

"넌 그자를 얼마나 믿어?"

탐의 그림자가 소피의 귀에 속삭였다.

알바?

소피가 물었다.

"그자도 마찬가지고. 하지만 네 공감 능력자 친구가 훨씬 더 걱정돼. 뭔가 숨기고 있어. 그래서 내가 자기를 읽지 못하게 하는 거야."

소피가 동의했다.

숨기는 거 맞아. 하지만 그게 뭔지 난 알아.

키프는 소피가 탐에게 말하지 않기를 바랄지도 모른다. 하지만 언제까지나 감출 수 있는 비밀이 아니었다.

키프의 엄마는 네버씬 지도자 중 하나였어.

"왜 과거형으로 얘기해?"

소피는 열심히 사정을 설명했다.

한참 동안 말이 끊겼다가 탐이 물었다.

"엄마가 아직 살아 있다는 걸 그 애가 알면 어떻게 할까?"

"내 이야기 하는 거 다 알아."

키프의 말에 소피는 화들짝 놀랐다.

"나한테도 좀 알려 줄래?"

탐이 키프에게 말했다.

"소피 팬클럽 회장이 머리 모양에 왜 그렇게 공을 들이는지 묻고 있었어."

"친구, 내 머리 모양만 흉본 게 아닌데?"

칼라가 땅 위에서 소리를 들을 수 있다며 둘 다 조용히 하라고 했다. 그 뒤로 기다림은 끝날 기미가 보이지 않았다. 키프가 소피를 계속 보면서 털어놓으라고 압박하는 바람에 더욱 힘들었다. 소피는 눈을 감고 1초, 1초를 셌다.

822초가 지나자 피츠가 말했다.

"형이 간 지 한참 됐는데."

비아나가 속삭였다.

"무슨 일 생긴 건 아닐까? 내가 나가서 보고 올 수 있는데."

피츠가 비아나에게 말했다.

322

"헤어지면 안 돼. 가면 다 같이 가야 해. 몇 분만 더 기다려 보자."

233초가 지나자 위쪽에서 흙이 부스럭거리며 알바의 속삭임이 들려왔다.

"아무도 없어. 빨리 가자."

~ 67 ~

"이런, 생각했던 것보다 으스스한데?"

터널에서 나와 라바고그의 지하 구역으로 들어가면서 키프가 소곤거렸다.

도시는 조용하고, 근질근질한 느낌 같은 저주파의 우르릉거림이 계속 들려왔다. 어두운 돌담을 뒤덮은 녹색 이끼가 저 너머 거대한 동굴 속으로 역겨운 빛을 비추었다. 삐죽삐죽한 이빨처럼 바닥과 천정에서 튀어나온 거대한 석순과 종유석을 깎아 만든 건물들이 서 있고, 고여 있는 자욱한 안개가 썩은 입김처럼 소용돌이치고 있었다.

"오거들은 어디 있지?"

피츠가 바위에 박힌 어두운 창문을 훑어보며 소곤거렸다.

알바가 피츠 옆에서 말했다.

"우린 운이 좋았어. 여기가 도시의 작업장인데, 지금 낮잠 시간이야. 그래서 몇 분 기다렸다가 너희를 데려왔지. 오거들은 힘 빠져서 쓰러져 있고, 한 시간은 있어야 나올 거야."

덱스가 물었다.

"오거 낮잠 시간?"

알바가 말했다.

"이름처럼 편안한 건 아니야. 오거들은 노동자가 쓰러질 때까지 밀어붙이거든. 그런 다음 조금 쉬게 했다가 다시 일어서면 또 쓰러질 때까지 밀어붙이지. 노동자들은 한 번에 한 시간 이상 자지 못해. 완전히 소진되도록 일하지."

소피는 디미타르 왕의 마음을 읽으려 했을 때 그에게 처벌 권한이 맡겨졌으면 자기도 그런 운명이 되었으리라는 것을 깨닫고 몸서리쳤다. 치료제를 훔쳐 내지 못한다면 모든 노움도 이런 삶을 견뎌야 할 것이다.

알바가 말했다.

"후드 씨. 노동자들이 깨기 전에 강 건너편으로 가야 해."

탐은 그들을 그림자로 덮고 린이 안개를 더했다. 그런데 녹색 안개는 잘 통제되지 않는다는 것을 깨닫고 린은 놀랐다. 소피 일행은 빽빽이 붙어 다녀야 하는 바람에 나아가는 속도가 더욱 느려졌다. 도시는 거리도 보도도 없고, 건물들은 아무런 규칙이나 논리 없이 들쭉날쭉 늘어서 있었다. 알바가 안내하지 않았다면, 같은 곳을 빙빙 맴돌았을 것이다.

도시 자체가 혼란스러운 구조이기는 했지만, 소피는 일이 *너무 순조롭게* 흘러가는 게 걱정스러웠다. 어쨌거나 라바고그가 위험한 도시이며 보안이 철통같다는 소문을 들었는데, 지금까지 오거는 하나도 보이지 않았다. *모두가 잠이 들었다고?*

큰 다리에 이르렀을 때 소피의 의문은 풀렸다. 차가운 금속과 검은 돌로 이루어진 다리가 거대한 협곡을 가로지르며 뻗어 있었다. 다리를 따라 군데군데 뾰족한 아치가 있고, 아치 한가운데에는 불타는 녹색 구체가 떠 있었다. 피츠가 마음속에서 보여 준 광경과 똑같았다. 다만 눈앞의 현실에는 위험한 상황이 펼쳐져 있었다.

다리 양쪽에 울퉁불퉁한 얼굴의 오거 수십 명이 거대한 가시철사 검을 들고서 정교한 대열을 이루어 앞뒤로 행진하고 있었다.

소피가 물었다.

"다리에는 항상 저렇게 경비병이 많아요?"

알바가 속삭였다.

"아니. 누군가를 기다리는 것 같아."

소피가 말했다.

"우리군요. 우릴 기다리는 거예요."

현실이 파악되자 공기가 더 싸늘하게 느껴졌다.

피츠가 물었다.

"그럼 어떻게 건너가지?"

"아직 고민 중이야."

알바는 다리가 잘 보이는 종유석 뒤로 일행을 데려갔다.

소피가 탐에게 물었다.

"그림자를 얼마나 짙게 만들 수 있어?"

"저렇게 많은 경비병들을 속이고 지나갈 만큼은 아니야. 특히 이상한 저 녹색 불빛이 비칠 때는. 저들이 행진할 때 만들어 내는 형태를 잘 봐. 우리가 움직이는 속도로는 아홉 명 다 못 지나가."

"다리는 차라리 쉬워."

덱스가 맞은편을 가리키며 말했다.

멀리 보이는 도시의 나머지 절반은 산을 깎아 만든 것이었다. 암벽에서 튀어나온 시커먼 선반 바위에는 금속 차양을 댄 금속 기둥이 늘어서 있고, 수많은 돌계단이 선반 바위들을 그물처럼 연결하면서 산 아래로 떨어지는 폭포 주위를 감아 돌아갔다.

하지만 거기에 닿으려면 소피 일행의 그림자를 가려 줄 나무나 바위 하나 없는 텅 빈 먼지투성이 땅을 지나가야 했다.

알바가 제안했다.

"나 혼자 가도 돼."

비아나가 일깨워 주었다.

"어, 오빠만 명멸 능력자가 아니라고."

피츠가 물었다.

"그럼 우린 어떡하고? 여기 앉아서 잡히기만 기다리라고?"

린이 말했다.

"물을 건너갈 수도 있을 거야. 폭포에서 구름을 불러와 우리 그림자를 가릴 수 있고."

탐이 물었다.

"정말로 강을 움직일 수 있겠어? 저건 평범한 물이 아니야."

탐이 가파른 협곡의 아래쪽을 가리켰다. 녹색을 띤 강물이 번들거리며 흐르고 있었다.

알바가 설명했다.

"오거들은 효소를 첨가해. 그 덕분에 오거들은 강해지지만 다른 종에게는 분명 독성을 끼칠 거야. 그래서 물이 계곡으로 흘러 들어가기 전에 수문이 효소를 걸러 내지."

모두가 린을 바라보았다.

"물을 가르거나 들어 올릴 수는 없지만…… 방법이 있을지도 몰라. 좀 더 가까이 봐야겠어."

알바가 가파른 비탈을 내려가는 오솔길을 찾아냈다. 그들은 몇 번이나 넘어질 뻔하며 위태위태한 길을 내려가 다리의 그늘 안으로 숨었다.

린이 물가로 가자 탐이 장담했다.

"여기선 아무도 우릴 못 봐."

린은 손을 앞뒤로 흔들며 쉭쉭거리는 말을 속삭였다.

소피가 알바에게 말했다.

"건너갈 방법을 찾는다 치면 정확히 어디로 가죠?"

"아직 고민 중이야. 아머게이트나 삼각광장 둘 중에 하나여야 해. 아머게이트는 군사 대학이야. 산속 깊숙한 비밀 동굴에서 비밀 무기를 개발하고 있어."

"잠입하기 불가능하다는 말 같네요?"

레이저 광선과 망막 스캐너, 수많은 종류의 경보 장치가 등장하는 스파이 영화를 상상하며 소피가 말했다.

알바가 동의했다.

"그래. 삼각광장도 마찬가지야. 디미타르 왕이 궁중 회의를 여는 곳인데, 온 도시에서 가장 눈에 잘 띄는 곳이지. 최고의 전사들이 왕 옆에 붙어 있고."

소피는 깨달았다.

"그럼 덫을 놓기에 더 좋은 곳이겠군요."

디미타르 왕은 모두가 자신의 승리를 목격할 수 있도록 탁 트인 곳을 원할 것이다.

탐은 소피가 무슨 생각을 하는지 짐작하고 경고했다.

"내 그림자들은 가까이 있는 오거들은 속이지 못해."

소피는 고개를 끄덕이며 말했다.

"주의를 분산시키면 돼."

소피 마음속에 계획 하나가 솟아났다. 미쳤다고 할 만한 계획이라서 충분히 생각하기 전에는 털어놓을 수 없었다. 하지만 한 가지는 분명했다.

"삼각광장을 공략해야 할 것 같아요."

그때였다. 칼라가 땅에 귀를 대더니 눈물을 주륵 흘렸다.

소피는 칼라 곁으로 다가가 물었다.

"무슨 일이에요?"

몇 초가 흐르고, 칼라가 속삭였다.

"그것들이 느껴져요. 파나케 나무. 아직 여기 있어요."

~ 68 ~

소피는 기적의 나무들이 보고 싶어 강을 내려다보았다. 하지만 보이는 것은 어둡고 황량한 바위뿐이었다.

칼라가 속삭였다.

"나무 자체는 사라졌어요. 하지만 뿌리의 흔적이 남았어요. 노래하는 소리가 들려요. 그래도 이해 안 되는 게……."

칼라는 다시 땅에 귀를 대고는 눈을 감고 애절한 염원이 담긴 노랫가락을 흥얼거렸다.

"건널 방법을 찾았어요! 하지만 오래 버티진 못해요."

린이 힘주어 속삭이자 소피는 현실로 돌아왔다.

모두 강으로 달려갔다. 린은 물빛이 반짝이는 강물 위에 발을 올려놓았다.

강물이 단단하게 변하자 린이 말했다.

"정확히 내가 가는 대로 따라와요. 균형을 잃지 말고."

소피는 어설프지만 어떻게든 린의 물결 모양 발자국을 뒤따라 밟았다. 마치 트램펄린 위를 걷는 것 같았다. 키프가 그 뒤를 따르고, 비아나와 덱스, 피츠가 따라갔다. 탐은 칼라를 달래 땅에서 나오게 하고 그 뒤를 따랐다. 알바가 마지막으로 건넜다. 알바의 발이 강 건너편에 닿자마자 린은 무릎을 털썩 떨어뜨렸다. 피부가 강물처럼 녹색이 되었다.

린이 말했다.

"숨 쉴 시간이 필요해요."

알바가 말했다.

"잠깐 쉬자. 여기서부턴 더 까다로울 거야. 특히 플라야를 건너가기가 힘들지. 플라야는 오목한 진흙 들판이야. 비아나, 넌 계속 모습을 감추고 있어. 탐은 나머지를 최대한 가려 줘. 다들 후드 쓰세요. 말은 하지 말고. 목적지가 있는 것처럼 걸어야 해. 이곳 주민처럼 보여야 의심 받지 않아요. 그리고 숨겨 주는 게 사라지면 도망쳐. 각자 능력을 사용해서. 만일 잡히면 여기서 빠져나가지 못해. 다들 알았지?"

알바는 모두가 고개를 끄덕일 때까지 기다렸다.

"아, 그리고."

알바가 마크체인을 소피에게 돌려주며 말했다.

"일행 한가운데 있어야 냄새가 가장 고르게 퍼져."

소피가 그것을 목에 걸자 알바는 모두에게 따라오라고 속삭이고
는 사라졌다. 협곡에서 나가는 길은 좁고 가팔라서 꼭대기에 이르렀
을 때는 다들 숨이 찼다. 그 가운데서 린이 가장 심하게 숨을 몰아
쉬었다.

"정말 해낼 수 있겠니?"

린이 하늘을 향해 팔을 벌리자 탐이 물었다.

"폭포 물은 오염되지 않았어."

린은 눈을 감고 눈썹을 모았다. 폭포에서 피어오른 안개가 두 개
의 잿빛 구름이 되어 해를 가리고 플라야 전체에 그림자를 드리웠
다. .

린이 쓰러지자 탐이 붙잡으며 말했다.

"무리하지 마."

"내 한계는 내가 잘 알아."

린은 자신있게 말했지만 숨을 거칠게 내쉬었다. 린은 일어서려다
가 다시 쓰러졌다.

알바가 말했다.

"계속 가야 해. 오거들은 구름을 수상쩍게 여길 수 있어."

피츠가 탐에게 말했다.

"내가 린을 데리고 갈게. 넌 그림자에 집중해."

탐은 마지못해 여동생을 넘겨줬고, 알바와 비아나는 다시 사라지
고 모두 플라야로 향했다. 그들은 먼지를 일으키지 않도록 조심스럽

게 천천히 걸었다. 계속 산을 보며 가다 보니 어느덧 도시가 좀 더 뚜렷이 보였다.

꼭대기에 녹색 불덩이가 타오르는 금속 기둥이 도시를 관통하는 길들을 비추고 있었다. 그 길은 하나같이 지그재그로 나 있고 좁고 위험했다. 꼭대기까지 빨리 올라가는 길도 없고, 도시의 번잡한 지역을 피해 갈 방법도 없었다.

"저게 삼각광장이야."

알바가 팔만 조금 드러내 산 한가운데를 가리키며 속삭였다. 유난히 많이 튀어나온 선반 바위 하나가 두 개의 넓은 폭포 사이의 뾰족한 지점까지 뻗어 있었다.

멀어서 보이지 않지만 거기에 왕좌나 경비병이 있다는 것도 알 수 있었다.

알바가 물었다.

"정말 하고 싶니?"

소피는 분노를 삼키며 고개를 끄덕였다.

눈에 띄지 않고 치료제를 얻을 방법은 없었다. 디미타르 왕도 그점을 알 것이다. 그러니 속임수를 써서 왕의 예상을 완전히 뒤집는다면 필요한 것을 얻고 살아서 탈출할 수 있을 것이다. 잘만 된다면.

알바가 숨을 내쉬며 말했다.

"좋아. 이제 시내로 들어가자."

알바는 그들을 데리고 산 너머 계단으로 가서는, 라바고그의 가장 낮은 층으로 올라갔다. 계단 꼭대기에 이르자 알바는 멈춰 서더니 모두 암벽에 등을 대고 바짝 붙으라고 했다. 소피는 지금 숨어 있는 건지 잠시 쉬는 건지 알 수 없었다.

이곳은 폭스파이어 유리 피라미드의 맨 아래층만 한 면적인데 고약한 냄새를 풍기는 점포들이 들어차 있었다. 가게 주인들은 호객을 하고 오거들은 흥정하며 물물교환을 하는데, 오거의 언어는 직설적이고 딱 부러지는 어조로 들렸다.

소피는 여자 오거를 처음 보았다. 여자 오거들은 사마귀 투성이 피부를 거의 다 드러낸 채 가죽 대롱 같은 것만 입었는데, 하나는 가슴에 두르고 하나는 엉덩이에 둘렀다. 푸석푸석한 흰 머리카락은 울퉁불퉁한 이마 한 군데에서 야생 깃털처럼 튀어나오고, 눈에는 이상하게 우윳빛이 감돌았다. 바람개비 비슷한 금속 장난감을 가지고 노는 아이들도 있었다. 아이들은 시장을 들쑤시며 서로 쫓아다니고, 엄마 다리 주위에서 술래잡기했다. 그 장면은 조마조마하면서도 믿을 수 없이 평범했다. 일상을 살아가는 가족들이었다. 백성들은 왕이 얼마나 끔찍한 협박을 해댔는지 알기나 할까 궁금했다.

피츠가 안고 있던 린을 내려놓자 린이 안개를 불러 모아 탑의 그림자들을 더욱 짙게 만들었다. 소피 일행은 살금살금 군중 속으로 들어갔다. 달팽이처럼 느린 속도로 나아가면서 탐은 일행의 움직임에 따라 그림자들을 조정하고, 알바는 끊임없이 움직이는 오거들을 지나칠 최선의 경로를 선택했다. 시장 끝에 도착해 또 다른 계단을

오르기 시작했을 때 소피의 몸은 땀으로 젖었다. 하지만 그들은 해냈다. 한 가지를 해냈고 아직 **많은** 것이 남아 있었다.

두 번째 층은 더 좁은데 다행히 오거들이 없었다. 하지만 산으로 향하는 빗장 걸린 거대한 문들 뒤에는 오거들이 많이 있을 게 틀림없었다. 소피 일행은 전속력으로 달려 또 다른 계단에 이르렀다. 이 계단에는 디딤판 하나마다 조각들이 들쭉날쭉 새겨져 있었다.

계단을 올라가며 소피는 자신의 미친 계획을 알릴 때라고 결정했다. 소피는 탐과 린이 뭐라고 할지 몰라서 그 애들에게 가장 먼저 송신했다. 당연히 탐은 그림자를 보내 소피에게 제정신이 아니라고 속삭였다. 하지만 쌍둥이 둘 다 필요한 게 있으면 돕겠다고 약속했다.

족쇄를 차고 망치질을 하는 오거들이 가득한 층을 가로지르면서 이제는 피츠에게 계획을 송신했다. 피츠는 질문이 많을 줄 알았는데, 이런 답신이 왔다.

네 생각이 그렇다면 널 믿을게.

비아나는 설득하기 쉬웠고, 덱스도 마찬가지였다. 그렇다면 이제 키프에게 물어야 할 때였다. 소피가 키프에게 원하는 역할은 그 누구도 한 적 없는 위험한 일이었다. 그러나 그 일을 해낼 수 있는 이는 키프밖에 없었다.

소피의 목소리가 머릿속에서 들리자마자 키프는 말했다.

언제 날 끼워 주나 했지.

아, 당연히 선배도 들어가야죠. 가장 중요한 역할이에요. 하지만

감당하기 힘들면……:

키프가 말을 잘랐다.

감당할 수 있어. 명령만 해, 포스터. 나도 할게.

생각보다 호응이 좋았다. 사실…… 거의 신이 난 것 같았다.

이건 게임 아니에요.

알아. 하지만 몇 주 내내 하고 싶었던 일이야. 날 믿어, 포스터.

소피도 약속했다.

믿어요. 믿지 않았다면 말도 안 꺼냈을 거예요.

그다음에는 칼라에게 계획을 송신했고, 그 작은 노움은 고개를 끄덕였다. 이제 계획을 **행동으로 옮기려면** 한 명만 더 설득하면 되었다.

소피는 다음 층에 도착할 때까지 참았다. 그곳에는 빗장을 건 문들이 죽 있고, 다행히 오거들은 없었다.

소피가 송신했다.

내 마음을 당신 생각에 열어도 돼요?

알바가 소피 옆에 나타나 속삭였다.

"난 머릿속에 남이 들어오는 걸 안 좋아해. 텔레파시 능력자 아버지 밑에서 자란 탓이지."

소피는 한 걸음 물러나며 말했다.

"좋아요. 그냥 계획을 말해 주고 싶었어요."

"치료제를 들고 도망가는 게 계획 아냐?"

"그런 것도 포함되겠죠. 주의를 돌리도록 소동도 일으키고……"

알바가 말을 잘랐다.

"*좋지 않은* 생각이야."

"위험한 건 알지만, 디미타르 왕의 정신을 빼놓을 게 필요해요. 그래야 피츠와 내가 왕의 마음을 조사할 기회가 생겨요."

"*뭐?*"

알바의 속삭임은 너무 커서 비명처럼 들렸다.

"정신 나갔어?"

"시도해 봐야죠. 네버씬의 계획은 상상을 뛰어넘을지도 몰라요. 이번 기회에 그걸 알아내야죠."

알바는 고개를 세차게 흔들었다.

"너흰 너무 많은 것을 바꾸고 있어."

피츠가 속삭였다.

"그렇지 않아. 우린 무슨 기회든 붙잡으려고 할 뿐이야."

탐이 끼어들었다.

"이봐요들, 우린 *라바고그* 한복판에 있어요. 이렇게 옥신각신하다가는 다 죽을 거예요."

알바는 나직하게 욕설을 내뱉더니 말했다.

"좋아. 계속 가. 나한테 계획을 송신하면 그대로 따를게."

소피는 친구들을 흘끗 보았다. 다들 그 말을 미심쩍게 여기는 것 같았다. 소피의 계획을 이루려면 알바는 지금보다 훨씬 더 헌신적으로 나와야 했다.

다음 층으로 올라가면서 소피는 마지막으로 계획을 수정했다. 원래는 알바에게 키프의 역할을 나누어 시키려 했는데 그런 책임을 믿고 맡길 만큼 알바를 잘 알지 못했다.

소피는 변경한 사항을 키프에게 송신하고 알바에게 말했다.

계속 안 보이게만 있으면 돼요. 도망칠 때가 되면 다시 터널로 우릴 안내해 주고요. 문제 생기면 꼭 알려 줘요.

알바는 대답이 없었다.

두 층을 더 올라갔는데, 한 층은 오거들로 붐비고 한 층은 거의 비어 있었다. 그다음에 폭포 옆 계단에 도착했다.

알바가 속삭였다.

"다음 층이 삼각광장이야. 정신 차릴 마지막 기회야."

키프가 떨리는 목소리로 말했다.

"할 거야."

키프는 엑실리움의 치유 텐트에서 봤던 그 소년처럼 보였다. 지금 소피에게 필요한 것은 바로 그 소년이었다.

소피는 친구들을 돌아보았고, 친구들은 준비되었다는 신호를 보냈다.

알바가 숨을 내쉬었다.

"아무도 죽지 않기만 바라자."

소피는 동요하지 않았고, 그 순간 린이 짙은 안개로 그들을 뒤덮었다. 알바가 앞장서고 소피가 뒤따랐다. 따라서 소피가 가장 먼저 삼각광장을 보게 되었다.

그 층에는 난간이 없었다. 절벽 끝 같은 가장자리에 검은 금속 기둥들이 금속 차양을 이고 늘어서 있을 뿐이었다. 세모꼴 공간의 안쪽 끝에는 금속을 꼬아 만든 가시 돋친 왕좌가 전체 왕국을 내려다보고 있었다. 그 한복판에 디미타르 왕이 여전히 금속 기저귀만 착용한 채 위풍당당하게 앉아 있었다.

왕의 양쪽에는 열두 명의 오거 경비원이 정렬해 있는데, 한 손으로도 곰과 싸울 수 있을 만큼 죄다 덩치가 컸다. 왕의 발치에 둥근 자물쇠 하나가 달린 작은 금속 상자가 미끼처럼 놓여 있었다. 치료제가 분명했다.

돌아가기에는 아직 늦지 않았다. 라바고그를 무사히 빠져나갈 수도 있었다. 하지만 그 상자가 필요했고, 그보다 더 절실히 필요한 것은 진실이었다.

소피는 차분하게 숨을 들이마시고 친구들에게 신호를 보냈다.

덱스가 칼라를 안아 올렸고, 키프를 제외한 모두가 손을 꼭 잡자 탐이 그림자를 더 많이 불러왔다. 그들은 위로 떠올라 나직한 쿵 소리가 폭포 소리에 묻히기를 바라며 금속 차양에 내려섰다.

키프는 그들 모두가 안전하게 시야에서 사라질 때까지 기다렸다.

그런 다음 후드를 젖히고 숨어 있던 그늘에서 나오며 외쳤다.

"왕을 알현할 것을 요구합니다!"

~ 69 ~

엘프 세계에는 아카데미상이 없지만, 만약 있다면 키프는 필사적인 도망자 연기로 최우수상을 받았을 것이다.

디미타르 왕의 경비병들이 몰려들자 키프는 잔뜩 겁먹고 순진한 표정을 지었다.

"전 무기 없어요. 의회 때문에 온 것도 아니고요. 사실 몇 주 전에 추방당했어요."

디미타르 왕이 명령했다.

"놈을 데려와라."

경비병들이 키프를 앞으로 끌고 나갔고, 덩치가 가장 큰 경호원이 두툼한 손으로 키프의 두 손을 등 뒤로 결박했다.

디미타르 왕이 뾰족한 이빨을 쑤시며 물었다.

"내 도시에 무단 침입한 자들은 어떻게 되는지 아는가?"

키프는 고개를 숙여 절했다.

"침입자들은 대개 왕께 해를 끼치러 오겠죠. 전 그냥 답을 찾으려고 왔습니다."

"그럼 이걸 가지러 온 게 아니라고?"

디미타르 왕은 긴 발톱이 난 발로 상자를 쓱 끌었다.

키프가 말했다.

"뭐가 들었는지는 모릅니다만 저랑은 아무 상관이 없습니다."

디미타르 왕이 고갯짓을 하자 경비병이 키프의 목덜미를 잡고 들어 올렸다.

"계속 숨을 쉬고 싶으면 어떻게 내 도시로 들어왔는지 말하라."

키프가 캑캑거리며 말했다.

"목이 졸리니까 말하기가 힘들잖아요."

"숨 쉬게 해 줘라."

경비원이 조금 느슨하게 손아귀를 풀자 키프는 헉헉거리며 숨을 들이마셨다.

디미타르 왕이 다시 물었다.

"여기까지 어떻게 들어왔지?"

키프가 쌕쌕거리며 말했다.

"옛날 드워프 터널이요. 강가에 있는. 기어서 지나오는데 무너지더라고요."

소피는 키프가 뛰어난 거짓말쟁이인 줄은 알았지만 그의 재능을

343

완전히 인정한 적은 없었다. 키프는 이야기가 먹힐 만큼만 진실을 섞어서 오거들을 실제 터널에서 멀리 떨어진 곳으로 보냈다.

"놈을 내려놔라."

디미타르 왕의 말에 경비병은 키프를 쓰레기처럼 툭 떨어뜨렸다.

키프는 무릎이 바닥에 닿은 채 불쌍하게 콜록거렸다. 고통스러운 기침 소리가 들릴 때마다 소피는 가슴이 찢어지는 듯했다.

피츠가 송신했다.

키프는 괜찮을 거야. 동정심을 얻으려고 과장하는지도 몰라.

그것이 키프의 계획이었다면 효과는 없었다.

왕이 왕좌에서 펄쩍 뛰어 내려오며 말했다.

"엘프들은 약골이라니까. 너희의 자산은 머리뿐이지. 내가 엄지손가락만 까딱해도 네 두개골을 부술 수 있어."

키프가 덜덜 떨면서 일어섰다.

"아마 그렇겠죠. 하지만 그러고 싶진 않겠죠."

"아, 그러고 싶을 것 같은데."

디미타르 왕이 두툼한 손으로 키프의 머리를 감싸며 말했다.

키프는 몸부림치지 않았다. 말하는 소리도 차분했다.

"그럼 제가 무슨 말을 하러 왔는지 왕께서는 절대 모르시겠죠."

디미타르 왕은 몸을 기울여 키프의 목덜미에 코를 대고 킁킁 냄새를 맡았다.

"네가 반란 세력이 아니란 걸 알아."

왕의 발톱이 키프의 검은 망토를 갈가리 찢자 녹색 짧은 망토, 갈색 조끼, 검은 셔츠가 나타났다……

"재미있군."

디미타르 왕이 검은색 네버씬 완장을 발톱으로 쓸어 보며 말했다.

"그자들은 자기들만 이런 세세한 걸 안다던데. 게다가 넌 아주 낯이 익어."

키프가 말했다.

"가족이라 닮았나 보죠. 그래서 이것도 알고요."

키프는 네버씬 완장을 꼭 집어 보이고는 망토로 덮었다.

"제 어머니는 레이디 지셀라예요."

왕은 눈 하나 깜짝하지 않았다.

키프가 말했다.

"좋아요. 몇 주 전에 왕께서 고문하고 산으로 끌고 간 엘프라면 생각나겠죠."

"아, 그 여자. 실망이군."

디미타르 왕이 너무 유쾌한 어조로 말해서 소피는 구역질이 났다.

탐이 소피의 귀에 대고 그림자 속삭임으로 말했다.

"이건 잘 안 먹히겠는데?"

판단하기엔 아직 일러.

소피는 자신이 맞기를 바라며 송신했다.

디미타르 왕이 키프 주위를 맴돌며 이리저리 뜯어보는데도 키프는 흔들림 없이 침착했다. 소피는 어떻게 그럴 수 있는지 감탄했다.

키프가 나직이 말했다.

"제발, 왕이시여. 어머니가 아직 살아 있는지 알아보러 왔습니다."

디미타르 왕은 갈고리 같은 손톱으로 키프의 턱을 쳐들었다.

"넌 그랬겠지. 문제는, 내가 왜 너한테 말해 줘야 하지?"

"알리콘에 대한 비밀을 알려 드릴 수 있으니까요."

소피는 주먹을 깨물었다. 소피가 하라고 시킨 말이었지만, 이렇게
까지 해야 하는 것이 싫었다.

디미타르 왕이 가치 있게 여길 만한 비밀 하나를 키프가 내놓아야
한다고 생각했다. 하지만 엘프 세계를 무너뜨릴 만한 비밀은 안 되었
다. 그래서 오랫동안 비밀에 부치기에는 한계가 있는 것으로 골랐다.

"날개 달린 말 한 쌍에 내가 왜 관심이 있다고 생각하나?"

디미타르 왕의 물음에 키프가 대답했다.

"의회가 알리콘들을 보호하기 위해서라면 뭐든지 하는 걸 아시니
까요. 의회는 저것보다는 알리콘들에 훨씬 더 많이 신경 쓰거든요."

키프는 상자를 가리켰다.

"의회는 적어도 몇 군데 노움 거주민은 살릴 수 있어요. 하지만 왕
께서 알리콘들을 데려가면 두 손 들지요."

이제 디미타르 왕은 키프의 말에 솔깃한 표정을 지었고, 소피는 키
프가 시간을 충분히 끌어 주기를 바랐다.

준비됐어요?

소피는 살그머니 피츠의 마음으로 들어가 송신했다.

피츠가 답했다.

이게 성공할까?

성공해야 해요. 왕이 알아차리면 우린 다 죽어요.

소피와 피츠는 그런 희망을 품고 눈을 마주 보며 디미타르 왕을
향해 의식을 뻗었다.

소피가 피츠에게 경고했다.

폭신할 거예요. 숨 막힐 정도로.

우린 할 수 있어. 그동안 이걸 위해 훈련해 왔잖아.

둘은 함께 디미타르 왕의 마음속으로 밀고 들어가 깃털들의 바다
로 떨어졌다. 끝없이 곤두박질할 것 같더니 어느덧 민들레 솜털로 채
운 베개에 떨어져 그 솜털 속에 숨이 막혔다.

소피는 오거의 잔인하고 살기등등한 마음이 왜 거대한 마시멜로
처럼 느껴지는지 언젠가는 꼭 알아내고 싶었다. 하지만 그 순간만큼
은 살아남고 싶은 생각밖에 없었다.

피츠의 의식은 소피의 의식에 가까이 있고, 둘은 에너지를 모아 디
미타르 왕이 자신들을 발견할 것에 대비했다.

30초가 지났다. 그리고 나서 꼬박 1분이 지났다.

1분이 더 지나자 소피는 안전하다고 결론을 내렸다.

들킬 염려가 있어서 서로 송신할 수는 없었지만 피츠는 소피가 이
끄는 대로 따라올 것이다. 소피는 피츠의 감정 중심에 있는 프랙털을

상상했고, 시도하지 않아도 의식의 일부는 그곳에 떠다녔다. 나머지 의식은 숨 막히게 후텁지근한 솜사탕 속으로 깊이 파고 들어갔다.

부드러움이 점점 더 팽창하는 것 같아 막막했지만, 피츠는 솟구치는 자신감으로 그것을 물리쳤다. 피츠의 감정이 지쳐 잿빛으로 변하자 소피는 에너지를 쏟아 부어 기운을 북돋웠다. 둘은 함께 균형을 이루면서 밀고, 밀고, 밀고 나가 마침내 디미타르 왕의 마음을 가린 마지막 장막을 확 잡아당겼다.

그 너머에는 어둠이 도사리고 있었다. 먹물 같은 독의 웅덩이가 소피를 익사시키려고 기다리고 있었다.

소피가 혼자 기억들의 늪에 풍덩 빠지자 피츠가 또 다시 에너지를 보냈다. 예전에는 진창같이 질벅질벅했는데, 이번에는 끓어오르는 타르 구덩이였고 거품이 터질 때마다 역겨운 기억이 떠올랐다.

소피는 악을 목격할 줄 알았다. 하지만 그 수렁에서 알아낸 참담한 진실은 전혀 예상치 못한 것이었다.

찾았어?

소피가 둘의 마음을 끌어당겨 그 으스스한 녹색 불빛의 라바고그로 돌아오자 피츠가 물었다.

소피는 사실을 말하고 싶지 않았다. 피츠에게 고통을 주기 싫었다. 하지만 그들은 한 팀이었다. 피츠도 진실을 알아야 했다. 그래서 얼마 남지 않은 용기를 끌어 모아 송신했다.

치료제는 거짓말이었어요.

~ 70 ~

그럼 디미타르 왕의 상자가 가짜란 말이야?

피츠가 송신했다.

그렇죠.

눈물이 뺨을 타고 흘렀다. 단순히 상자에 치료제가 들어 있지 않은 정도가 아니었다.

모두 거짓말. 치료제는 없어요. 이터널리아에서 노움들에게 준 것도 가짜였어요.

그보다 더 나쁜 진실도 남아 있었다. 하지만 피츠를 더 낙심하게 만들기 전에 탐의 그림자 목소리가 귓가에 속삭였다.

"너희가 필요한 거 얻은 거 맞지? 너희가 보낸 저 아이는 더는 못 버틸 거야. 비아나는 이미 상자를 가지러 내려가고 있어."

아래를 보니 이번에는 디미타르 왕이 직접 키프의 목을 조르고 있었다. 소피는 비아나 쪽 상황이 더 무서운지 키프 쪽 상황이 더 무서운지 종잡을 수 없었다.

왕이 고함쳤다.

"그래, 거기서 널 봤어! 내 마음속에 침입하고도 무사할 줄 알았던 그 바보 같은 여자애랑 함께 있었지. 그 애도 여기 있나?"

불행히도 하필 그 순간에 비아나는 은색 상자를 훔치기로 했다.

상자가 움직이는 순간 디미타르 왕은 키프를 내동댕이치고 쏜살같이 달려가 비아나를 낚아채 비아나가 모습을 드러낼 때까지 흔들어 댔다.

"한 놈 더 잡았다!"

왕이 고함치자 덱스가 *"비상 계획 실시!"* 하고 외치며 큐브 장치를 왕의 발치에 던졌다.

큐브가 폭발하자 디미타르 왕은 뒤로 흠칫 물러났고, 자욱한 연기에 가려 비아나가 달아났는지 어떤지 보이지 않았다. 더 많은 큐브, 연기 폭탄, 악취 폭탄, 음향 폭탄이 날아갔고, 소피와 친구들은 공중 부양해서 내려가 싸움 속으로 뛰어들었다.

피츠는 안고 있던 칼라를 내려놓고 비아나를 부르며 연기 속으로 돌진했다.

"여기!"

키프가 소리치며 피츠와 비아나를 잡으려는 오거에게 서커 펀치를 날렸다. 그 공격에도 오거는 신음 하나 내지 않았지만 키프는 계속 싸웠다.

"피해!"

린이 외쳤고, 키프와 비아나가 재빨리 엎드리자 물줄기가 소방 호스처럼 오거에게 쏟아졌다.

오거는 균형을 잃고 절벽 아래로 떨어졌다.

린이 비명을 지르자 소피가 말했다.

"걱정 마. 오거는 추락하면서 위상을 바꿀 수 있어. 죽지 않아."

"떠날 시간이야!"

오거들이 쫓아오는 가운데 탐이 달려오며 외쳤다. 탐은 여동생의 손을 잡고 광장에서 벗어나 전속력으로 달렸다.

피츠와 비아나도 칼라를 함께 안고 따라갔다.

"빨리 와, 포스터."

키프가 소피를 광장 가장자리로 끌어당겼다.

"덱스는?"

"바로 뒤에 있어!"

덱스가 개조된 옵스큐어러를 던지자 주위가 온통 뿌옇게 변했다.

키프가 소피를 꼭 붙들며 말했다.

"다음번에는 앞이 안 보인다고 미리 알려 줘. 아무것도 안 보이는데 절벽에서 뛰어내리는 건 최고지."

소피가 키프를 앞으로 끌어당기며 말했다.

"난 보여요. 지금 뛰어내려요. 지금!"

둘은 함께 뛰어내렸고, 그 소름 돋는 순간에 소피는 공중 부양을 할 만큼 집중하기 힘들었다. 제대로 기술을 발휘할 때까지 키프가 소피를 잡고 버텼다. 소피는 다리가 후들거렸지만 엑실리움에서 익힌 훈련을 떠올렸고, 산에 부딪히지 않도록 거리를 두며 내려갔다. 라바고그의 역장을 뚫고 순간 이동을 할 수 있다면 좋을 텐데. 대신 그들은 터널로 돌아가야 했다.

소피가 키프의 목에 생긴 멍 자국을 보며 물었다.

"괜찮아요?"

"아무렇지 않아. *저기서* 살아남는다고 치면."

키프가 가리키는 쪽을 보니 중무장한 오거 수십 명이 아래쪽으로 위상 이동을 해서 흙먼지 이는 땅에 서 있었다. 더 많은 오거들이 다리 위로 떼 지어 모여드는데, 커다란 덩치치고는 움직임이 놀랄 만큼 재빨랐다. 오거들은 검을 휘두르고 으르렁거리며 소피 일행이 땅으로 내려오기를 기다렸다.

키프가 말했다.

"야, 덱스, 네가 만든 폭탄 중 몇 개는 남았지? 피츠와 비아나가 칼라를 얼마나 더 데리고 다닐 수 있을지 모르겠거든."

덱스는 폭발물 두 개를 더 던졌는데, 팔의 힘을 키운 것이 틀림없었다. 그 폭탄들이 다리 반대편까지 날아간 것이다. 소피는 괜히 던졌다고 걱정했다. 그런데 첫 폭발로 다리의 첫 번째 아치 근처에 큰 구멍이 생기고, 두 번째 폭발로 오거들은 귀청이 떨어질 듯한 비명을 지르며 뿔뿔이 흩어졌다.

덕분에 다리에서 밀려드는 지원군은 막았다. 하지만 여전히 감당하기 힘들 만큼 오거들이 많았다. 게다가 덱스의 말은 작은 승리에 찬물을 뿌렸다.

"이제 다 썼어."

"그럼 내 차례야!"

린이 외치더니 공중에서 휙 돌아 산을 향해 팔을 뻗었다. 폭포에서 제트 기류가 뿜어져 나와 쏟아지자 오거들이 물살에 휩쓸려 협곡 가장자리로 떠밀려 갔다.

소피가 기뻐할 겨를도 없이 피츠, 비아나, 칼라는 부서지는 파도에 쓰러졌다.

"린!"

탐이 소리치자 린은 다시 팔을 휘둘러 거대한 해일을 일으켜 물을 산 쪽으로 돌려보냈다.

피츠와 비아나와 칼라는 진흙 바닥으로 철퍼덕 떨어졌고 콜록거리며 물을 토했다.

키프, 덱스, 소피는 서로 가까이 착지했는데, 진흙 속에 무릎까지 빠졌다. 탐은 린을 친구들 옆에 내려놓았다.

키프와 덱스가 감탄을 토했다. 린의 능력은 감탄할 만했다. 어쨌거나 린은 그 해일을 움직이지 못하게 붙잡아서 도시 쪽 산과 소피 일행 사이에 벽을 세워 놓았다.

협곡 건너편의 오거들은 두려움과 분노에 휩싸인 채 눈이 휘둥그
레져서 파도를 바라보면서도 동료들처럼 물에 휩쓸려 갈까 봐 다리
를 건널 엄두를 내지 못했다.

"둘이 괜찮아?"

소피는 휘청거리며 진흙탕을 지나가 피츠와 비아나가 일어서도록
부축했다.

"괜찮은 것 같아."

비아나는 흠뻑 젖은 네버씬 망토를 벗어 던졌다. 그 안에 입은 옷
들은 망토보다는 진흙투성이가 아니었다. 피츠와 칼라도 비아나를
따라 망토를 벗었다. 소피도 그렇게 했다. 덱스는 벗은 망토를 걷어
차며 질척한 들판을 가로질러 왔다.

그때 비아나가 물었다.

"알바 오빠 어디 있지?"

잠시 침묵이 흘렀다. 곧이어 다들 미친 듯이 알바를 부르며 찾으
러 흩어졌다.

걱정해서 미칠 것 같은 비아나에게 소피가 알바의 생각을 추적해
서 찾아내겠다고 달래고 있는데, 뒤에서 낮고 굵은 웃음소리가 들려
왔다. 모두 휙 돌아보았다.

"놀라게 하려던 건 아니야."

비아나가 오빠를 격하게 얼싸안을 때 알바가 말했다.

"칼라가 알아보지 못하게 속일 방법을 찾았는지 알아보고 싶었어.

근데 성공한 거 같아."

"형, 지금은 그럴 때가 *아니잖아.*"

피츠의 말에 키프마저 고개를 끄덕였다.

"아, 모두 진정해. 이것도 갖고 왔어!"

알바가 진흙 무더기를 걷어차자 은색 상자가 나타났다.

뿌듯한 표정의 알바를 보니 소피는 그 상자가 쓸모없다고 차마 말하지 못했다. 게다가 상자 안에 무엇이 *있는지*도 알고 있었다. 절대로 오거들의 손에 들어가서는 안 된다고 생각한 것이 아니었다.

부들부들 떠는 린을 가리키며 탐이 외쳤다.

"이봐, 내 여동생이 *해일*이 넘어오는 걸 막고 있는 거 잊었어? 오래 못 버티니까 해일이 덮치기 전에 빠져나가야 해."

협곡 반대편을 보니 오거 수백 명이 초조하게 서성거리고 있었다.

소피가 말했다.

"그 터널로는 못 돌아가겠어."

알바가 물었다.

"이런, 그래? 하지만 넌 다 계획이 있잖아. 분명 좋은 방법을 찾아낼 거야."

소피가 말했다.

"해일이 덮치게 두면 어떨까요? 오거들을 다 휩쓸어 가라고."

린이 팽팽한 목소리로 말했다.

"협곡 폭이 너무 넓어. 다리만 휩쓸려 갈 거야."

알바가 말했다.

"그럼 우린 *진짜로* 오도 가도 못해."

"그럴까요?"

소피는 이렇게 묻고는 덱스를 돌아보았다.

"기술 능력자로서 네가 볼 땐 어때? 우리가 그걸 견뎌 낼 수 있을까?"

비아나가 물었다.

"뭘 견뎌?"

덱스는 알고 있었다. 덱스의 눈이 커지는 것을 보니 머릿속에서 문제가 풀리고 있는 것 같았다.

덱스가 천천히 고개를 끄덕였다.

"응…… 분명 견뎌 낼 거야. 이 강이 어디서 끝나느냐에 따라 다르지만."

탐이 말했다.

"이 강은 와일드우드에서 우리가 살던 곳에 있는 그 강이야."

소피가 린에게 물었다.

"그럼 홍수가 나면 성문도 부서질까?"

땀이 비처럼 쏟아지는 린이 고개를 끄덕였다.

소피는 친구들을 돌아보았다.

"다들 어떻게 생각해요? 린은 오래 못 버텨요."

키프가 말했다.

"내가 정확히 말해 볼게. 우리가 다리 *위에* 있을 때 해일을 풀어 다리를 부수고, 부서진 다리 조각들이 정문을 부수면 우리는 뗏목처럼 그걸 타고 라바고그를 빠져나간다, 이거지?"

소피가 말했다.

"맞아요. 다른 방법은 모르겠어요. 어때요?"

모두 피에 굶주린 오거들을 바라보았다.

소피는 린에게 말했다.

"다시 한번 도시를 침수시켜 줘. 하는 김에 몽땅 쓸어 버리자."

"내가 도와줄까?"

린을 데리고 다리 쪽으로 가는 탐에게 소피가 물었다.

"내가 할게."

하지만 탐이 균형을 잃을 때마다 린의 집중력이 흔들려 파도가 더 높이 치솟았다.

소피가 린에게 말했다.

"잠깐만, 린. 넌 할 수 있어."

"그래, 할 수 있어. 우리가 준비될 때까지 홍수는 일어나지 않을 거야."

린이 이를 악물고 말했다.

소피 일행이 다리에 이르자 오거들은 미친 듯이 으르렁거렸다. 몇 몇은 피를 빨리 보고 싶은지 슬금슬금 다리의 첫 번째 아치까지 와서 아까 덱스가 만든 구덩이 근처를 맴돌고 있었다.

피츠가 말했다.

"여길 통과하는 동안 뭉쳐서 다니자. 아무도 혼자 떨어져선 안 돼."

키프가 소피의 팔짱을 끼고 비아나는 키프의 팔을 잡았다. 피츠는 계속 탐과 린과 함께 있으면서 린을 붙잡았다. 그사이 린은 다리 언저리에 매달려 해일에 눈을 고정했다. 덱스와 알바와 칼라는 둥근 원을 형성했는데, 두 소년이 각자 한 손으로는 칼라의 손을 잡고 다른 한 손으로는 은색 상자를 잡았다.

소피가 상자를 가리키며 말했다.

"저걸 챙기겠다고 위험까지 무릅쓰진 마요. 그럴 가치가 없어요."

"왜?"

알바가 물었다.

소피가 대답하기도 전에 탐이 소리쳤다.

"준비해! 린이 곧 물을 놓을 거야."

소피는 돌난간에 꼭 매달렸다.

린이 고통에 찬 외침을 내지르며 두 손을 내려 파도를 불렀다. 다리 위로 나와 있던 오거들은 황급히 물러났지만, 소피와 친구들은 그 자리에서 꼼짝 않고 다가오는 해일을 바라보았다.

덱스가 외쳤다.

"해일이 뒤쪽에서 밀려와야 해. 안 그러면 협곡에 부딪힐 거야."

"지금 그러고 있어!"

린은 고함을 지르며 두 팔을 비틀어 거대한 파도를 최대한 휘어지게 했다.

현실 같지 않은 이 순간, 소피와 친구들은 입을 쩍 벌린 채 잡을 수 있는 것이라면 뭐든지 붙들었다. 다음 순간 해일이 덮쳤다.

다리는 충격으로 와지끈 두 동강 났고, 불타는 아치가 무너지면서 녹색 불꽃이 쏟아졌다. 덱스는 알바와 잡았던 손을 놓치고 칼라만 끌고 탐, 린, 피츠가 잡고 있는 다리 조각을 붙잡았다. 알바는 상자를 쥔 채 소피, 키프, 비아나가 붙어 있는 잔해 조각 위로 뛰어올랐는데, 그 순간 잔해의 한쪽이 떨어져 나가 강물에 떠내려갔다.

소피 일행이 붙들고 있는 잔해는 하얗게 부서지는 파도 속에 가라앉았다 떠올랐다 요동치며 물살을 따라 떠내려갔다. 어찌나 빠른지 주위 세상이 흐릿해 보일 정도였다.

키프는 잔파도에 휩쓸리지 않도록 소피의 팔을 잡고 끌어당겼다.

"어, 너무 겁먹진 마. 그래도…… *콰당* 부딪히면 어떻게 될까?"

키프가 턱 끝으로 가리키는 앞쪽을 보니 거대한 철문이 시시각각 다가오고 있었다. 린은 물살의 힘과 부서진 다리 잔해들 때문에 철문이 부서질 것으로 확신했을 것이다. 하지만 그렇다고 해서 그들이 충돌에서 살아남을 수 있다는 건 아니었다.

알바가 물었다.

"우리의 소피 포스터가 또다시 기발한 계획을 떠올려 우리를 구할 기회로군. 그렇지?"

하지만 소피는 아무 생각도 나지 않았다. 넷 모두의 머리를 합친 다고 해도 그들의 염력으로는 철문에 도달하기 전에 문을 열지 못할 것이다. 몰아치는 바람과 핏줄을 타고 벌떡이는 두려움 속에서 그들이 과연 안전하게 공중에 떠오를 수 있을지도 알 수 없었다.

피츠가 자기 뗏목에서 송신했다.

린이 강에 뛰어들라고 하네. 물속에 완충 작용을 만들어 줄 수 있대.

소피는 그 계획이 잘못될 경우가 여러 가지로 떠올랐지만 따질 처지가 아니었다.

"린이 물속에 뛰어들래요!"

소피는 소리치며 나머지 이들을 잔해 가장자리로 끌고 가 세찬 물속으로 뛰어들었다.

물은 얼음처럼 차가우면서도 화끈거리는 것이 칼로 베인 상처에 레몬즙을 쏟는 것 같았다. 찌르는 듯한 통증 때문에 소피는 엑실리움에서 배운 숨 참는 기술도 잊어버렸다. 물살에 휩쓸리면서 폐 속에 남아 있던 마지막 공기까지 빠져나가고, 거품이 수면 쪽으로 보글보글 올라가자 소피도 따라가며 미친 듯이 다리를 버둥거렸다. 폐는 비명을 지르고 시야가 흐려졌다. 이윽고 머리를 물 밖으로 내밀어 감사하게도 숨을 한 모금 들이마셨다.

키프 얼굴이 물밖으로 나오자 소피는 그에게 매달렸다. 키프는 소피를 꼭 붙잡으면서 린의 보호를 받으려면 물속으로 다시 들어가야 한다고 일깨워 주었다. 소피가 숨을 한껏 들이마시자마자 키프가 소피를 끌고 물속으로 잠수했다.

다리의 파편들이 사방에서 날아와 아픈데도 소피는 무시하고 힘겹게 헤엄쳤다. 엑실리움에서 숨 참기 신기록을 세웠다는 사실을 잊지 않으려고 애썼다. 몸을 천천히 움직이고 폐의 호흡과 심장 박동을 늦추기만 하면 되었다.

그 순간 뭔가 폭발하면서 물을 강타했고, 파편이 폭풍처럼 그들을 향해 날아오다가 가운데가 뚝 부러져 절반은 그들 머리 위로 떠가고, 나머지 절반은 발밑으로 흘러갔다. 소피는 린이 그 많은 것을 어떻게 한꺼번에 통제할 수 있는지 몰랐지만, 폭발 지역을 안전하게 통과하도록 보호해 준 것에 말없이 감사했다.

무섭게 넘실대는 물살 가운데서 다시 물 밖으로 고개를 내밀자 키프가 외쳤다.

"**살았다!** 알바와 비아나도 살았어! 뒤쪽에 있어."

"다른 친구들은 어때요?"

소피는 떠내려오는 잔해를 걷어차며 물었다.

"멀리까지는 안 보이지만 이제 철문이 열렸으니까 별 탈 없이 떠내려올 거야. 게다가 린도 같이 있잖아. 뗏목이 뒤집히지 않게 지켜 줄 거야."

소피가 말했다.

"맞아요. 선배도 그쪽으로 갈 것을."

"아니, 난 이쪽이 더 좋아."

키프는 소피를 확 끌어당겨 그 순간 날아오는 돌덩이를 피했다.

강물이 무섭도록 빠르게 흐르는 탓에 소피 일행은 세찬 물살에 이리 채이고 저리 채였다. 서로에게 꼭 매달려 있다가 어느덧 물살에 떠밀려 갈대밭에 닿았다.

소피는 얕은 물에서 철벅철벅 걸어 나와 그대로 풀밭에 쓰러지며 공기를 한껏 들이마셨다.

"해냈어."

키프가 소피 옆에 쓰러지며 말했다.

소피는 하늘을 쳐다보았다. 노을이 어찌나 붉은지 눈이 아플 지경이었다. 그래도 라바고그의 불쾌한 녹색 빛보다는 좋았다.

소피가 숨을 헐떡이며 말했다.

"다들 어디 있죠?"

키프가 말했다.

"조금 전에 다리 잔해를 붙들고 강가로 밀려오는 걸 봤어. 그러니까 이제 오고 있을 거야."

소피는 일어나서 찾아봐야 한다고 생각했지만 온몸이 으깬 감자가 된 느낌이었다. 키프의 어깨에 머리를 기댄 채 쌀쌀한 저녁 바람 속에서 몸을 따뜻하게 유지하는 것만이 최선이었다.

몇 분 뒤 알바가 비틀비틀 다가오며 말했다.

"어유, 너희 정말 귀엽다!"

소피가 서둘러 몸을 떼자 알바가 덧붙였다.

"미안, 포옹 시간을 방해할 생각은 없었어."

소피의 뺨이 노을보다 더 붉어졌다. 비아나도 그 자리에 있는 것을 알아차리고는 더 그랬다. 소피는 축축한 머리카락을 내려 얼굴을 가렸다.

"여기 추워서."

비아나도 동의했다.

"맞아."

비아나의 목소리는 왠지 자연스럽지 않았는데, 힘이 빠져서인지 아니면 다른 것 때문인지 알 수 없었다. 그래서 소피는 화제를 바꾸기로 했다.

"여긴 어딜까요?"

알바가 말했다.

"와일드우드 근처. 잘됐지. 거기쯤 도착하길 바랐거든."

소피가 물었다.

"정말이요? 왜요?"

알바는 그 모든 혼란 속에서도 챙겨 온 은색 상자를 들어 올렸다.

"이걸 가져오기 딱 좋을 만한 곳 같아서!"

알바의 미소가 너무나 밝아서 소피는 눈길을 내리며 사실을 털어놓았다.

"그거 치료제 아니에요. 오거들은 우릴 이용해 잃어버린 도시에 전염병을 퍼뜨릴 계획이었어요. 우리가 그걸 훔쳐서 잃어버린 도시로 가져가길 바란 거죠. 상자를 열면…… 펑! 전염병은 우리 탓이 되는 거죠."

알바는 상자가 잠겨 있는지 확인해 보았다.

"확실해?"

"디미타르 왕의 마음속에서 계획을 다 보았어요. 왕은 또 네버씬을 이용하고 나면 제거할 계획도 세우고 있어요."

알바가 물었다.

"왕은 *자기가* 네버씬을 이용하고 있다고 생각해?"

소피가 말했다.

"왕은 모두를 이용하고 있어요. 우리가 이 세계를 분열시켜 놓으면 자기가 산산조각 낼 작정이죠. 그 상자를 파괴해야 해요. 그런데 치료제가 없다는 말을 칼라에게 어떻게 해야 할지 모르겠어요."

"이미 알아요."

뒤에서 칼라가 말했다. 소피가 허겁지겁 일어나서 보니까 칼라와 탐, 린, 덱스, 피츠가 발을 질질 끌며 오고 있었다. 축하해야 할 순간이었다. 그들은 라바고그에 잠입했다. 그러고도 살아남아 또 싸울 수 있는 것이다! 하지만 참혹한 현실은 탐이 만들어 내는 것보다 훨씬 더 음울한 그림자를 드리우고 있었다.

소피가 나직이 말했다.

"치료제가 가짜인 걸 안다고요?"

칼라는 멀리 있는 와일드우드를 보며 고개를 끄덕였다.

"파나케 나무가 말해 줬어요. 드디어 난 그들의 노래를 이해했어요. 치료제는 나무껍질이 아니라 꽃에 있어요. 하지만 희망이 없진 않아요. 나중에 방법을 설명할게요. 지금 당장은 안전한 곳으로 가야 해요. 오거들이 쫓아올 거예요."

키프가 말했다.

"우리가 방금 라바고그를 파괴한 거 맞지? 그게 어떤 뜻일까? 우리가 전쟁을 일으킨 걸까?"

피츠가 말했다.

"우린 아무것도 일으키지 않았어. 모든 게 오거들이 놓은 함정이었지."

"디미타르 왕이 그런 걸 분별할 것 같진 않아."

키프가 중얼거렸다. 그러고는 소피를 보았다.

"우리 엄마에 대해서는 아무것도 알아내지 못했지?"

소피가 조용히 말했다.

"알아보려 했는데 디미타르 왕의 마음이 드라코스톰에 너무 꽂혀 있었어요."

"오거들은 늘 그게 문제야. 큰 그림은 못 보지."

어디선가 목소리가 날아왔다. 깜짝 놀랄 만큼 친숙한 목소리였다.

소피와 친구들은 허둥지둥 모였다. 뒤돌아보니 브랜트와 핀탄이 에버블레이즈 불덩이를 든 채 다가오고 있었다.

~ 72 ~

"이 대목에서 우리가 너희를 어떻게 찾았는지 물어봐야 하지 않을까?"

브랜트가 뒤에서 길을 막을 때 핀탄이 말했다. 소피 일행이 살짝만 움직여도 에버블레이즈가 더 활활 타는 것을 보니 도망치려고 했다가는 고통이 따라올 게 분명했다.

핀탄이 덧붙여 말했다.

"이게 처음부터 우리 계획이었다는 걸 너흰 자꾸 잊어버리는구나. 뭐…… 홍수는 계획에 없었지만. 그건 우리도 놀랐다. 그리고 브래큰데일과 메로우 습지를 감염시키려 했는데, 너희가 막았지. 하지만 나머지 계획은 시계처럼 정확하게 진행됐지."

비아나는 칼라를 불로부터 보호하려고 칼라의 앞을 막아섰다.

"어떻게 노옴들에게 이런 짓을 할 수 있죠? 잃어버린 도시를 위해 노움들이 그 모든 것을 했는데도요."

브랜트가 말했다.

"의회의 거짓말을 폭로하기 위해서지. 의회가 얼마나 많은 것을 숨기고 있는지, 자기 동족을 얼마나 제대로 보호하지 못하는지 이제 모르는 이가 없지."

소피가 물었다.

"그래서 얻는 게 뭐죠? 당신들이 한 짓은 엘프들을 겁주는 것뿐이에요."

핀탄이 동의했다.

"사실이지, 포스터 양. 두려움은 세상에서 가장 큰 원동력이거든. 너희도 두려움의 결과로 오늘 얼마나 강력한 힘을 발휘했는지 봐라."

핀탄이 모두를 훑어보더니 키프를 보고 덧붙였다.

"그게 네 엄마의 실수였어. 두려움에 굴복했고, 그 때문에 모든 걸 잃었지."

"목숨도 포함해서 하는 말이에요?"

소피의 물음에 핀탄이 대꾸했다.

"정작 아들은 묻지 않는 게 재미있군."

키프가 말했다.

"관심 없으니까!"

핀탄이 미소를 지었다.

"그렇다면 지금 오거 감옥에 갇혀 있다고 말해 줘도 관심 없겠네?

그리고 오늘 네가 한 역할 때문에 틀림없이 사형 선고를 받을 거라는 것도?"

"거짓말."

키프의 목소리가 갈라졌다.

브랜트가 키프에게 말했다.

"이번엔 거짓말 아니야. 우리 손으로 감방에 가뒀거든."

핀탄이 말했다.

"우리가 그 여자의 석방을 두고 교환할 가능성도 있겠지. 하지만 그럴 만한 동기가 필요해."

그 뒤로 브랜트가 무슨 말을 했지만 소피 귀에는 들어오지 않았다. 브랜트의 새로 생긴 흉터만 눈에 들어왔다. 전에는, 잘생긴 외모인데 망가졌다고 생각했다. 이제는, 잘생긴 외모가 아예 *사라졌다.*

귀도 하나가 없었다.

입술과 턱도 군데군데.

새까만 머리카락은 몽땅 빠졌다.

브랜트의 얼굴은 *얼굴*이 아니라 흉터 자체였다. 게다가 손이 없는 뭉툭한 오른쪽 손목은 얼룩덜룩하고 힘줄이 두둑했다.

브랜트가 불덩이의 불꽃을 키우며 말했다.

"아니, 포스터 양, 날 만난 게 별로 기쁘지 않나 보군. 날 다시 *찾아내고 말겠다*고 맹세하지 않았나? 날 변신시켜 준 너에게 감사 인사하기를 *얼마나* 기다렸는지 몰라."

그러고는 덱스에게 말했다.

"너한테도. 너희 둘을 위해 *아주 멋진* 걸 계획해 뒀지."

"됐어!"

탐이 소리치자 파도가 브랜트를 덮쳤고, 린이 다급하게 외쳤다.

"도망쳐!"

한 발짝 내딛기가 무섭게 불길의 벽이 앞에서 확 치솟았다.

"그 정도면 충분해."

핀탄이 불길을 둥그렇게 만들어 소피 일행을 에버블레이즈의 울타리 안에 가두며 말했다.

브랜트가 린에게 말했다.

"넌 물 기술에 에너지 낭비하지 마. 너 때문에 상황은 이미 충분히 복잡해졌어. 다행히도 우리가 내내 널 지켜봤지."

소피가 물었다.

"무슨 뜻이죠?"

알바가 말했다.

"뜻도 없어. 우리한테 원하는 게 뭐야?"

두 염화 능력자는 고개를 저었다.

핀탄이 말했다.

"말했을 텐데, 바커 군. 위장 게임은 끝났어. 난 유배지에서 몇 주를 보냈지. 내 정신이 파괴되는 것도 내버려 뒀어. 그자들이 내가 죽은 것으로 선언하도록 놔뒀고. 더는 숨지 않을 거야. 이제 네가 선택할 시간이다. 우리 편에 서든지, 아니면 등을 돌리든지."

"뭐?"

키프가 말하는 순간, 벽처럼 둘러싼 에버블레이즈가 더 이글이글 타오르면서 그 으스스한 노란빛으로 모든 것을 물들였다.

비아나와 피츠가 알바에게서 뒷걸음질 쳤다.

피츠가 물었다.

"저게 무슨 말이야?"

"똑똑히 말해 줘? 네 형이 우리의 가장 오랜 회원 중 하나라는 뜻 이야. 역대 최연소 회원이었지. 그 당시에는 실수도 많이 했지만. 아 주 큰 실수도 하나 있었고."

핀탄의 눈이 소피에게 향하자, 그 의미가 이해되었다.

덱스가 휘청이는 소피를 붙잡으면서 말했다.

"사라진 소년이 알바 형?"

그 말에 알바에게 남아 있던 가면이 산산이 부서진 것 같았다. 알 바는 머리를 가다듬고 축축한 망토를 벗으며 말했다.

"그래."

소피의 뱃속에서 에버블레이즈보다 뜨거운 분노의 불길이 타올랐 다.

"어떻게 그럴 수 있죠?"

알바가 말했다.

"넌 이해 못 할 거야."

피츠가 알바에게 말했다.

"나한테 말해 봐."

알바가 받아쳤다.

"넌 *절대로* 이해 못 해. 황금처럼 귀한 아들이니까. 난 내 재능을 알아보는 이들을 *찾을 수밖에 없었어.*"

브랜트가 투덜거렸다.

"재능을 과대평가했지. 넌 저 애가 눈앞에 있는데도 그냥 갔어. 후보 목록에서도 지워 버리고."

알바가 쏘아붙였다.

"실수를 비교하고 싶어요? 루이는 몇 주 전에 저 둘을 달아나게 뒀어요. 그리고 납치 역사상 최악의 납치 사건도 잊지 맙시다."

"*아니야!*"

키프가 소리쳤다. 피츠와 비아나도 알바에게서 뒷걸음질 쳤다.

"알바 형이 거기 있었다고?"

덱스가 물었는데, 부들부들 떨어서 탐과 린이 붙잡아 주어야 했다.

핀탄이 말했다.

"당연히 함께 있었지. 계획 세우는 것도 도와주고."

소피는 피츠의 손을 잡았다. 피츠가 손을 뿌리치지 않아 다행이었다. 바커 가족이 또 다른 비극을 어떻게 이겨 낼지 짐작도 가지 않았다.

"어떻게 그럴 수 있어?"

알바는 누그러진 표정으로 여동생을 바라보았다.

"언젠가 바커 가문의 유산을 있는 그대로 보게 되면 너도 이해할 거야."

핀탄이 말했다.

"어쨌거나 너희 모두 우리와 함께 갈 거야. 너희 일곱은 아주 쓸모 있다는 게 증명됐거든. 특히 너희 둘."

핀탄이 탐과 린에게 말했다.

"쌍둥이가 이렇게 쓸모 있을 줄이야!"

모욕적인 말에 소피는 세 번째 대안을 시작할 때라고 마음먹었다.

소피는 텔레파시로 친구들에게 알리고 블랙스완 펜던트에 손을 갖다 댔다. 저무는 햇살에 펜던트의 유리를 비출 때 분노와 미움이 힘을 보탰다.

하얀 불꽃의 빛줄기가 나타나 알바의 발치에 있는 은색 상자에 불을 붙였다.

핀탄이 침착하게 말했다.

"그건 아주 멍청한 짓이야."

그러나 불길은 꺼지지 않고, 염화 능력자가 어떤 명령을 외쳐도 듣지 않았다.

"정 그렇게 놀고 싶다면."

브랜트는 아이들을 둘러싼 불길의 벽이 아이들에게 바짝 다가들도록 명령했다.

소피가 다시 쏜 빛줄기에 에버블레이즈의 벽이 둘로 갈라졌다.

"도망쳐!"

소피는 외치면서 친구들을 끌고 그 틈새로 나갔다. 불길이 피부에 닿았지만 거의 느끼지 못했다.

도망칠 때 소피가 탐과 린에게 물었다.

"근처에 절벽 있어?"

칼라가 말했다.

"없어도 돼요."

칼라가 목소리를 높여 노래를 부르자 시든 나무 하나가 구부러지면서 가지들을 아이들 발에 감았다. 곧이어 탕 소리와 함께 나무가 원래대로 펴지자 아이들은 하늘로 휙 날아갔다. 아이들은 서로를 꼭 붙잡은 채 점점 높이 솟구쳤다.

아래로 떨어지기 시작하자마자 소피는 하늘에 금을 냈다.

진공 속으로 미끄러지며 순간 이동할 때 소피가 마지막으로 본 것은 알바의 괴로운 표정이었다.

~ 73 ~

엄청난 충격에 휩싸인 소피 일행이 헤이븐필드의 목초지에 나타나자 그래디와 에덜린이 크리스털 저택에서 뛰쳐나왔다.

몇 분 안 지나 엘윈이 와서 이런저런 탈출 과정에서 입은 화상과 베이고 긁힌 상처들과 타박상을 치료했다. 하지만 모든 이를 덮친 충격을 덜어 줄 것은 없었다.

그래디와 에덜린이 계속 같은 것을 물었지만 아무도 대답하려 하지 않았다. 소피조차도 부모님에게 매달린 채 말없이 눈물로 옷자락을 적실 뿐이었다. 하지만 알든이 걱정과 안도감이 담긴 표정으로 도착하자 소피는 이제 말해야 할 때임을 알았다.

소피는 그래디와 에덜린의 손을 꼭 잡은 채 자기들이 라바고그를 혼란에 몰아넣은 이야기를 간략하게 들려주었다. 위험한 상황 하나하나마다 어른들은 눈이 휘둥그레지는 것 같았다. 더 크게 혼란스러

운 네버씬과의 만남에 이르러서는 어른들의 걱정은 분노로 바뀌었
고, 소피는 그래디가 당장 브랜트를 찾아 나서지 않도록 꼭 끌어당
겼다. 알든은 바로 의회에 연락해서 에버블레이즈를 끄고 오거의 오
염된 강에서 계곡으로 흘러드는 독소를 정화해 달라고 요청했다. 그
런 다음 포클 씨와 접촉해 콜렉티브를 헤이븐필드에 모이게 하라고
했다.

소피는 노움 치료약에 관한 참담한 진실은 모두 모였을 때 밝히기
로 마음먹었다. 하지만 알든에게 알바 이야기를 전하는 것은 가까운
친구들만 있을 때여야 했다.

소피가 웅얼거리듯 말했다.

"말씀드릴 게 하나 더 있어요. 하지만 먼저 약속해 주셔야 해요.
지금부터 말씀드리는 걸 감당할 만큼 마음을 강하게 먹겠다고요."

알든은 피츠와 비아나를 흘끗 보고는 고개를 끄덕였다.

엘윈이 알든에게 투명한 액체가 담긴 약병을 건네며 말했다.

"잠깐만요. 이 약을 마시면 현실을 덤덤하게 받아들일 수 있어요."

알든이 말했다.

"그 정도로 나쁜 소식은 아닐 걸세."

비아나가 아빠의 손을 잡으며 속삭였다.

"나쁜 소식이에요. 알바 오빠가 네버씬이었어요."

약병이 알든의 손에서 미끄러져 툭 소리와 함께 풀밭에 떨어졌다.
엘윈이 주우려 했지만 알든은 손을 내저었다.

알든이 나직이 말했다.

"확실하니?"

피츠는 풀포기를 뿌리째 뽑으며 중얼거렸다.

"그래요. 형은 소피의 납치범 중 한 명이었어요."

그 말에 알든은 휘청거렸고, 비아나가 가까스로 부축해서 풀밭에 앉혔다. 엘윈이 다시 비약을 먹이려 했지만 알든은 손을 내젓고는 피츠에게 가까이 오라고 했다. 바커 가족 셋은 서로 끌어안고 울었다.

덱스가 소피를 돌아보았다. *뭐라도 해*, 이렇게 말하는 것 같았다.

그래디와 에덜린도 어쩔 줄 몰랐다. 알바에게 믿음을 주지 않았던 탐조차 눈가를 닦으며 여동생의 손을 잡았다.

한편 키프는 일행에서 떨어져 등을 돌리고 앉았다. 소피는 키프 곁으로 갔다.

키프가 조용히 말했다.

"알바 형은 내 영웅이었어."

소피는 키프가 얼마나 많은 배신을 견뎌야 할까 생각하며 손을 잡았다.

"알바의 거짓말을 믿은 건 선배 잘못이 아니에요."

"그래도 바보가 된 느낌이야. 게다가……."

키프는 하늘을 올려다보았다. 해가 천천히 저무는 분홍빛 하늘은 더없이 평화로워 보였다.

"어젯밤 알바 형이 내 방에서 잘 때 뭐라고 했는지 알아? 날 보면 자기 생각이 난대."

"알바도 좋은 점이 많아요."

"그래, 하지만 그런 뜻으로 말한 게 아닌 것 같아. 날 영입하려고 했던 것 같아."

"그자들은 졸리도 영입하려고 했잖아요. 선배가 재능 있어서 그런 것뿐이에요."

키프는 여전히 소피 얼굴을 보지 않은 채 말했다.

"그럴지도. 필요한 게 있으면 연락하라고 했어. 날 동생처럼 생각한대."

"알바가 나쁘기만 한 건 아니에요. 아무도 그렇진 않죠. 그래서 악당들이 그렇게 무서운 거예요. 우리의 바람과 달리 우리와 크게 다르지 않아서요."

"악당이라."

키프는 불쾌한 맛을 혀에서 굴리듯이 되뇌었다.

"그자들은 내가 한패가 될 수 있다고 생각해. 게텐은 심지어 엄마가 그럴 계획을 짠 것처럼 말했지……."

"그래서요? 부모님이 원하는 일을 한 적이나 있어요?"

소피는 그 말에 키프가 살짝이라도 웃기를 바랐지만 키프는 고개만 저었다.

소피가 물었다.

"핀탄이 한 말이 걱정돼요? 어머니가……."

378

"어찌 되든 상관없어."

말은 그렇게 해도 신경 쓰이는 게 틀림없었다. 키프는 어색한 몇 초가 흐른 뒤 이렇게 물었다.

"핀탄이 엄마를 풀어 주는 대가로 맞바꿀 수 있다고 한 게 무슨 말인 것 같아?"

"모르겠어요. 하지만 네버씬은 우리에게 도움 될 일은 절대로 하지 않을 거예요. 치료제가 그렇듯이 다 속임수예요. 그렇다고 희망을 버리진 마요. 아직 해 보지 않은 방법이 많아요."

"어떤 거?"

소피는 아무것도 떠오르지 않았지만 방법이 있는 것은 분명했다.

"우리가 알아낼 거예요, 안 그래요?"

키프는 대답 대신 어깨만 으쓱했다.

"소피?"

알든은 소피가 돌아보기를 기다리며 불렀다. 알든의 얼굴은 창백하고 잔뜩 굳어져 더 나이 들어 보였다. 하지만 이렇게 말하는 것을 보니 충격으로 마음이 부서질 정도는 아닌 것 같았다.

"우리가 널 찾아낸 걸 네버씬이 어떻게 알았는지 종종 궁금했단다. 피츠가 샌디에이고에서 돌아왔을 때 내가 알바에게 말했다는 점은 생각지도 못했어. 알바도 널 찾는 일을 했으니까 당연히 알아야 한다고 생각했지⋯⋯. 너한테 *참* 미안하구나."

"*아니에요.* 아저씨 잘못 아니에요."

소피는 힘주어 말하며 얼른 달려가 알든을 안아 주었다.

피츠와 비아나가 함께 안았고, 곧이어 그래디, 에덜린, 엘윈, 심지어 덱스까지 와서 안았다. 소피는 키프가 혼자 앉아 있는 쪽을 향해 눈총을 주었고, 키프는 마지못해 일어나 친구들을 껴안았다. 탐과 린도 마지막에 와서 함께 안았지만 조금도 어색하지 않았다.

"무슨 일이에요?"

델라의 말에 모두 허둥지둥 뒤로 물러났다.

델라는 콜렉티브 다섯 명과 함께 서 있는데, 소피는 델라만 바라보았다. 몇 초 지나면 델라는 놀라서 넋을 잃을 것이다. 소피는 그런 일이 일어나지 않도록 시간을 멈추고 싶었다.

알든이 목을 가다듬고 말했다.

"의논할 게 많아요, 여보. 일단은 집에 가야겠소."

델라는 고개를 저었다.

"알바는 어디 있어요? 대체 무슨⋯⋯."

알든이 말을 잘랐다.

"당신이 생각하는 것은 아니오. 알바는⋯⋯."

알든의 말끝이 흐려졌다. 피츠와 비아나도 차마 말이 나오지 않는 표정이었다.

그래디가 앞으로 나왔다.

"알바는⋯⋯ 길을 잃었어요. 브랜트처럼. 레이디 지셀라처럼."

델라의 눈빛을 보니 무슨 말인지 이해한 것 같았다. 슬픔이 충격으로 바뀌었고, 그다음에는 분노와 혼란이 굵은 눈물로 쏟아져 나왔다.

델라가 속삭였다.

"아뇨, 알바는 그럴 리가……."

"아니, 맞아요."

피츠의 목소리에는 얼음장 같은 차가움이 숨어 있었다.

알든이 아내에게 부드럽게 팔짱을 끼며 말했다.

"빨리 갑시다. 우리 없이도 알아서 상황을 정리할 거요."

알든이 돌아보자 포클 씨는 진지하게 고개를 끄덕였다.

그래니티가 조용히 말했다.

"도움이 될지 모르겠지만 이 일로 바뀌는 것은 없어요. 당신들의 약속을 절대적으로 신뢰합니다. 피츠와 비아나도 마찬가지고요. 혹시라도 우리의 대의로 돌아올 준비가 되면 언제든지 자리가 있을 겁니다."

다만 지금 바커 가족은 *아들과 형과 오빠*를 붙잡으려고 애쓰겠구나, 하고 소피는 깨달았다.

그리고 피츠와 비아나가 에베레스트산에서 네버씬과 싸울 때, 그때는 알지 못했지만 알바와도 싸웠을 가능성이 높았다.

키프도 그런 상황을 맞닥뜨렸지만 잘 버티고 있었다. 어느 정도는. 충격에서 벗어나기만 하면 함께 뭉칠 수 있을 것이다.

피츠가 아버지의 손을 잡고, 비아나는 오빠를 붙잡은 채 네 식구는 하나가 되어 도약해서 떠났다.

포클 씨가 그래디에게 물었다.

"의원들이 오고 있겠죠?"

그래디가 대답했다.

"오랄리 의원은 와일드우드의 불이 진압되었는지 확인하고 오겠다고 했어요."

쑥대밭이 된 와일드우드 이야기가 나오자 모든 눈이 칼라에게 향했다. 칼라는 나무에 기댄 채 나무껍질에 귀를 대고 있었다.

"이곳은 생명력이 넘치는군요. 그 어느 곳보다 더 생생하게 느껴져요."

칼라가 목초지를 돌아보며 속삭였다.

헤이븐필드는 보호 구역에 들어갈 동물들의 재활 센터라서 드넓은 땅이 목초지들로 나뉘어 온갖 생물이 살고 있었다.

칼라가 소피에게 물었다.

"여기가 당신이 사는 곳이에요?"

"추방되지 않았을 땐 그랬죠."

소피는 억지로 웃어 보이며 말했다.

칼라는 멀리 둥그스름한 나무들이 줄지어 선 곳을 돌아보았다. 헤이븐필드의 노움들이 사는 곳이었다.

"여기가 마음에 들어요. 여기가 좋을 것 같아요."

소피가 물었다.

"뭐가요?"

칼라가 약속했다.

"의원들이 오면 말해 줄게요."

칼라는 일어나서 여기저기 돌아다니며 이 나무 저 나무에 노래를 흥얼거려 주었고, 어른들은 소피는 통 관심이 가지 않는 이야기들을 두런두런 나누었다. 소피는 친구들과 함께 앉았다. 노을 진 하늘이 어둑해지는 동안 다섯 친구들은 각자의 걱정에 잠겨 있었다. 금성이 막 떠오를 무렵 의원들이 반짝거리며 나타났다.

"아직도 변장하고 있어요?"

알리너 의원이 콜렉티브를 향해 눈살을 찌푸렸다.

그래니티가 말했다.

"우리도 다 드러내 놓고 당신들과 일하고 싶습니다. 그런 특권을 부정한 건 바로 당신들이지요."

알리너 의원이 대꾸하기 전에 에머리 의원이 손을 들어 조용히 시켰다.

"우리의 분열 문제보다 더 중요한 것들을 의논할 게 있소."

포클 씨가 말했다.

"그렇고말고요. 라바고그 일을 아시는 것 같군요."

에머리 의원이 말했다.

"피해 상황을 보고 왔소이다."

화난 말투는 아니었다. 오히려 *깊은 인상*을 받은 듯했다.

그래도 소피는 너무 궁금했다.

"이 일로 오거와 전쟁이 일어날까요?"

에머리 의원이 경고했다.

"그럴 수도 있지. 그렇게 단정하기는 아직 이르지만. 너희는 디미타르 왕에게 큰 타격을 입혔어. 라바고그의 성문을 부수고 그의 도시와 연결된 유일한 다리를 없애 버렸지. 우리 고블린들은 이미 도시 주위에 경계망을 형성했다. 우리가 훨씬 더 전쟁 준비가 잘 돼 있음을 오거들에게 일깨워 주는 거지. 이제 디미타르 왕이 드라코스톰과 관련된 비밀 무기를 잃었으니까 우리와 제대로 된 조약을 협상하기만 바라야지. 우리가 기대하는 수준의 통제력을 가진 조약 말이다."

테릭 의원이 한마디 보탰다.

"물론 이건 오거들이 정말로 비밀 무기를 *잃어버렸다*고 가정했을 때야."

모두의 시선이 칼라에게 쏠렸다.

칼라는 흥얼거리던 노래를 마치고는 어깨를 죽 펴고 천천히 숨을 쉬었다.

"오거의 치료제는 가짜였어요."

칼라는 모두가 그 말을 이해할 때까지 잠시 기다렸다가 말했다.

"하지만 아무래도 상관없어요. *내가* 치료제가 될 테니까요."

~ 74 ~

"그게 정확히 무슨 말이에요? 어떻게 당신이 치료제가 돼요?"

엘윈의 물음에 칼라가 대답했다.

"나는 파나케가 뭔지 아니까요. 전설에서는 그들을 용감한 자들이라고 부르는데, 왜 그런지 이해하지 못했어요. 파나케의 뿌리들은 자유롭게 주어진 삶을 노래했어요. 바로 거기서 치유가 나와요. 희생으로부터 꽃이 피어나고요."

덱스가 물었다.

"무슨 말인지 모르는 게 저만은 아니죠?"

소피도 어리둥절했는데 '희생'이란 단어가 마음에 걸렸다.

소피는 칼라 곁으로 달려가 엄지손가락이 녹색이 된 손을 잡았다.

"스스로 희생하지 않을 거라고 말해 주세요."

칼라는 슬프면서도 꿈꾸는 듯한 눈으로 목초지를 바라보았다.

"난 늙었어요. 이 땅에서 수천 년을 잘 보냈죠. 이제는 다른 모습으로 수천 년을 보낼 거예요."

"하지만……."

칼라는 소피의 입술에 손가락을 댔다.

"이런다고 바뀌지 않아요, 소피. 애쓰지 마요."

에머리 의원이 침묵을 깨고 말했다.

"그러니까 파나케가 노움이었다는 말이군요."

칼라가 고개를 끄덕였다.

"자신의 모습을 바꾸기로 한 용감한 자들이지요. 그들이 희생한 생명의 에너지는 파나케 나무에 양분이 되어 치유력을 주었어요."

테릭 의원이 나직이 읊조렸다.

"대단히 흥미롭군."

브론테 의원이 고개를 절레절레 저었다.

"치료제가 우리 통제 범위 안에 있는 걸 그동안 내내 몰랐다니."

소피가 물었다.

"무슨 통제요? 치료제를 얻으려면 칼라는 *죽어야* 한다고요. 칼라, 그럼 안 돼……."

칼라가 말을 잘랐다.

"꼭 해야만 해요. 당신도 친구를 구할 수 있다면 똑같이 할 거잖아요."

소피의 눈에 눈물이 고여 뺨을 타고 흘러내렸다.

"하지만 당신도 내 친구예요."

칼라는 미소 지었다.

"알아요. 이 일은 **당신을** 돕는 것이기도 해요."

칼라는 단호한 눈빛으로 의원들을 둘러보았다.

"이 아이들의 추방 명령을 취소하세요. 모두 다요. 아까 떠난 두 아이도요. 이 아이들은 우리 종족을 구했어요. 이들이 없었다면 치료제를 찾을 방법을 알아내지 못했을 거예요."

브론테 의원은 알리너 의원이 씩씩거리는 것도 무시하며 말했다.

"동의하오. 이제 과거의 잘못을 바로잡아야 할 때입니다."

의원들은 자기들끼리 소곤거렸지만 소피에게는 들리지 않았다. 소피는 칼라의 마음을 바꿀 방법을 생각하기에 바빴다.

그러다 에머리 의원이 "모두 찬성하십니까?"라고 묻자 그제야 귀를 기울였다.

열두 의원 모두가 찬성의 뜻으로 손을 들었다.

그래디와 에덜린은 달려와 소피를 껴안았고, 덱스와 키프도 안아주었다. 소피는 아직 축하할 마음이 들지 않아 떨어져 나왔다.

소피가 입을 열었다.

"칼라."

칼라가 말을 잘랐다.

"이건 내가 선택한 거예요. 기꺼이 내린 결정이에요. 되돌릴 수 없어요. 이미 마지막 노래는 내 가슴 속에 자리 잡았어요. 이제 변화는 막을 수 없어요."

엘윈이 다가와 칼라 주위에 번쩍이는 구체들을 비추었다.

"그 말이 맞아요. 몸 안의 모든 것이 둔화하고 있는 것 같아요."

온 세상이 휙휙 도는 것 같아 휘청거리는 소피를 붙들며 그래디가 물었다.

"시간이 얼마 남았죠?"

칼라는 엄지손가락 외의 부분까지 녹색으로 물들고 있는 자신의 손을 바라보았다.

"오늘 밤 마지막 변화가 일어날 거예요. 아침이면 내 나무를 보게 되겠죠."

"아침!"

소피는 목이 메었다.

너무 빨랐다. 모든 일이 너무 빨리 진행되고 있었다. 소피는 도저히……

"이봐."

소피가 그래디에게서 떨어져 나오자 키프가 말했다. 그러고는 소피의 손을 잡았다.

"괜찮을 거야."

소피가 소리쳤다.

"어떻게 괜찮아요? 칼라가 *죽어 가고 있다고요.*"

칼라가 고쳐 말했다.

"바뀌고 있는 거예요. 게다가 난 아무렇지도 않아요. 볼래요?"

칼라가 키프에게 손을 내밀었고, 키프는 손바닥을 포갠 채 눈을 감았다.

키프가 말했다.

"정말로 평화로운 느낌이야."

칼라가 소피의 눈물을 닦아 주었다.

"그래요. 나 때문에 울지 마요. 나에겐 이게 해피엔딩이에요. 모두를 위해 자신의 마지막 숨을 선택할 수 있는 자들이 몇이나 될까요?"

소피는 울었다.

"하지만 당신이 너무너무 보고 싶을 거예요."

"그럴 땐 내 나무 아래 앉아요."

칼라는 그래디와 에덜린를 돌아보며 말을 덧붙였다.

"한 가지 부탁이 있어요. 난 뿌리 내릴 곳이 필요해요. 그런데 여기 땅은 평화로운 느낌이 들어요."

에덜린이 속삭이듯 말했다.

"물론이죠. 우리 집은 곧 당신 집이에요."

그래디가 덧붙였다.

"어디든지 마음에 드는 곳을 골라 봐요. 목초지 한복판도 괜찮아요."

칼라는 목초지들이 내려다보이는 작은 언덕을 가리켰다. 거기 서 있으면 바다도 보였다.

칼라가 말했다.

"오늘부터 거기가 내 집이 될 거예요."

그래디가 약속했다.

"당신의 파나케 나무를 잘 키우고 보호할게요."

소피가 말했다.

"안 돼요. 내가 할 수 있는 일이 분명……."

칼라가 말을 잘랐다.

"있지요. 내 노래를 들을 수 있어요. 스타크플라워 스튜도 만들어 한 그릇 부어 주며 나와 함께 먹을 수도 있고요. 당신은 언제나 나의 용감한 문라크로 남아 주세요."

칼라는 소피의 알레르기 치료제 목걸이에 손을 뻗어 문라크 핀에 입을 맞추었다.

그런 다음 소피를 끌어당겨 마지막으로 안아 주었다.

칼라가 속삭였다.

"이제 가야 해요. 내가 변하는 것을 보지 않았으면 해요. 모두 안으로 들어가세요. 부디."

모두가 말없이 지켜보는 가운데 칼라는 언덕에 올랐다. 자신의 언덕에. 영원히 서 있게 될 마지막 장소였다.

칼라는 언덕 한가운데 두 발을 굳게 디디며 말했다.

"가세요. 모두 쉬자고요."

그러고는 눈을 감고 산들바람에 살랑살랑 몸을 흔들었다. 들릴락 말락 하는 흥얼거림이 밤새 흘러나와 공기를 편안하게 만들어 주었다. 다가오는 새벽을 노래했다.

"잘 가세요."

소피가 속삭였다. 너무 작은 소리라 칼라에게는 들리지 않을 게 분명했다.

칼라가 눈을 떴다.

"잘 있어요, 소피 포스터."

~ 75 ~

이들은 칼라가 보이는 곳을 벗어나 풀 뜯는 그리핀들이 가득한 목초지 근처로 갔다. 의원들은 아침에 파나케 나무를 확인하러 오겠다고 약속하고는 떠났다.

엘윈도 꽃이 피어나 딸 수 있기를 바란다며 꼭 오겠다고 했다. 루메나리아에 있는 노움 중 피부가 붉어지는 증상이 나타난 이는 아직 없지만 치료제는 빨리 얻을수록 좋을 것이다.

포클 씨가 탐과 린에게 물었다.

"너희는 어떻게 할래? 너희 가족에게 데려다줄 수도 있어. 아니면 지금은 빈 방이 있으니까 나무집에 있어도 돼. 우리 조직에 들어와도 되고 안 들어와도 된다."

쌍둥이는 서로 눈빛을 주고받았다.

린이 말했다.

"진심으로 하는 말씀이라면 받아들이고 싶어요."

탐이 덧붙였다.

"가족이야 언젠가는 만나겠죠. 하지만 아직 준비가 안 됐어요."

포클 씨가 말했다.

"충분히 알겠다. 디즈니 군은 어떻게 할래? 집에 갈 것 같은데?"

덱스는 고개를 끄덕였다.

"소피에게 제가 필요하지 않다면요."

소피는 목이 콱 메었다.

"나 대신 세쌍둥이를 안아 줘."

덱스는 먼저 소피를 안아 주고 필요하면 패닉 스위치를 누르라고
했다. 소피가 그러겠다고 약속하자 덱스는 반짝이며 사라졌다.

포클 씨가 키프에게 말했다.

"이제 네가 남았구나. 탐, 린과 함께 있어도 돼. 아니면 알든도 분
명 에버글렌에서 지내라고 할 거야."

그래디가 말했다.

"여기서 지내도 되고."

키프가 그래디에게 말했다.

"와, 그렇게 말씀해 주실 줄 몰랐어요. 고맙습니다. 하지만…… 전
캔들셰이드로 돌아갈래요. 포스터가 걱정하는 마음이 절 해일처럼
후려치는데, 그럴 것 없어요. 괜찮을 거예요."

"괜찮다고요?"

소피가 되물었다. 블랙스완이 키프 아버지를 합류시킬지 고민할 때 키프가 얼마나 기겁했는지 떠올랐기 때문이다.

"거기 돌아갈 수 없어요. 그러기 싫잖아요."

"맞아. 하지만 계속 도망칠 순 없어. 나라는 존재에게서."

키프는 마지막 말에서 울컥한 것 같았고, 포클 씨가 캔들셰이드로 가는 길을 만들어 줄 때도 소피를 보지 않았다. 키프가 반짝거리며 사라질 때 소피는 이제는 너무도 잘 아는, 두려움에 휩싸인 성난 소년의 모습을 언뜻 보았다.

마음 한구석에서는 키프를 쫓아가 더 나은 곳으로 끌고 가고 싶었다. 하지만 다른 마음으로는 이날은 더 이상 극적인 일들을 감당할 자신이 없었다.

포클 씨가 말했다.

"내일 보자. 그리고 한 시간 안에 짐들을 보내마. 잠잘 때 꼭 필요한 파란색 코끼리가 있더구나. 골칫덩어리 임프도!"

소피는 고맙다고 말했지만 잠들 수 있을까 싶었다. 칼라가 저 밖에서 나무가 되어 가고 있는데 어떻게 잠이 오겠는가?

"들어가자, 꼬맹이."

그래디가 한 팔로 소피를 감싸며 말했다. 에덜린도 똑같이 한 팔로 소피를 감쌌고, 다 같이 팔짱을 끼고 집 안으로 들어갔다.

소피는 바다가 내려다보이고 크리스털 벽과 널찍한 계단이 있는 헤이븐필드의 거실을 둘러보며 진짜 집으로 돌아온 기분을 느끼려 애썼다. 소피가 샤워하고 옷을 갈아입는 동안 에덜린은 커스터드버스트를 만들었고, 잠옷도 털북숭이 잠옷이 아니어서 좋았다. 하지만 엘라를 품에 안고 에덜린이 등을 쓰다듬어 주는데도 침대가 낯설게 느껴졌다.

방도 낯설었다.

모든 것이 어색했다.

마침내 부모님이 방을 나가자, 소피는 눈을 꼭 감고 실베니를 향해 마음을 뻗었다.

실베니가 송신했다.

친구! 소피! 친구! 와 줘!

소피는 물어볼 게 딱 하나였다.

안전해?

안전! 안전! 안전!

실베니가 맞장구치자 소피의 굳은 어깨에서 비로소 긴장이 풀렸다. 소피는 키프가 디미타르 왕에게 비밀을 알려 준 사실을 잊지 않았다.

내일, 소피는 실베니가 안전하게 머물 수 있도록 해 주어야 한다. 언제까지나.

칼라의 파나케 나무는 아름다운 나무의 역사 속에서도 가장 아름다운 나무였다. 파나케 나무는 언덕 위에서 바닷바람에 긴 가지를 휘날리며 우아하고 위엄 있게 서 있었다. 그 나무를 보니 수양버들이 떠올랐고, 생각했던 것만큼 슬프지는 않았다. 어쩐지 그 나무는 희망찬 느낌이 들었다. 그리고 친근했다.

칼라의 땋은 머리를 연상케 하는 나무껍질 때문인지도 모른다. 아니면 별 모양의 나뭇잎이 바스락거리는 소리에 섞여 부드러운 속삭임이 들려오기 때문인지도 모른다. 하지만 화려한 꽃 때문일 가능성이 더 높았다. 수천 개, 어쩌면 수백만 개 꽃송이들이 나뭇가지를 부드러운 솜털 화환으로 만들어 놓았다.

햇살의 각도가 바뀔 때마다 꽃 색깔이 바뀌었는데, 때로는 분홍색, 때로는 보라색, 때로는 파란색으로 아롱졌다. 이루 말할 수 없이 달콤한 향기에 소피는 머리가 맑아지고 마음이 가벼워졌다. 이런 꽃이라면 어떤 병이든 치유할 수 있을 것이다.

의회는 모든 노움을 헤이븐필드로 불러 꽃잎을 모으게 했다. 눈물도 있고 씁쓸하면서 달콤한 축하도 있었다. 모든 노움은 자신들을 위해 칼라가 희생한 것을 알고 칼라를 기리기로 맹세했다. 그래디와 에덜린은 노움들이 언제든 칼라의 나무를 찾아와도 된다고 했고, 노움들은 손을 맞잡고 칼라의 나무 주위를 돌며 사랑과 감사의 노래를 불렀다.

굳센 노랫말을 담은 노래가 불릴 때마다 칼라의 나무는 쑥쑥 자랐고, 따고 난 꽃자리에 새로운 꽃이 피었다.

나중에 의원들이 도착해서 노움들에게 이제 선택권이 있음을 다시 알리자 축하 행사는 조용해졌다. 노움들은 잃어버린 도시에 남을 수도 있고, 새로운 나라를 세울 수도 있었다.

에머리 의원이 확실히 약속했다.

"오거들은 이제 당신 종족을 위협하지 못합니다. 그러니 여러분이 자신만의 세계를 만들고 싶다면, 우리는 최선을 다해 지원할 것입니다. 중립 지역에도 아름다운 곳이 많습니다. 일단 전염병을 뿌리 뽑고 나면, 여러분은 그 어느 곳에 가도 됩니다. 우리는 또 필요하면 뭐든지 돕고 보호할 것입니다."

다들 놀라서 입만 벌리고 있었다.

에머리 의원이 말했다.

"오늘 결정할 필요는 없습니다. 아주 중대한 결정이니까요."

노움들은 굳이 시간이 더 필요하지 않았다. 모두 입 모아 외쳤다.

"우리는 잃어버린 도시에 머물기로 했습니다. 우리의 삶은 바로 여기 있고, 항상 행복했습니다. 우리가 바라는 것은 더는 비밀이 없을 거라는 약속뿐입니다."

에머리 의원이 약속했다.

"그렇게 하겠습니다."

테릭 의원이 덧붙였다.

"그리고 분명히 말하자면 여러분이 머물기로 한 결정을 영광으로 생각합니다. 여러분 자신을 결코 손님으로 여기지 마십시오. 잃어버린 도시는 바로 여러분의 *보금자리*입니다."

이 말이 끝나자 엄청난 환호가 터져 나왔고, 곧이어 축하 노래가 이어졌다. 노움들은 뿌리들을 불러내 타고 원래 살던 곳으로 돌아갔다. 그래디와 에덜린은 헤이븐필드의 노움들에게 좀 쉬라고 권유했지만, 노움들은 다시 일하고 싶어 몸이 근질거렸다. 몇 시간도 안 되어 동물들은 목욕했고, 목초지는 깨끗해졌고, 칼라의 파나케 나무 주위에 근사한 울타리가 세워졌다.

저녁 무렵이 되자 소피는 헤이븐필드를 떠난 적 없는 것처럼 느껴질 정도였다. 의회는 소피에게 반짝이는 새 등록 펜던트도 주었다.

하지만 에덜린이 펜던트를 목에 걸어 보라고 했을 때 소피는 망설였다. 의회는 진심으로 소피와 협력할 마음이 있는지 아직 증명하지 못했다. 소피는 요구가 한 가지 있었다. 의회가 반대할 게 뻔한 요구였다. 소피는 잃어버린 도시로 돌아가겠다고 약속하기 전에 의회가 그 요구에 동의하는지 확인해야 했다.

소피는 그래디에게 보호 구역에서 의원들과 만나게 해 달라고 부탁했다. 그래디는 딱히 캐묻지 않았다. 그래디는 자신과 에덜린이 함께 가야 한다고 주장했는데, 어차피 소피도 그럴 생각이었다. 또 키프에게 거기서 만나자고 했다. 그러나 바커 가족에게는 굳이 청하지 않기로 했다. 바커 가족은 지금 처리할 일이 차고 넘쳤다. 그리고 덱스나 탐과 린과는 사실 관련이 없는 일이었다.

키프는 거대한 산그늘에 있는 눈 덮인 거대한 정문 앞에 먼저 와 있었다. 웃으며 소피를 맞이했지만 진심에서 우러나온 미소는 아니었다. 키프는 등록 펜던트도 차고 있지 않았다.

키프가 물었다.

"그래, 무슨 일로?"

"다들 오면 설명해 줄게요."

키프는 고개를 끄덕이고는 시간을 확인하는 것처럼 해를 바라보았다.

소피가 물었다.

"어디 갈 곳이 있어요?"

키프가 말했다.

"아직도 내 걱정이구나. 수수께끼 포스터 양이 나한테 아직 질리지 않았다니 다행이네."

"결코 안 질려요."

"두고 보면 알겠지."

소피는 키프가 질문에 정확히 대답하지 않은 것을 알아차렸다.

다시 물으려는데, 키프가 주머니에서 파란색 벨벳 주머니를 꺼내 건넸다.

"이거 너 주려고."

매서운 추위가 몰아치는데도 소피의 뺨이 달아올랐다. 주머니를 열고 꺼내 보니 긴 구슬 목걸이였다. 구슬마다 다른 꽃이 그려져 있었다.

"이건 어머니한테 만들어 드린 거 아녜요?"

너무도 아름다운 목걸이를 쓰다듬으며 소피가 말했다. 꽃 하나하나가 정교하게 그려져 있었다.

키프는 머리카락을 만지작거리며 중얼거렸다.

"그래. 넌 목걸이나 그런 게 엄청 많지만…… 그냥 주고 싶었어."

"정말 나한테 줘도 돼요?"

키프는 고개를 끄덕였다.

키프가 여전히 딴 곳만 보고 있어서 소피는 몸을 기울이고 속삭였다.

"어머니가 돌아가신 것도 아닌데."

"알아. 하지만 어느 쪽이든 이제 그 목걸이는 네 거야. 새 구슬도 하나 더 만들어 넣었어."

키프는 목걸이 한가운데에 있는 구슬을 보여 주었는데, 다른 것보다 더 큰 그 구슬에 그려진 꽃은 바로…….

"파나케 꽃?"

소피는 실눈을 뜨고 꽃을 보았다. 레이스 같은 분홍색, 보라색, 파란색 꽃이 아름다웠다. 키프는 가장 큰 꽃잎에 작은 크리스털도 박아 놓았는데, 꼭 이슬처럼 반짝거렸다.

"꽃이 이렇게 생긴 걸 어떻게 알았어요?"

"칼라를 보려고 해 뜰 무렵에 들렀어."

"나도 깨우지 그랬어요?"

키프는 어깨를 으쓱했다.

"엘라와 꼭 껴안고 있는 시간을 방해하고 싶지 않았지."

"그럼…… 혼자 밖에 앉아 있었어요? 얼마나?"

"그렇게 오래는 아니었어. 별 것 아냐. 어떤 일을 마치고 집으로 가다가 문득 칼라가 잘 있는지 보고 싶어서."

"어떤 일이라면……?"

소피는 천천히 말하면서 키프가 자세히 설명해 주길 기다렸다. 하지만 대답이 나오지 않자 이렇게 말했다.

"캔들세이드에 있기 싫으면, 거기 있을 필요 없어요."

"알아. 안 그럴 거야. 목걸이 해 보지 않을래?"

목걸이를 목에 거니 피부에 닿는 구슬들이 차가웠다.

"어때요?"

키프의 미소는 행복하다기보다는 슬퍼 보였다. 소피는 키프가 괜찮은지 묻고 싶었지만, 에덜린이 자기를 향해 미소를 보내고 있는 것을 발견했다. 에덜린은 모든 십 대들의 악몽에 나올 법한 '*너무 귀엽지 않니?*' 하는 미소를 짓고 있었다.

소피는 머리카락을 귀 뒤로 넘기며 웅얼웅얼 말했다.

"고마워요. 정말 예뻐요."

키프는 어깨를 으쓱했다.

"드디어 누구라도 걸고 있는 걸 보니 좋네."

"음, 앞으로 많이 보게 될 거예요. 날마다 하고 다닐 테니까."

소피는 그 말에 키프가 웃기를 바랐지만 키프는 다시 자기 발만 내려다보았다. 거의 초조해 보인다고나 할까. 손바닥에 밴 땀도 보일 것 같았다.

그때 마침 의원들이 도착해서 불편한 순간은 끝났다. 하지만 의원들 역시 새로운 긴장감을 뿜어냈다.

알리너 의원이 톡 쏘듯이 말했다.

"포스터 양, 사면받았다고 해서 우릴 오라 가라 해도 되는 건 아니에요."

브론테 의원이 말했다.

"말해 봐라, 포스터 양. 왜 우리를 여기로 불렀지?"

소피는 키프의 지지가 필요해서 키프의 손을 잡고 의원 열두 명의 얼굴을 둘러보았다.

"실베니와 그레이펠을 놓아주세요."

~ 76 ~

처음에 의원들은 소피가 농담을 하는 줄 알고 껄껄 웃었다. 하지만 기다려도 '빵 터지는 부분'이 나오지 않자 목소리를 높이며 따지고 들었다.

소피는 묵묵히 서서 누구라도 제대로 된 질문을 하기를 기다렸다.

마침내 오랄리 의원이 물었다.

"이유가 뭐지?"

"디미타르 왕에게 실베니가 임신했다고 말해 버렸어요."

소피의 말에 더 많은 고함 소리와 논쟁이 일었다.

"디미타르 왕의 주의를 돌리려면 어쩔 수 없었어요. 그래서 왕이 알게 됐어요. 이제 드라코스톰이 없으니까 알리콘을 더 열심히 쫓아다닐 게 분명해요. 보호 구역으로 침입할 방법을 찾는 건 시간문제예요. 매번 더 가까이 접근하고 있잖아요."

테릭 의원이 제안했다.

"그럼 알리콘을 다른 곳으로 옮기지요."

소피가 물었다.

"어디로요? 지하 동굴에 집어넣어 실베니와 그레이펠이 비참하게 살게 하려는 건 아니죠? 아기한테 좋을 리 있겠어요?"

그래디가 덧붙였다.

"게다가 네버씬을 돕는 다른 스파이들이 있기라도 하면……. 그자들은 우리 코앞에 감쪽같이 숨어 있었어요."

에머리 의원이 물었다.

"그렇다고 아무런 보호 장치도 없이 알리콘을 풀어 줘? 어떻게 그게 더 안전할 수 있다는 거지?"

소피가 의회에 상기시켰다.

"순간 이동을 할 수 있으니까요. 실베니를 찾는 데 왜 그렇게 오래 걸렸다고 생각하세요? 제가 실베니를 잡을 수 있었던 이유는 실베니가 저한테 오기로 *마음먹었기* 때문이에요. 그리고 제가 안전한 존재라는 걸 증명하기 위해 엄청나게 설득해야 했어요. 이제 지켜야 할 가족까지 생겼으니 실베니는 훨씬 더 조심스러워질 거예요. 게다가 실베니가 어디 있는지 모르면 오거들도 훔쳐 가지 못하고요."

클라레트 의원이 조용히 말했다.

"저 아이의 논리에도 나름의 장점이 있군요."

알리너 의원이 다그쳤다.

404

"어떻게요? 이 세상은 너무 위험하다고요."

브론테 의원이 반박했다.

"알리콘들은 수천 년 동안 스스로 살아남았어요."

에머리 의원이 일깨워 주었다.

"그렇긴 해도 그레이펠은 죽을 뻔했소. 그 흉터들을 봤잖아요. 게다가 그건 몇 십 년 전 일인데, 이제 인간들은 대량 살상 무기까지 갖고 있어요."

알리너 의원이 덧붙였다.

"이제는 오거들까지 알리콘을 쫓아다닐 거예요. 네버썬은 물론이고요."

에덜린이 제안했다.

"알리콘이 아직 보호 구역에 있는 줄 알면 괜찮지 않을까요? 알리콘들을 풀어 줬다고는 생각도 못 할 거예요. 계속 엉뚱한 곳만 바라보게 하는 거죠."

오랄리 의원이 덧붙였다.

"소피가 실베니와 송신해서 잘 있는지 확인할 수 있고요."

그 말에 소피가 동의했다.

"실베니도 필요한 게 있으면 저한테 송신할 거예요."

에머리 의원은 나머지 의원들을 향해 눈살을 찌푸렸다.

"의논할 게 많은 것 같군요."

소피가 말했다.

"오래 기다릴 수 없어요. 디미타르 왕은 벌써 계획을 세우고 있을지도 몰라요. 너무 늦기 전에 알리콘들을 풀어 줘야 해요. 알리콘의 안전을 확실히 보장할 방법이 없어요. 우리가 노움들을 제대로 보호하지 못했던 것과 똑같이요. 그래서 우리는 다른 생물이 스스로를 돌볼 수 있다고 믿어야 할지도 몰라요. 노움들을 구한 건 칼라였지 않아요? 우리가 아니고요."

몇몇 의원들은 고개를 끄덕였다. 하지만 그것으로는 충분치 않아 소피는 한 가지 덧붙였다.

"정말이지 전 실베니를 놓아주고 싶지 *않아요*. 그레이펠도, 태어날 아기도요. 하지만 전 칼라를 잃었어요. 알리콘들까지 잃을 순 없어요."

소피는 목이 메어 목소리를 가다듬고 말했다.

"전 알리콘들이 가까이 있는 것보다 안전한 게 더 좋아요. 앉아 있는 오리처럼 산속에 갇혀 있는 게 아니라 필요하면 도망갈 수 있었으면 해요."

에머리 의원이 숨을 크게 내쉬었다.

"잠시만 기다리렴."

그러고는 눈을 감고 텔레파시 논쟁을 중재했다.

몇 분이 지나갔고, 소피는 속눈썹을 잡아당겼다. 이 모든 일을 겪다 보니 긴장하면 나오는 습관을 버릴 수가 없었다.

마침내 에머리 의원이 말했다.

"이런 결정이 나오다니 믿을 수 없구나. 다만 우리의 조건에 동의해야만 그렇게 하겠다."

브론테 의원이 끼어들었다.

"넌 날마다 실베니가 잘 있는지 확인하고 우리가 상황을 잘 파악하도록 보고해야 해. 새로운 이 계획이 위험하다는 조짐이 보이면 알리콘을 다시 보호 구역으로 데려오도록 최선을 다해야 하고."

소피는 키프를 슬쩍 봤다. 키프가 고개를 끄덕이는 것을 보자 소피는 기뻤다. 그래디와 에덜린도 계획에 찬성하는 것 같았다.

소피가 의원들에게 말했다.

"그럴게요."

소피는 승리를 축하하려고 했다. 의원들과 협력한다는 증거로 그 승리를 붙들고 싶었다. 하지만 에머리 의원이 주렉에게 알리콘들을 데려오라고 하자 슬픔의 파도에 휩싸였다.

곧 거대한 문이 활짝 열렸고, 강렬한 햇살에 눈이 화끈거렸다. 반짝이는 날개 달린 말 두 마리가 달려오는 것을 보는 순간 차오른 눈물때문인지도 모른다.

소피의 머릿속에 *소피! 소피! 소피! 키프! 키프! 키프! 왔어! 왔어! 왔어!* 하는 외침이 끝없이 울려 퍼졌다.

그래, 나 왔어!

소피가 송신하고 있는데, 눈에 익은 모습이 다가왔다. 큰 키, 여러 가닥으로 꼰 긴 머리. 주렉이었다.

주렉은 굵직한 황금색 밧줄을 느슨하게 목에 건 알리콘들을 데려왔다.

주렉은 웃음기 없는 얼굴로 의원들에게 인사했다.

"제가 지시를 잘못 들었길 바랍니다."

에머리 의원이 말했다.

"나도 그렇다네."

실베니가 다가와 소피의 어깨에 코를 비벼 댔다. 반짝이는 은빛 날개와 물결처럼 굽이치는 갈기, 이마 중앙에 소용돌이 무늬의 은백색 뿔이 돋아 있는 그 암컷 알리콘은 언제나처럼 눈부시게 아름다웠다. 거기다 지금은 그 유명한 '임신 광채'의 후광까지 두른 것 같았다. 털이 거의 우윳빛으로 보였고, 갈색 눈이 반짝반짝 빛났다.

그레이펠은 그다지 흥분한 기색이 아니었다. 온몸의 근육이 긴장해서 씰룩거렸다. 끝이 파란 날개는 초조하게 계속 퍼덕이고 있었다.

소피가 송신했다.

괜찮아. 믿어. 친구.

그레이펠은 히잉 울면서도 계속 씰룩거렸다. 한편 실베니는 키프에게 코를 비벼대더니 마침내 진짜 미소를 끌어냈다.

키프가 말했다.

"안녕, 반짝이 엉덩이. 나 보고 싶었다니 기분 좋네."

키프! 키프! 키프!

이것이 실베니와의 마지막 만남일 수도 있음을 깨닫고 소피는 울음을 삼켰다. 실베니가 소피의 송신을 무시할 수도 있고, 송신이 되지 않을 만큼 멀리 날아갈 수도 있고, 또…… 그보다 더 나쁜 상황은 생각하지 않으려 애썼다.

슬퍼?

실베니가 묻자 소피는 인정했다.

응. 하지만 괜찮을 거야.

소피는 자기 말대로 되길 바라며 실베니와 그레이펠에게 앞으로 어떻게 될지 최선을 다해 설명해 주었다. 알리콘들은 잘 이해하지 못하다가 소피가 주렉에게 황금색 밧줄을 풀어 주라고 말하자 비로소 알아차렸다.

소피가 알리콘들에게 말했다.

자유야. 자유롭게 날아가.

실베니는 보호 구역을 힐끗 돌아보았다.

여기 있지 않고?

소피는 고개를 저었다.

너희끼리 있으면 더 안전할 거야.

실베니가 되풀이해서 말했다.

여기 있어. 소피. 친구.

소피는 약속했다.

안전한 게 더 중요해. 아기를 보호해야지.

마지막 말에 실베니는 더는 저항하지 않았다.

그레이펠이 날개를 쭉 펴고 잿빛이 감도는 푸른 하늘을 바라보았다. 하늘은 보호 구역 안의 무지개 하늘만큼 아름답지는 않았지만, 그레이펠이 몇 십 년 만에 보는 진짜 하늘이었다. 소피는 그레이펠의 갈색 눈이 반짝이는 것을 보고 자신의 선택이 옳다는 것을 알았다. 알리콘들은 자유로워질 자격이 있었다. 스스로 돌볼 수 있었다.

소피는 실베니의 코를 쓸어내리고 그레이펠의 옆구리를 토닥였다.

의회가 마음을 바꾸기 전에 어서 떠나는 게 좋겠어.

실베니가 다시 소피에게 코를 비비며 끙끙대자 소피의 가슴이 찢어졌다. 곧이어 실베니는 날갯짓을 하며 하늘로 날아올랐다.

그레이펠도 곧장 따라갔고, 둘은 머리 위를 맴돌며 점점 더 높이 올라갔다.

테릭 의원이 중얼거렸다.

"실수가 아니길 바랍시다."

소피도 같은 소원을 빌고 있었다.

키프가 소피의 손을 잡았고, 알리콘들이 빠른 속도로 땅을 향해 곤두박질치다가 하늘을 가르는 광경을 둘이 함께 지켜보았다.

알리콘들이 사라지기 직전, 실베니가 송신했다.

소피. 친구. 언제나.

하지만 가장 기뻤던 말은 실베니의 마지막 두 마디였다.

찾아올게. 곧.

~ 77 ~

"다음 할 일은 뭐지? 피츠를 확인하러 에버글렌에 갈 거야?"

의원들이 떠나고 주렉이 보호 구역의 대문을 닫아걸자 키프가 물었다.

"가족끼리 있을 시간을 줘야 할 것 같아요. 가족 일이니까."

피츠한테는 나중에 연락해도 될 것이다. 지금은 시간이 필요하리라.

"그렇지. 그럼 헤이븐필드로 돌아갈 거야?"

키프는 발로 눈덩이를 걷어차 흩뿌렸다.

"응. 선배는 뭐 할 거예요?"

"뭐, 딱히."

조금 서둘러 대답하는 것 같았다.

소피는 키프가 준 목걸이를 만지작거리며 물었다.

"그럼…… 우리 집에 갈래요? 칼라의 나무에 줄 스타크플라워 스튜를 만들까 하는데. **엄청** 신날 테지만…… 선배한테 놀림 받을 수도 있어요. 그러다 저녁도 먹고 가고."

"포스터, 날 보살피지 않아도 돼."

"그냥 선배가 좋아서인지도 모르죠."

소피는 말하고 나서야 그 말이 어떻게 들릴지 깨달았다.

"그냥…… 걱정돼서요."

키프가 가까이 다가왔다.

"알아. 난 너의 그런 점들이 좋아."

소피의 가슴이 두근거렸다. 둘이 얼마나 가까이 서 있는지 깨닫자 가슴이 더욱 두방망이질했다. 발끝이 닿을 듯하고, 키프의 숨결이 뺨에 따뜻하게 와 닿았다.

누군가 흠흠 헛기침을 하자, 그제야 둘은 자기들만 있는 게 아니라는 것을 떠올렸다.

소피가 돌아보니, 그래디는 노려보고 있고, 에덜린은 또다시 그 우스운 미소를 짓고 있었다. 소피는 어느 쪽이 더 나쁜지 알 수 없었다.

그래디가 입을 열었다.

"이제 집에……."

에덜린이 말을 맺었다.

"우리랑 같이 안 가도 돼. 다른 데 갈 거면 어딘지만 알려 줘."

그래디가 무슨 말인가 하려 했으나, 에덜린이 빛의 길을 만들어 휙 끌고 가 버렸다.

"좀 이상하네."

소피는 얼굴이 새빨개진 것을 확신하며 중얼거렸다.

"그래."

키프의 뺨도 빨개져 있었다. 아마도 찬바람 때문일 것이다.

소피가 물었다.

"그래서 정말 같이 안 갈래요? 잠깐이라도?"

"난…… 못 가. 덱스한테 가 봐. 아니면 네 친구 앞머리 소년이랑 놀든가."

"아직도 탐이라고 안 부르네요?"

"절대로 안 바뀌는 것도 있지."

소피는 키프가 왠지 자기를 떼어 놓으려 하는 것 같아서 캐물었다.

"*선배는요?* 어디 가려고요?"

"왜 자꾸 내가 어디 간다는 거야?"

"모르겠어요. 선배 행동이 좀 이상해요. 계속 대답을 피하잖아요. 내가 모를 줄 알아요?"

키프가 장담했다.

"난 괜찮아."

"*아직* 제대로 대답하지 않았어요."

키프는 손을 뻗어 머리를 헝클어뜨렸다.

"걱정하지 말라니까, 응?"

"그게 무슨 뜻이에요?"

"진짜 아무것도 아니야. 내 말은…… 지금 처리할 일이 있다고."

"정말 선배가 걱정돼요. 무슨 일이에요?"

키프는 눈길을 피했다.

"그냥 누구 좀 만나러 가. 별것 아니야."

"같이 가도 돼요?"

키프는 고개를 저었다.

"제발, 됐다니까, 응?"

소피가 보니까 키프는 발을 이리저리 움직이고 손가락이 계속 파르르 떨렸다.

"선배가 뭘 하려는지 몰라도, 내 도움을 받겠다고 약속했잖아요."

"알아. 하지만 이건 나 혼자 해야 하는 일이야. 정말 괜찮아. 다 괜찮을 거야."

그 말은 꼭 자신을 설득하려고 애쓰는 것처럼 들렸다.

키프가 말했다.

"우리가 블랙스완의 바다 은신처에 갔을 때 네가 진정제가 든 쿠키를 먹고 나만 실베니와 단둘이 남겨졌던 거 기억나? 그때 난 널 믿었어. 너도 그렇게 날 믿어 달라고 부탁하는 거야."

"그날 죽을 뻔했던 건 기억나요……."

"너랑 피츠가 그런 경험을 하지 않게 해 주려는 거야. 난 살아 있

414

는 게 좋아."

그러고는 키프가 가까이 다가왔는데, 얼마나 가까운지 키프의 속눈썹에 붙은 눈송이까지 셀 수 있을 정도였다. 속눈썹이 생각보다 훨씬 더 길고 짙었다.

"그냥 날 좀 믿어, 소피."

소피는 입술을 깨물었다.

"나한테 신호를 보내 괜찮은지 알려 줄 거죠?"

"최대한 빨리 신호 보낼게."

그것은 소피가 듣고 싶은 대답이 아니었고, 오히려 걱정이 더 커졌다. 하지만 달리 할 말이 떠오르지 않아 할 수 없이 말했다.

"알았어요."

그 말에 키프는 활짝 웃었는데, 진짜 키프처럼 웃었다. 그래서 소피는 자신의 결정이 옳다고 믿었다.

소피는 짧은 작별 인사를 나눌 때도 그렇게 믿었다. 집으로 가는 크리스털을 꺼내 빛을 비출 때까지도 그랬다.

하지만 그 순간 키프가 들고 있는 크리스털이 눈에 들어왔다. 연노란색. 중립 지역으로 가는 크리스털과 같은 색깔이었다.

생각할 겨를도 없이 소피는 달려가 키프의 어깨를 붙잡았고, 키프가 빛과 함께 사라질 때 소피도 따라갔다.

"대체 뭐 하는 거야?"

안개 낀 황량한 산에 둘러싸인 핏빛 호숫가에 도착하자 키프가 버럭 소리쳤다.

소피는 미티야의 마음에서 본 기억을 더듬어 그곳이 어디인지 알아차렸다.

"나도 똑같은 걸 물어야겠어요. 지금 진심이에요? 정말로 혼자 오거 감옥에 쳐들어갈 작정이에요?"

"집에 가, 소피."

"혼자서는 안 가요."

키프는 소피의 홈 크리스털 펜던트를 움켜쥐고 빛을 비추려 했지만, 소피가 버텨서 펜던트를 빼앗았다.

키프가 사정했다.

"제발, 넌 가야 해."

"가려면 같이 가요."

"안 돼."

다툼이 이어지자 키프는 다시 홈 크리스털을 빼앗으러 달려들었다. 크리스털은 소피의 손에서 날아가 붉은 호수에 풍덩 빠졌다. 키프는 또 다른 크리스털을 찾으려고 허겁지겁 주머니를 뒤졌다.

소피가 물었다.

"선배는 홈 크리스털 없어요? 어떻게 돌아갈 생각이었어요?"

"돌아가지 않을 생각이었지."

뒤에서 귀에 익은 목소리가 들려왔다.

키프의 얼굴은 전혀 놀라는 표정이 아니었다. 소피는 뒤를 돌아보앉다. 알바, 핀탄, 브랜트가 서 있었다.

~ 78 ~

이건 함정이야.

소피는 깨달았다. 하지만 네버씬이 꾸민 일은 아닌 것 같았다.

어쨌든, 어떤 식으로든 키프가 만들어 놓은 것이었다.

그렇다면 어떤 계획일까?

그리고 왜 소피에게 말하지 않았을까?!

핀탄이 불을 부르려고 손을 올리며 말했다.

"정말이지 센센 군은 생각보다 훨씬 잘했어. 포스터 양은 우리 거래에 멋진 덤이지."

키프는 재빨리 소피 앞을 막아섰다.

"여기 있어선 안 되는 애예요."

흉터로 일그러진 브랜트의 미소는 소피의 악몽에서 바로 기어나온 것 같았다.

"그럼 멋진 보너스로 생각하지 뭐."

소피는 알바의 팔이 자기를 감싸는 걸 느끼고서야 알바가 있던 자리에서 사라진 것을 알아차렸다. 소피는 비명을 지르고 발로 차고 몸부림쳤지만 알바는 힘이 셌다. 한 손으로 소피의 두 팔을 잡아 등 뒤에 고정한 채 블랙스완 펜던트를 뜯어 브랜트에게 던졌다.

"불내는 건 전문가에게 맡기자고, 응?"

브랜트는 묵직한 검은 부츠로 펜던트를 짓밟으며 말했다.

"네 것도 가져갈게."

키프가 휙 물러났지만 브랜트는 펜던트를 확 잡아챘다.

"우리가 또 이래야 해?"

브랜트는 손가락을 튕겨 에버블레이즈의 구체를 만들었다.

키프가 말했다.

"그 애를 놓아주면 안 그래도 돼요."

핀탄이 말했다.

"네 약속은 믿기 어려워. 편을 바꾸는 것은 곧 친구를 배신하는 것인 줄 분명 알았을 텐데."

소피는 토할 것처럼 속이 울렁거렸다.

"저자가 지금 무슨 말을 하는 거예요, 키프?"

브랜트가 물었다.

"아직도 모르겠어?"

그렇지 않아도 머릿속으로 몇 가지 무시무시한 가설이 떠오르고 있었지만, 어느 것도 말이 되지 않았다. 아니, 핀탄이 키프에게 이렇게 말할 때까지는 그랬다.

"캐시는 어디 있지?"

소피가 캐시를 가지고 있는 것을 안다면 키프가 말했다고밖에 볼 수 없었다. 키프는 소피가 디미타르 왕에게 쓰라고 시켰던 것과 똑같은 속임수를 쓰고 있는 게 틀림없었다. 정보를 얻기 위해 네버씬이 원하는 뭔가를 제공하는 것 말이다.

하지만 어떤 정보일까?

다음 순간 소피는 알아차렸다.

소피가 키프에게 송신했다.

선배 어머니를 구하는 더 좋은 방법이 있어요. 여기서 빠져나가 함께 생각해 봐요.

어떻게 도망칠 방법이 있는 것은 아니었다. 홈 크리스털도 사라졌고, 키프도 크리스털이 없는 것 같았다. 하지만 산은 *그리* 멀지 않았다. 산으로 도망치면 높은 곳으로 가서 순간 이동을 할 수 있을지도 모른다. 알바의 손아귀에서 벗어나기만 한다면.

알바는 소피가 무슨 생각을 하는지 안다는 듯이 말했다.

"우리 은신처에서 이 일을 마무리 지어야 해요. 루이는 우리가 지금 어디 있는지 걱정할 거예요."

핀탄이 말했다.

"그 물건을 가져다줄 수 있다는 것을 증명하기 전엔 안 돼. 캐시를 보여 주렴."

키프가 퉁명스럽게 대꾸했다.

"저 애부터 보내 주세요."

"또 시작이군. 이러면 널 믿기 힘들어. 그럼 좀 쉽게 해 볼까?"

핀탄은 키프를 밀어 땅바닥에 쓰러뜨리고 알바에게서 소피를 빼앗았다. 핀탄이 소피의 팔을 얼마나 세게 잡았는지 뼈가 부러질 것 같았다.

핀탄은 손에서 에버블레이즈의 불꽃을 일으켜 소피의 코앞에 바짝 갖다 댔다.

핀탄이 말했다.

"캐시를 내놔. 안 그러면 이 아이가 브랜트에게 준 것 같은 흉터를 이 아이에게 선사할 거야."

키프가 비틀거리며 일어섰다.

"알았어요. 당장 가져올게요."

소피는 무턱대고 큰소리치는 키프를 구하려고 머리를 쥐어짰다. 그러는데 자신의 음성이 이렇게 말하는 소리가 들려왔다.

"베이커가 221B번지."

캐시가 키프의 손바닥에 톡 떨어지자, 소피의 입이 벌어졌다.

"어떻게⋯⋯?"

키프는 소피 얼굴을 보지 않으려고 했다.

"네가 피츠와 훈련하는 걸 듣고 꿰맞추었어. 그리고 흉내 내기는 쉬워."

핀탄이 명령했다.

"이리 줘."

소피가 송신했다.

주지 마요.

키프는 계속 핀탄만 보고 있었다.

"우리 거래의 나머지 부분은 지킬 거죠?"

브랜트가 쏘아붙였다.

"네 충성심부터 증명하면."

키프가 물었다.

"캐시를 가져왔잖아요. 뭐가 더 필요하죠?"

"아직 준 게 아니잖아."

핀탄이 일깨워 주었다. 그러면서 유일하게 손이 자유로운 알바를 가리켰다.

소피는 키프의 표정을 보고 숨을 쉴 수 없었다. 키프의 얼굴에 너무나 많은 감정이 깃들어 있었다. 고통. 슬픔. 후회.

하지만 최악의 것은 부끄러움이었다.

소피가 간절히 말했다.

"주지 마요. 그 캐시는 모든 걸 파괴할 수 있어요."

핀탄이 동의했다.

"바로 그 점이지. 3초 주겠다, 센센 군. 안 그러면 험악한 꼴을 볼 거야."

키프가 알바에게 캐시를 건네주자 소피는 울음을 참을 수 없었다. 염력으로 빼앗으려 했지만 알바가 너무 꼭 쥐고 있었다. 그러고는 곧바로 도약해 사라졌다.

다 됐어.

핀탄은 여전히 소피의 코앞에 불길을 댄 채 말했다.

"*이제* 우린 어딘가로 갈 거야. 하지만 넌 아직 한 가지 시험이 남았어. 그걸 거쳐야 믿어 줄 거야. 가장 강한 유대는 불로 만들어지는……."

브랜트는 씩 웃으며 망가진 단안경 펜던트의 구부러진 테두리를 집어 들었다. 그러고는 그 찌그러진 금속을 에버블레이즈의 불꽃에 통과시킨 다음 키프에게 내밀었다.

"저 애에게 배신자라고 낙인 찍으면 네 헌신을 믿을게."

키프가 벌겋게 달아오른 펜던트를 받아들자 소피가 물었다.

"왜 이런 짓을 하죠? 그자들이 이 모든 짓을 했는데, 어떻게 거기 들어갈 수 있어요?"

키프의 눈은 낙인에 고정돼 있었다.

"네가 나한테 바라는 그런 사람인 척하는 거, 이제 못 해."

소피는 비명을 지르듯 외쳤다.

"그게 무슨 말이에요?"

키프는 목이 메어 말도 못 했고, 소피는 화가 나서 울음도 나오지 않았다.

키프가 말했다.

"그건 내가 더 많은 기억들을 찾았다는 뜻이야. 난 너랑 달라. 넌 영웅이 되도록 만들어졌어. 난 다른…… 존재로 키워졌고."

키프가 소피의 얼굴을 향해 손을 뻗자 소피는 불에 데는 고통을 견딜 준비를 했다. 하지만 키프가 만진 것은 자신이 소피에게 준 목걸이였다.

키프가 속삭였다.

"떠나기 전에 이걸 주고 싶었어. 날 기억할 만한 게 있으면 좋을 것 같아서. 혹시 언젠가……."

핀탄이 경고했다.

"내 인내심이 바닥나고 있다, 센센 군."

"잠깐만 기다려 주세요!"

키프는 목걸이 구슬을 쓰다듬다가 새로 만들어 넣은 구슬을 오래 만지작거렸다.

"아빠가 왜 그걸 싫어했는지 이제 알겠어. 우리 엑실리움 목걸이랑 비슷해 보이지 않니? 그래서 엄마는 그게 마음에 들었을 거야. 엄마는 내가 추방자가 될 운명인 걸 알았어. 소피 넌 계속 모든 것을 바로잡으려 애썼어. 엑실리움까지 좋게 바꿔 놓았지. 하지만 나를 바로잡진 못해."

키프의 눈이 소피의 눈과 마주쳤다. 그 눈에는 간절한 호소가 담겨 있었다.

키프가 왼쪽을 흘낏 보자 소피도 그 시선을 따라갔다. 키프가 만들어 준 목걸이 구슬에 박힌 작은 크리스털이 빛을 받아 희미한 빛의 길을 내고 있었다.

키프가 물었다.

"알겠지, 응?"

"아니요."

대답은 그렇게 했지만 이해했다. 어느 정도는.

소피가 송신했다.

함께 가요.

키프가 말했다.

"난 이 일을 해야 해. 부디 날 미워하지 마."

다시 눈이 마주치자 키프는 여전히 붙잡고 있는 희미한 빛의 흔적을 향해 고개를 끄덕였다. 소피는 키프를 데려갈 어떤 방법이라도 있기를 바라며 침을 꿀꺽 삼켰다. 하지만 할 수 있는 것은 정신의 힘을 가득 채워 핀탄의 강철 같은 손아귀에서 벗어나는 것뿐이었다. 소피는 빛의 길 쪽으로 몸을 기울였다. 소피가 마지막으로 본 것은 고통에 찬 키프의 얼굴이었다. 곧이어 소피는 키프가 만들어 준 빛에 이끌려 도약해 떠났다.

~ 79 ~

"한 번 더 살펴봐야겠다."

헤이븐필드의 소피 방, 꽃잎이 깔린 양탄자 위를 서성거리며 포클 씨가 말했다. 나머지 콜렉티브는 문가에 서 있고, 그래디와 에덜린 은 소피와 함께 침대에 앉아 있었다.

다들 엘윈을 부르겠다고 했지만 소피는 다치지 않았다. 부서진 것 은 마음이었다.

키프가 만들어 준 길은 소피를 곧장 집으로 데려다주었으니 키프 가 소피를 탈출시키고자 했던 것은 분명했다. 키프는 자기 엄마의 크 리스털 만드는 조립 세트를 써서 구슬에 그림을 그렸을 것이다. 그러 나 키프가 소피의 목소리를 이용해 네버씬에게 캐시를 내주었다는 사실은 변함이 없다. 그리고 그 모든 만남을 주선한 것이 키프인 것 도 틀림없었다.

소피가 따라가지 않았다 해도 키프는 지금 네버씬과 함께 있을 것이다.

여전히 배신자일 것이다.

그 단어에 소피는 현기증이 나고, 구역질이 솟고, 다치지 않은 부위까지 욱신거렸다. 게다가 그 이야기를 처음부터 다시 하다 보니 증상이 더욱 심해졌다.

그래디는 손마디가 하얗게 되도록 주먹을 꽉 쥐었다.

"그 자식이랑 널 단둘이 두면 안 될 줄 알았어!"

소피가 웅얼웅얼 말했다.

"이 말이 혹시 위로가 될지 모르지만, 키프도 제가 거기 있길 바라지 않았어요."

그래니티가 끼어들었다.

"그것도 중요한 부분이에요. 키프는 분명 소피를 위험에 빠뜨릴 뜻이 전혀 없었고, 상당한 위험을 감수하면서 소피를 탈출시켰어요."

소피가 나직이 말했다.

"네버씬이 키프를 어떻게 할 것 같아요? 절 도와준 걸 알 텐데."

포클 씨가 조용히 말했다.

"모를지도 몰라. 센센 군은 늘 그럴듯한 이야기와 변명을 만들어내는 재주가 있거든."

"*거짓말*이란 거죠?"

그래디의 말에 씁쓸함이 물씬 풍겼다.

그래니티가 자신의 바위 변장을 가리키며 말했다.

"누구나 가끔 의지할 수밖에 없는 속임수라지요. 실망하는 건 이해하지만……."

"실망 이상이오!"

그래디가 날카롭게 대꾸했다. 에덜린은 그래디를 진정시키려고 손을 잡았다.

그래니티가 다시 말했다.

"알아요. 하지만 지금은 긴급 대책을 세우는 데 집중해야 합니다."

소피가 물었다.

"무슨 뜻이에요?"

포클 씨가 말했다.

"센센 군은 우리 조직에 대해 많이 알고 있다. 알루베테르 위치는 물론 내가 아스틴 경이라는 것, 헥스 가족이 개입된 것 등등."

"네버씬에게 말할 거라고 생각하시는 건 아니죠?"

소피가 물었다.

"그럴 가능성에 대비해야지."

그래니티는 이렇게 말하고 블러, 스퀄, 레스를 돌아보았다.

"알루베테르의 보안을 강화할 수 있겠소? 그리고 탐과 린, 비카와 팀킨에게 상황을 설명해 주겠소?"

포클 씨가 덧붙였다.

"소피에게도 안전 조치가 필요할 거예요. 다른 아이들도 모두."

블러가 말했다.

"우리가 잘 챙기겠소."

그래디가 말했다.

"어떻게 할지 듣고 싶소. 키프는 소피에 대해 너무 많이 알기 때문에 이 문제를 가볍게 넘길 수 없어요."

소피가 우겼다.

"키프는 절 다치게 하지 않아요."

그래디가 고개를 저었다.

"이미 널 다치게 했어."

그래디가 블러, 레스, 스퀄을 따라 방에서 나가는 동안 그 말이 위협적인 그림자를 드리웠다. 에덜린은 따라 나가려다가 돌아와서 소피를 꼭 껴안았다.

에덜린이 약속했다.

"우리가 해결책을 생각해 낼 거야. 다 잘될 거다."

그 말은 에덜린이 바라는 만큼 위로가 되지는 않았다.

그래도 소피는 인사했다.

"고마워요."

에덜린은 다시 한번 소피를 안아 주고 나갔고, 포클 씨와 그래니티만 남았다. 어쨌거나 셋만 오붓하게 있으니 소피로서는 피할 수 없는 질문을 하기가 더 쉬워졌다.

"키프가 *나쁘다*고 생각하세요?"

포클 씨가 말했다.

"나쁘다는 건 상대적인 말이야. 키프가 몹시 무모해졌다는 말밖에
는 할 수가 없구나."

소피가 물었다.

"그럼 키프의 죄책감 때문에 이런 일이 벌어졌다고 생각하세요?"

그래니티가 말했다.

"내 생각엔 우리가 줄 수 없는 대답을 키프가 필사적으로 찾고 있
는 것 같아. 그리고 이것이 그 아이가 선택한 길이지."

소피가 물었다.

"하지만 어떻게 이것이 길이 될 수 있죠? 네버씬은 키프가 진정으
로 자기네 일원이 되었다고 확신을 주지 못하면 절대로 믿지 않을 거
예요."

포클 씨가 동의했다.

"그래서 무모하다는 거야. 센센 군이 얼마나 헌신할지에 달렸을 테
니."

아까 대치하는 동안 핀탄이 키프에게 한 말이 소피의 머릿속에 퍼
뜩 떠올랐다.

편을 바꾸는 것은 곧 친구를 배신하는 것인 줄 분명 알 텐데.

그래서 키프가 소피에게 목걸이를 준 것일까?

소피는 키프가 만들어 준 목걸이 구슬을 뚫어지게 보았다. 소피가
탈출할 때 사용한 크리스털은 녹아 버렸지만, 분명히 *박혀 있었다.*

그리고 그 구슬은 소피를 구해 주었다.

키프는 그날 소피가 따라올 줄 몰랐을 테니까 '만일에 대비해' 그 구슬을 만든 게 틀림없었다.

키프가 혹시 모를 위험에 대비해 미리 계획을 짜 두었다고 생각하니 위로가 되었다. 다만…… 키프는 구슬을 하나만 만들었다.

그래니티가 말했다.

"키프가 말했지. 엄마가 지운 기억들을 되찾았다고. 넌 그 말이 무슨 뜻인지 전혀 모르는구나."

소피는 고개를 끄덕였다.

"키프는 자신이 다른 존재로 키워졌다는 말만 했어요."

포클 씨가 말했다.

"이 로드스타 계획의 또 다른 부분일 수 있어. 그게 뭔지 알아보려고 더 노력해야 할 거야. 아마도 게텐을 한번 찾아가 봐야겠다."

소피가 말했다.

"저도 갈게요."

포클 씨는 아니라고 말하려다가 마지막 순간에 마음을 바꾸었다.

"물론이지. 의회와 이야기해서 기회를 만들어 보마. 그동안은 경솔한 결정을 내리지 않기를 바란다. 너무 성급하게 친구를 포기하지 마라. 무작정 믿지도 말고."

"캐시는 어떻게 하죠? 의회는 소피가 잃어버린 걸 알면 좋아하지 않을 거예요."

그래니티의 말에 새로운 걱정거리들이 나타났다.

포클 씨가 말했다.

"캐시를 반드시 되찾아야 해요. 그것도 빨리. 의회가 알기 전에."

소피가 물었다.

"키프가 훔쳐간 건 의회에 알리지 않으시겠죠?"

포클 씨가 소피 옆 침대 가장자리에 앉았다. 시트가 묵직하게 눌리면서 소피의 몸이 그쪽으로 기울었다.

"우리가 의회에 비밀로 하는 게 이번이 처음은 아니란다. 마지막도 아닐 테고. 캐시가 너무 오랫동안 사라진 상태라면 알리겠지. 하지만 지금 말하는 것은 괜히 방해만 될 뿐이야."

"어떻게 되찾아야 할까요?"

"아직 고민 중이야. 계획을 잘 세워서 우리가 잃어버린 것을 모두 복구할 수 있기만 바라는 거지."

포클 씨의 눈이 번뜩이는 것으로 보아 키프도 포기하지 않으려는 게 분명했다.

그때였다.

"좋은 경호원이 필요할 것 같군요."

끽끽거리는 높은 목소리가 문가에서 들렸다.

소피는 침대에서 벌떡 일어나 방을 가로질러 달려가 산도르를 얼싸안았다. 산도르가 번쩍 안아 올려도, 사향 같은 고블린의 체취가 풍겨도 소피는 개의치 않았다.

"내가 꼭 안아서 아픈 건 아니죠?"

소피는 자신이 얼마나 꽉 안고 있는지 깨닫고 물었다. 우람한 바윗돌처럼 단단한 고블린 근육이 소피의 힘 정도에 아프다는 게 상상이 안 됐지만.

산도르가 껄껄 웃었다.

"아니에요, 포스터 양. 제 컨디션은 최고입니다."

산도르는 소피를 내려놓고 포클 씨에게 가서 그래디와 나머지 집단이 동의한 새로운 보안 규약을 알려 주었다. 거기에는 피츠, 비아나, 덱스를 맡게 될 경호원에 대한 규약, 에버글렌과 헥스네 집에 대한 정기적인 관찰도 들어 있었다. 가장 좋은 소식은 산도르가 다시 소피의 경호를 맡게 되었다는 것이었다.

소피는 그들의 말에 귀를 기울이려 했지만 자꾸만 키프의 목걸이 구슬에 눈이 갔다. 키프는 파나케 꽃을 골라 그렸는데, 칼라의 말에 따르면 그 꽃은 모든 것을 치료할 수 있다고 했다.

소피는 정교하게 그려진 꽃을 계속 바라보다가 꽃잎 하나에 작은 글자가 그려진 것을 발견했다. 소피를 구해 준 크리스털이 박혀 있던 바로 그 꽃잎이었다.

날 믿어.

포클 씨가 헛기침을 하자 소피는 혼자가 아니란 사실을 떠올렸다.

"넌 혼자가 아니다."

마치 소피의 생각을 엿듣기라도 한 것 같은 말이었다.

"그리고 네가 삶의 다음 단계에 들어섰으니 이 사실을 알아 두는 게 중요해. 넌 잃어버린 도시로 돌아왔다. 의회의 감시의 눈 아래로 돌아온 거지. 폭스파이어의 일상으로 돌아갈 테고. 지금까지 있었던 모든 일을 보자면 누가 진정으로 네 편인지 궁금할 거야. 그래서 네가 계속 던지던 질문에 마침내 대답할 때가 된 것 같구나. 그렇지 않소, 그래니티?"

"그렇죠."

그래니티가 조심스럽게 말했다.

그들은 저마다 망토 주머니에서 작은 약병을 꺼냈다. 소피는 그래니티가 쥔 약병에 든 녹색 액체가 뭔지 알 수 없었다. 하지만 포클 씨의 손에 있는 캘로베리는 확실히 알아보았다.

포클 씨가 열매 하나를 입에 넣고 삼키자 소피는 헉 놀랐다. 그래니티는 비약을 마시고는 콜록거리고 캑캑거렸다. 5초 동안은 아무 일도 일어나지 않았다. 그러더니 둘의 몸이 줄어들고 변화하기 시작했다. 이목구비가 팽팽해지고 비틀리며 제자리를 찾아가는 과정은 고통스러워 보였다.

소피는 어떤 얼굴이 곧 자기를 바라보게 될까 짐작해 보려 했지만 변신이 끝났을 때 자신의 짐작이 완전히 틀린 것을 알았다.

"아니!"

소피는 어느 쪽이 더 경악스러운지 갈피를 잡지 못한 채 속삭였다.

포클 씨는 키가 크고 검은 머리를 가진 거물 레토, 그러니까 폭스파이어의 교장이 되었다.

그래니티의 바위 같은 이목구비는 녹아들어 텔레파시 멘토인 티어간의 올리브색 얼굴과 금발 머리가 되었다.

"그래."

둘은 자랑스러우면서도 수줍은 표정으로 말했다.

티어간이 말했다.

"가장 확실하게 널 보호하는 방법은 네 삶 속에 함께 있는 것이었어. 그것이 속임수에 의지하는 것이라 해도 말이다."

"그럼 그건……."

소피는 생각이 너무 많은 갈래로 갈라져 말을 맺을 수가 없었다. 티어간이 돕거나 이끌어 준 모든 상황, 거물 레토의 이상한 표정과 탐색하는 질문 모두.

이제는 너무나 명확했지만 동시에 받아들이기 힘들었다.

소피가 다시 침대에 털썩 앉으며 물었다.

"자신이 누구인지 진짜로 말해 주는 이가 있을까요?"

거물 레토, 아니 포클 씨가 말했다.

"있지. 너 말이다. 앞으로도 언제까지나 소피 포스터일 테고."

티어간이자 그래니티가 말했다.

"우린 계속 널 지킬 거야. 그래서 우리의 정체를 드러내기로 한 거야. 절대로 너 혼자가 아니란 걸 알았으면 한다. 어떤 모습으로든 항상 곁에 있을 거야. 우릴 믿기만 하면 돼."

그것은 키프가 한 부탁이기도 했다. 이런 마지막 말과 함께.

부디 날 미워하지 마.

그 요구가 그렇게 불가능하게 느껴진 적은 없었다. 하지만 소피는 다음 순간 인정하기로 마음먹었다. 키프가 하는 일은 이해되지 않을지도 모른다. 하지만 키프를 미워할 수는 없었다.

거물 레토인 포클 씨가 미소 지으며 말했다.

"네 결단력은 내가 익히 잘 알지. 그럼 힘 나는 소식도 알려 주고 가마. 우리 일이 *진전되고* 있음을 증명하는 소식이란다. 우린 앞으로 갈 길이 멀고, 눈앞에는 많은 과제가……."

소피가 끼어들었다.

"이런 게 힘 나는 소식인가요?"

거물 레토의 모습을 한 포클 씨가 한숨을 쉬었다.

"네 녀석들은 참을성이라곤 없다니까."

소피는 그 익숙한 말에 미소를 지으며 계속하라고 손짓했다.

"흐름이 유리하게 바뀌고 있단다. 손실은 적고 얻은 건 많아. 특히나 탐 군이 오늘 아침에 우리의 호의를 받아들이기로 했거든."

포클 씨는 티어간의 모습을 한 그래니티에게 미소를 지어 보이고 다시 소피를 바라보았다.

"오늘 아침에 프렌티스가 깨어났단다."

KEEPER
L<small>OF THE</small>OST CITIES

잃어버린
도시의 수호자 시리즈

**신비로운 능력과 힘을 가진 엘프,
소피와 친구들이 펼치는 환상적인 모험!**

〈잃어버린 도시의 수호자〉 시리즈는 계속 출간됩니다.

4. 잃어버린 도시의 수호자-네버씬, 보이지 않는 그림자 (하)

1판 1쇄 인쇄 | 2024. 11. 26
1판 1쇄 발행 | 2024. 12.12

섀넌 메신저 지음 | 장미란 옮김 | 정은규 본문 그림

발행처 김영사 | **발행인** 박강휘
편집 김인애 | **디자인** 윤소라 | **마케팅** 이철주 김나현 | **홍보** 조은우 육소연
등록번호 제 406-2003-036호 | **등록일자** 1979. 5. 17.
주소 경기도 파주시 문발로 197(우10881)
전화 마케팅부 031-955-3100 | 편집부 031-955-3113~20 | 팩스 031-955-3111

값은 표지에 있습니다.
ISBN 979-11-7332-002-6 74840

좋은 독자가 좋은 책을 만듭니다. 김영사는 독자 여러분의 의견에 항상 귀 기울이고 있습니다.
전자우편 book@gimmyoung.com | 홈페이지 www.gimmyoungjr.com